Best Time

白马时光

RAINBIRDS

过境之鸟

[新加坡]克拉丽莎·古纳汪　著
麦秋林　译

百花洲文艺出版社
BAIHUAZHOU LITERATURE AND ART PRESS

图书在版编目（CIP）数据

过境之鸟 /（新加坡）克拉丽莎·古纳汪著；麦秋林译. — 南昌：百花洲文艺出版社，2018.6
ISBN 978-7-5500-2779-4

Ⅰ. ①过… Ⅱ. ①克… ②麦… Ⅲ. ①长篇小说—新加坡—现代 Ⅳ. ① I339.45

中国版本图书馆 CIP 数据核字（2018）第 063360 号

江西省版权局著作权合同登记号：14-2018-0061

过境之鸟 GUO JING ZHI NIAO
〔新加坡〕克拉丽莎·古纳汪 著 麦秋林 译

出版人	姚雪雪
出品人	李国靖
特约监制	王 瑜
责任编辑	游灵通 程 玥
特约策划	王云婷
特约编辑	王云婷
封面设计	林 丽
版式设计	王雨晨 赵梦菲
出版发行	百花洲文艺出版社
社址	南昌市红谷滩世贸路 898 号博能中心 I 期 A 座 20 楼 邮编 330038
经销	全国新华书店
印刷	三河市兴博印务有限公司
开本	880mm × 1230mm 1/32
印张	9.5
字数	235 千字
版次	2018 年 6 月第 1 版第 1 次印刷
书号	ISBN 978-7-5500-2779-4
定价	42.00 元

赣版权登字：05-2018-165

发行电话 0791-86895108 网 址 http://www.bhzwy.com
图书若有印装错误，影响阅读，可向承印厂联系调换。

1

她粉身碎骨，转瞬成灰

开始的时候，一切如常。

我正和姐姐通电话，而她坐在窗牖边的桌子前，这是她在赤川租住的房间。阳光透过窗帘，投射在她长长的黑发上，斑斑驳驳。她揪着我不断地问问题，一个接一个，对于她的每个问题，我只是嘟囔出一个字来应付，迫不及待想要结束这场谈话，但是忽然间，她便在我眼前粉身碎骨，转瞬成灰。

我在黑色轿车里醒来，倘若不是膝上放着的白瓷瓮，我会觉得这一切不过只是脑海里的南柯一梦。瓷瓮宛如圆柱形的矮花瓶，上面装点着飞翔的杜鹃与素雅的菊花。瓮里盛着姐姐石田惠子的骨灰，她离世时仅有三十三岁。

我松了松领带，问本田：“还要开多久？”

他打着方向盘说：“快到了。”

“能不能放点音乐？”

“当然可以。”他答道，便摁了一下按钮。

收音机里正在播放比莉·荷莉戴[1]的《夏日时光》。

此时正值周五下午，所以整个旅程十分顺利。目光所及之处，阳光明媚，交通顺畅，甚至音乐也令人心情舒畅，这是一首会让人跟着节拍敲手指的歌曲。

而我的手指却不由自主地紧紧握住瓷瓮，眼睛死死盯着它。本田瞥了我一眼，然后又把目光转回道路上。

“惠子生前很喜欢爵士乐。”他说。

我点点头，却说不出话来。她还收集过一小堆磁带，现在这些磁带都怎么样了呢?

“但很逗的是，她连一个爵士乐手的名字都叫不出来。”他继续说道。

我清了清喉咙，“人无须学富五车，也能欣赏爵士乐。”

“一语中的，石田君。”

其实，这些话是姐姐先告诉我的。

哪怕此时此刻，我也能勾勒出她坐在桌前，手指绕着电话线，脸上挂着沾沾自喜的笑容，嘴里嘟嘟囔囔地说着：“人无须学富五车，也能欣赏爵士乐。”

① 比莉·荷莉戴（1915—1959）：美国爵士乐女歌手。

尽管我从未见过她租住的房间，我对房间的样子一无所知，然而奇怪的是，此情此景却深深印刻在我的脑海里。

“我们到了。”本田说着，把车停在桂木酒店的入口处。

“非常感谢您为我姐姐安排悼念仪式。”我说道。

“无足挂齿。惠子生前曾给我许多帮助。”

我点了点头，下了车，手仍旧紧紧握着瓷瓮。我正准备穿过大门，便听到他在身后叫我，“石田君。”

我转过身，本田已经摇下车窗玻璃。

“你打算如何处理……”他挠着后脑勺，眼睛看着瓷瓮。

“我还没决定。”

“如果你想把骨灰撒到海里，我们可以让火葬场的工作人员来处理，他们会收取一点费用。”

“我不会这样做，”我说道，“姐姐怕水，她不会游泳。”

本田与姐姐在同一所补习学校任教，正是他为我安排了住宿。

他曾经说过：“这里家具简陋，但既便宜又宜居。”他的描述完全准确。房间摆放着一张小床、一台小电视机、一个衣柜、一个梳妆台以及配套的椅子，此外再无他物。家具有些老旧，但是用起来毫无问题。房间相对来说比较干净整洁，有个套房浴室，空气中弥漫着些许霉味。

我把骨灰瓮放在梳妆台上，看了看手表。此时两点半，所以我还有一个小时的时间去警局。我脱下西服，把它搭在椅背后，我需要洗个澡，把葬礼熏香的气味全部洗掉。

滑开浴室的门，我瞥了一眼梳妆台，骨灰瓮默默地立在那里。

我来到警局，看见警务柜台里只有一位孤零零的年轻警官，而我是唯一的访客。当我向他报上姓名，他便站起来，打开警局大门。

“随我来。”他说道。我跟着他，心里感到十分惊讶，他竟让警务柜台空无一人。

警官领着我走过狭窄的走廊，然后示意让我进入右边的一个房间。我敲了两下门，深深地呼了口气，转动门把手。

“不好意思，打搅了。”我说。

在一张堆满文件夹的桌子后面坐着一位中年男子，他头发稀疏，身穿褪色黑西装，内里是皱巴巴的白衬衫。作为警官，他的穿着太邋遢了。

我们身处的房间没有窗户，而且比我想象中的要窄小，或许这种设计就是有意要给来访者制造一种令人感到恐惧的幽闭氛围。桌子从这头的墙顶到那头的墙，将办公室一分为二。我心中不禁疑惑，这位警官每天早上是如何到椅子跟前的呢？是从桌面上爬过去，还是从桌底下爬过去的呢？

他看着我，“是石田廉先生吗？”

“是的。”

“请坐。”他做了个手势，示意我在桌前的两张空椅子上坐下，“对于石田惠子小姐的遭遇，我感到十分遗憾。此时对于您和您的家人来说，必定是艰难时刻。”他把文件夹移到一边，然后把自己的名片递给我，“我负责石田小姐的案子，您可以叫我织田。”

我点了点头，读了一下卡片：高级探长织田英寿。

“石田先生，我需要您对我知无不言，言无不尽。”他拿出一个录音机，“我们可以开始了吗？”

“是的。”

探长摁下录音按钮，看一看手表，然后开始陈述一段精心编排的说辞。他先提到本次访谈的地点、日期和时间，然后对自己和我进行介绍。我确认了自己的身份，随后他便开始正式访谈。

“跟我谈谈您姐姐，”他说，“你们俩亲近吗？”

“我认为是的，她每周最起码会给我打一次电话。”我答道。

“您最后一次与她通话是什么时候？”

“上周一。”

他把桌上摆着的日历转过来，面向我，“那就应该是 6 月 6 日？”

“是的。”

“1994 年 6 月 6 日，”他向录音机咕哝了一句，“那么你们谈了什么？”

我盯着他背后的白墙，“没谈什么，只是些寻常事。”

“可以更具体些吗？”

我想了一会，回忆我们最后的谈话——我们谈了什么呢？哦，当然，我们谈到我的约会。

“本周你与青木外出约会了吗？”姐姐问。

“啊哈，”我回答说，“势在必行的周六晚约会。”

“你们去哪儿了？”

“一家意大利餐厅。”

“精美餐厅之流？”

“我猜应该算。”

“真的？”她尖叫起来，“我都不知道你有如此高雅的品位。”

“这是青木的主意，并非我的，她从一本时尚杂志上看到这家餐厅。”

“餐厅好吗？”

我窃笑起来，“极其名不副实。”

“发生了什么事？”

从何说起呢？“服务迟缓，意大利面淡而无味，还很贵。接受时尚杂志推荐的餐厅，我早该知道不应期待什么。”

她笑了起来，“你确定不是因为你的期望过高了？”

“相信我，”我说道，“真的很糟糕。”

“那么餐后你们又去了哪里？”

我停顿了一下，“哪儿都没去。”

“什么？”她嗓子提了起来，“就这样结束了？”

“是的。”我回应着，“就这样结束了。”

“真的假的？”

“是我自己的感觉，还是你真的听起来大失所望？”

“我真的很失望，”她说，“对于你这样的年轻人来说，你太乏味无趣了。”

“不要说得自己像个老妇人，我们只差九岁而已。好了，无论如何，你到底希望我怎样？”

“像你这样年龄的人常常会在晚餐后去浪漫地散步，或者你把最美好的片段对我有所保留。”

“抱歉再次让你失望，但是她直接回了家。”

我并没有撒谎，但这并非全部情节。其实，我和青木在晚餐中发生了争执，说实话，我本来心情就不佳，餐厅平淡无味的食物和不尽人意的服务更是雪上加霜。所以，当青木咄咄逼问我对未来的规划——用她的话来说，我们的未来规划时，我便怒了。

“你如此迫不及待地要结婚，”我说，“是怕自己成为最后一个剩女吗？”

她抓起包站了起来，此时，我才意识到自己所说的话太过分了。她连主菜都没碰就走了。

在气鼓鼓离开前，她说了句：“如果你不道歉的话，别想我再和你说话。”

我叹了口气。青木很固执，她一定会言出必行，但是这也没什么，我需要休息一下。近来，我们的谈话总是围绕婚姻，可是，我已经告诉过她，我还没有准备好要结婚，拉开点距离是好事。

在她走后，我很快离开了餐厅。去火车站的路上，我看到街对面有家酒吧，于是便走了进去，点了杯啤酒。一位女士坐到我身旁的空座位上，我们开始交谈，最后，虽然并非我的初衷，但我喝了很多酒。她本人已经足以让人迷醉，然而我认为醉人的酒精和幽暗的灯光也起了推波助澜的作用。这些因素合在一起，相辅相成，结果我发现自己躺在了她那间高档公寓的床上。

完事之后，我去洗澡，而她很快就睡着了。最后一班火车已经离站，所以我留下过了夜。凌晨四点左右，我醒来，她还在沉睡。因为不想与她有更多的纠缠，我便悄悄地离开了。

当然，关于这段艳遇，我对姐姐只字未提，否则她肯定会盘问起这个女人，可我几乎想不起她长什么样，更别提她姓甚名谁，我唯一记得的是她后颈上有颗小痣。

“小廉，怎么不说话了？”姐姐问道。

“我累了。”我撒了个谎。

她还继续问，好像没有听到我说的话一样，“但是你很喜欢意大利菜的，不是吗？我记得以前我做的意大利面你总是一扫而光。”

“做得好吃，我才喜欢。”

“我知道一个吃意大利菜的好地方。不像你去的那家餐厅那么时尚昂贵，就是一个家庭小店，老板是对老夫妇。你来赤川的时候，我带你去。这家店虽然在城外，但是值得去一趟。”

感觉到她言语中带着的兴奋劲，我微微笑了一下，“好的。”我说道。这便是我们的最后一次谈话。

“你想到什么了？”探长问道。

我不认为自己的私生活会与姐姐的死有任何瓜葛，“我们谈论了我的学习，都是些无关紧要的事情。”

“她有没有提到什么令她困扰的事？工作或者人际关系上的问题？”

我摇摇头，“我记得没有。”

“你知道她为什么来赤川吗？跟东京比起来，这里很乡下，而且她在这里无亲无故的。”

在回答这个问题前，我犹豫了一下，“我们父母之间的关系不融洽，姐姐接受不了这件事。”

他查看档案，“她一毕业就离开了东京，当时是二十二岁，对吗？”

“对的。”

“那么她在这里已经生活了十一年。”他看着我，“为什么你们家只有你一个人来参加她的葬礼？”

我答不上来。他直直地注视着我，等待我的回答，但我却一言不发。我不想过多透露家里的问题，这一切都是我们家的私事，与姐姐的死毫无关联。探长叹了口气，在他的便签本上潦草地写了几句，便签页上记满了字迹无法辨认的笔记。

“你姐姐，她有没有恋情？”

“没有。”

我很确定姐姐近期没有恋爱。并非她个人的原因，姐姐性情温顺，身材苗条，言谈举止间流露出良好的家教。总而言之，石田惠子是那种普通职员都想娶回家的女人。在她读高中和大学的时候，有一些不错的男生要约她，但都被她婉言拒绝了。

“如果我不爱他，就没有必要跟他约会。”她这样对我说。

“不要做无可救药的浪漫主义者。”我说道，“这样的话，你永远都嫁不出去。”

她一笑置之，虽然她从不承认，但我的话是有一定道理的，对此，她心知肚明。

“你确定？”探长问道，打断了我的思绪。

他从抽屉里拿出一些照片，在桌上摊开。其中一张照片上是个米色的手提包，我认得这是姐姐的。手提包被浸湿了，上面血迹斑斑。手提包的表面被撕开，包上到处是深深的抓痕。看到它，我本应感到难过，但我没有，我麻木了。

我仔细查看了其他照片，没有什么特别的。她的钱包、红头巾、钥匙（上面带着一件小兔子饰物，会发出叮叮当当的响声）、药、计划簿，以及几支笔。

“看一下这个。”探长指着药说。

我靠近查看，这是一瓶避孕药。

“还有这个。”他挑出头巾的照片。

“你认为它像什么？”

“头巾。”我答道，并没有对此深想。

“法医在上面发现了一根她的睫毛。我们还发现她手腕上有深深的印痕，像是双手被绳子捆绑过。”

我觉得喉咙被堵住了，“那么她在死的时候双眼被蒙，两手被绑？”

“我们检查的结果表明这一切早在凶杀前就发生了。从她的伤痕来看，似乎她想用手提包来挡住袭击者，”他抿起嘴，思考了一会儿，“我很抱歉我的反应似乎有些麻木不仁，但我的职责就是要从所有角度来看待问题。”

我沉默不语，等待他的下一个问题。

“有没有可能，石田小姐加入了什么组织？或者什么团体，带着……某种性倾向？”他有些尴尬地移开目光，“我只是想说，她很迷人，而正如你提到的，她没有恋情。”

这种想法太荒谬了，我忍着没有笑出声，“我非常了解她，她不是那种四处留情的人。”

他叹息一声，但没有进一步逼问这个话题，“她没有提过任何心仪之人？”

我努力回忆，这些年里，在我们每周的电话中，有没有说过任何诸如此类的事情。

“前男友？”他继续问道。

“有一个人，”我说，“大约四年前。我不确定是不是她男朋友，但是她告诉过我，她常常和某人在一起。”

探长倾身向前，拿起笔，“告诉我他的名字。”

“她没有说，但这是唯一一次她曾经提到与人约会。几个月之后，他们产生了龃龉。”

“什么样的龃龉？”

“我不知道。”

他把笔扔回桌面，“对于这个人，你还了解什么其他情况？”

“他开车，”我说，“他们曾经一起出城好几趟。”

探长挠了挠下巴，“你知道他们去过哪些地方吗？”

“她从来没有告诉过我。”

“还有什么其他情况吗？”

我在座椅上惴惴不安地挪了一下。我对姐姐的朋友或者她约会的对象知之甚少，她从不向我吐露心声，但我也从未问过足够多的问题。我对她一直都是如此漠不关心的吗？

“很抱歉，”我说，“我希望我能提供更多帮助。”

他关掉录音机，“老实说，这种情况和我交谈过的每个人的情况一模一样，她的上司、同事，还有房东，所有人对她的私生活都一无所知，她必定非常注重隐私。”

不，并非如此。姐姐对身边的人关怀备至，她总是不停地问他人问题，一个接一个，从不把自己放在谈话的中心。

或许，他说得对。她可能是一个非常注重隐私的人，一直以来，我都错了。我的意思是，我甚至都不理解为什么她会随身在手提包里带着避孕药，以及一块蒙眼巾。

“我们会尽力而为。”探长说，“如果你想起任何对我们调查有帮助的事情，给我打电话。任何事情，给我电话，明白吗？”

我含糊地点点头。如果这就是他们的调查方法，那么他们永远都破不了案。

“你有什么问题要问我们吗？”他问道。

我有许许多多的问题，但却不知从何问起，我还是无法相信她已经离开了人世。

三天前，我接到警局的电话，我知道的下一件事情便是自己站在她的棺椁前。化妆师的手艺很好，她看起来宛如正在沉睡。

“我想知道发生了什么。”我对探长说。

他把头向前倾，“你是说关于她死亡的细节？”

“是的。”

“详情各式报道里或多或少都提及了，”他说，“石田小姐夜里独自行走时，受到尖锐物体攻击。我们在犯罪现场找到一把血迹斑斑的刀，伤口与刀刺伤吻合，刀上的 DNA 与她也匹配。

会不会是那把刀？我清了清嗓门，“我可以看看这把刀吗？”

“是把普普通通的厨房刀具。”

他从抽屉里拿出另一张照片。正如其所言，这把刀很平常，并非我心里想的那把。

“你们有没有找到指纹？”

“只有你姐姐的指纹。”

“有没有可能这是她的刀？或许她随身带着，以做自卫，而攻击者抓到了刀。”

他噘起嘴，“我们不能忽略这种可能性，但赤川是个很安全的城镇。我们这儿虽有些小犯罪，但没有任何事情会需要一个年轻女士随身带刀自卫。”

我一言不发。如果这个城镇果真如此安全的话，那么我姐姐现在还会活着。

“她包里的东西一件不少，”探长说道，“她的钱包和珠宝原封不动。看起来不像一起因抢劫而误杀的案件，攻击手法十分恶劣。”

我想起读到的其中一篇报道中有这样的句子：除了脸部，受害者身上布满严重刀伤。但是我没有看到她的任何伤口。当我站在棺椁旁时，她躺在里面，脸色苍白而沉静，我想要晃动她，对她大喊：“起来了，好吗？你在这里做什么？”

惠子总是那么体贴，大家都是那么喜欢她，我想不出来有人会恨她恨到用如此令人毛骨悚然的方式将她杀害。还是我错看她了？如果我花点力气去了解姐姐，是否会扭转她的命途？

如今问这些问题为时已晚，毫无用处，惠子已然坠入永无苏醒之日的梦境，哪怕是海啸也无法从永恒的睡梦中将她唤醒。

2

怎么做咖喱饭

清晨八点半，我醒来，头发蓬乱，身上还穿着去警局时穿的西装。几分钟之后，我才恍然想起，自己并非身处东京，然后我觉得饥肠辘辘。原本我想继续睡觉，不去吃早饭，但是身体却不愿妥协。

虽然客人可以在酒店大堂自取茶水、咖啡和橙汁，但是桂木酒店并没有提供早餐服务。我只看到了一位客人，那是个秃顶的中年商人。从他身着的西服、手拿的破旧皮革公文包判断，他可能在出差公干。

据本田所言，这家酒店只用了第一、二层，其他三个楼层都是空的。

“别担心，并非那些楼层闹鬼，或者其他什么原因，”他说过，“只是没必要做额外的维护。赤川不是旅游胜地，也不是商业中心，既没有怡人的温泉、美丽的公园，也没有葱郁的高山。说实话，对于像桂木这样的小规模酒店能成功经营下去，我感到很惊诧。”

我猜想这得益于他们低廉的管理成本。在我住店期间，只看到两名员工。一个是身材苗条的中年女士，在前台工作，她每天会穿着不同的和服，款式总是那么简洁明了，穿在身上，让她看起来优雅而精致；另一个是清洁工，那个装着洗涤剂和卫生纸的小推车是她永恒的伴侣，就像忠诚的八公狗一样，不离其左右。

我的肚子又咕噜咕噜叫起来，所以我别无选择，只好勉为其难起了床，穿上一套干净的衣服，走了出去。

虽然此时正值早晨高峰期，但是路上的车并不多。大部分上班族骑自行车，怪不得空气比东京清新。

我走向街区尽头的一家便利店。当我打开玻璃门时，有个铃铛响了一下。这是家小店，货架上的货品都挤在一起。我从冰柜区抓了个金枪鱼三明治，来到收银台，拿起晨报，一时兴起，又拿了本《赤川指南》小册子。

正当我准备离开便利店时，一群高中生走了进来。其中一人撞了我一下，然后她便慌慌张张向我道歉，她的朋友都咯咯笑起来。这些高中女生让我想起处于她们这个年纪的姐姐，那时候，姐姐和我总是吃便利店的食物。父母难得在家，他们拒绝跟对方打交道，让这场失败的婚姻放任自流。

当我帮姐姐整理准备洗涤的衣服时，我对她说：“如果他们如此憎恨对方，他们一开始就不该结婚。”

“以前他们相处得比现在好。”她说。

那必定是很久很久以前的事情，因为我根本想不起来，“那么为什么会变成现在这样呢？”

姐姐深深地吁了一口气，“第一次吵架是因为头发。妈妈生了你以后，就开始掉发。一天早上，爸爸无意中提到掉下来的头发堵住了浴室的排水管，妈妈便怒斥他，对他尖叫。他们相互大喊大叫，然后爸爸就离开了。”

“我一点都不记得了。”

她把浅色衣物放入洗衣机，“你不会记得的，那时你还是个婴儿。听到叫喊声，你还大哭了起来，但是妈妈没有去抱你，我很害怕，不敢靠近她。”

“妈妈秃顶了？”

她笑了，摁下启动按钮，“没有那么糟糕。”

“接下来又发生了什么？”

“我以为第二天早上爸爸回家后一切都会好的，但是我错了。”她说，“他的公司正处于困难期，看起来他将会失去工作。在首次争吵之后，情形每况愈下。哪怕鸡毛蒜皮的小事，譬如肉煮老了一点点，或者他在衬衫上发现了一点极其细微的油污，都会引发他的勃然大怒。”

“那是爸爸的错咯？”

“也不是，妈妈同样难辞其咎，她太情绪化了。”姐姐说，“但我承认，我可能有些偏心，因为我与爸爸更亲近。和妈妈比起来，他总是对我更好一些。有时候我觉得妈妈针对我，待我不公。我是不是太多心了？”

“或许吧。”我低下头，“这么说来，我是他们问题的起因。”

她歪着脑袋，“何出此言呢？”

“你说他们首次争吵是在她生下我之后。”

“别傻了，小廉，这不是你的错。”她轻轻地拍了拍我的头，“千万别这么想，你只是碰巧生在困难时期而已。”

“可爸爸现在有很好的工作了，为什么他们还在吵呢？”

“或许他们已经习惯吵架了，他们俩都那么固执。如果他们能学着彼此和平相处，那该多好啊，有时候各自保留不同的意见也是好的。”

“你应该告诉他们。”

“是的，我应该告诉他们。”

实话说，虽然当时我仅八岁，但是我心里很清楚，姐姐永远不敢直面父母亲，我们只能把想法深深埋在心里，而且希望：如果我们忽略这些问题，长此以往，它们便会自动消失。但是情况并非如此。

事情继续恶化下去，他俩开始不着家。父亲常常过了半夜才回家，带着满身的酒气和汗味，步履蹒跚。妈妈整天在朋友家打麻将，或者唱卡拉 OK。难得两人同时在家时，他们就向对方叫喊，相互扔东西。

每当发生此类情况时，我就溜进姐姐的房间，一起玩棋盘游戏。我们假装对那些喧闹的声音充耳不闻，她沉默不语，我也不说话。

后来母亲再也不入厨，于是我们只好吃便利店里的外卖食物。母亲会把钱放在电视柜旁边，姐姐负责购买食物。这种事情对于她来说，肯定也并非易事，但是有一天，我觉得我已经受够了。

当她把两个午餐盒放到桌上时，我告诉她：“我不吃。”

她问：“你不饿吗？”

“我不吃这些，真的，谁会每天都吃外卖食物呢？”

她挤出一个笑容，“但是今天可是特别的鳗鱼套餐。如果你想要的话，你还可以吃我的鸡肉套餐。”

“我哪个都不要。”

她的笑容消失得无影无踪，“小廉，不要——”

“我说了，我不吃！”我大喊起来。

“好的，随你。”她打开我的午餐盒，把木筷子分开，“你确定？”

我握紧拳头，不吭声。她无法说服我改变主意，吃了一小口鳗鱼，然后放下筷子。她的神情变得僵硬，我心里畏缩了一下，想着她会对我大喊大叫。

“你知道吗？我认为你是对的，我也对此感到十分厌恶。”她微笑起来，“我们去弄点原料，我来煮点东西。”

我以为自己听错了，“你说什么？”

“我说我来煮点东西，”她重复了一遍，“穿上鞋，我们去超市。”

我们出门时，天色已黑了下来。我们来到隔壁的超市，有些货架几乎已经空了，但这并没有影响到我们的情绪。那天晚上逛超市的经历是我有生以来最兴奋的体验，我清晰地记得我们笑容满面地穿过蔬菜区。

姐姐问：“晚餐想吃什么？”

“咖喱饭。”我回答。这是我最喜欢的菜品之一。

“好的，我会煮出你一生中尝过的最美味的咖喱饭。”

而后，我忽然想起从未见过姐姐下厨，“你知道怎么做饭吗？”

“当然。”她毫不犹豫地说着，往篮子里塞满各式各样的佐料。

当她试着煮米饭的时候，问题接踵而来。第一轮米饭尚未煮熟，第二轮米饭水太多，我看着她与电饭锅斗争了一个多小时。时间太晚了，我已经感觉不到饥饿。

“你知道怎么用电饭锅吗？”我问道。

“给我一点时间。这个电饭锅的设置与我在家政课上所使用的不同，”她说，“我在想操作指南在哪里。”

姐姐把柜子查了个遍，可还是没有找到。我看着她，为自己早先的叫喊感到十分难过，我想要向姐姐道歉，但是她先说话了。

“小廉，很抱歉，你一定饿坏了。”

我低下头，姐姐的话让我心里更不是滋味。我本不想哭，可是却控制不住自己的眼泪。我把它们擦掉，但泪水又源源不断地涌出。

“不要哭了，”她说，“我会给你煮些东西的。”

她的声音有些发抖。我抬头看她，才意识到她的眼睛又红又肿。

于是我说：“真傻，你也哭了。”

她擦了擦眼泪，“闭嘴。”

我胸口一阵绞痛，我此前从未见姐姐哭过，她一直是那么成熟沉着。于是我转开眼，进入浴室。

当我回来的时候，米饭煮好了，又松软又温暖的米饭。姐姐正在眯着眼睛笑，哼着歌。我长长吁了口气。她往锅里放了点油，加热，炒洋葱。她的动作缓慢而笨拙，她做得并不好，但却不停地用欢快的语气告诉我一切都在她的掌控之下。我坐在椅子上，看着姐姐的背影，她看起来比平常要瘦小。等她煮好的时候，已经晚上十点了。

她把做好的咖喱放到桌上，“试一下，告诉我你觉得怎么样。”

我亲身检验她的杰作，看起来有点像土豆泥和胡萝卜汤，上面漂浮着大大的肉块。她拿出盘子，往里盛上米饭，然后把咖喱浇在上面。咖喱饭还热腾腾的，我用勺子挖下去，吃了起来。

“味道怎么样？”她问道，眼里闪烁着光芒。

我竖起拇指，“美味无比。”

“真的吗？”

我点点头，我唯一在乎的是她脸上满足的笑容，“那你呢？你不吃吗？”

“一会儿，”她说，“我先看着你吃，你看起来那么开心。”

“很好吃，所以我当然开心了。”我又吃了一大勺，“下一次你还会做饭吗？”

“没问题。从现在开始，我每天都做饭。你还想吃什么其他的东西？”

“只要你做的东西都像这份咖喱饭这么美味，我都吃。”

她的脸红了。虽然我已经忘却那份咖喱饭的味道，但是我记得吃起来很美味。

第二天，姐姐外出，买回来一些烹饪书籍。随着时间的推移，姐姐的烹饪技术越来越好。虽然她做的菜肴很简单，但是，一直以来都给我带来温暖。正是因为姐姐，才让我觉得这栋房子有了家的感觉。

在她二十岁生日的时候，我给她买了把厨刀。这把主厨刀带着木质的刀把和洁白的刀枕，这是我买过的最昂贵的礼物。她每天都会使用这把厨刀，离开东京的那一天，她把它一起带走了。

当探长提到刀的时候，我想到了自己送给姐姐的这把刀，很有可能它还在姐姐租住的房间里。数月前，她告诉我，她从之前的公寓搬了出来。她没有把新地址给我，但她工作的单位会有地址。无论如何，我都应该给他们打个电话，看看有什么姐姐的私人物品需要收拾一下。

我的手表显示现在是九点十五分，补习学校不会这么早开门。

我回到酒店，从大堂倒了杯咖啡，在其中一张椅子上坐了下来，我瞥了一眼清洁工。当我拿出包好的三明治时，她对我视而不见。我把塑料膜撕开，咬了一口柔软的面包，芹菜清脆可口，两侧盈满了金枪鱼，真是美味。当我狼吞虎咽地吃下最后一口面包屑时，咖啡还冒着热气，于是我便捡起报纸，浏览起新闻标题。

两个骑摩托的面具人偷了钱包，但是钱包主人报告称包里只有一本《圣经》。有篇文章对道路安全进行报道，另一篇报道某家购物商场的开业，都是些不值得铭记的事情。正如探长所言，赤川是个安全的城镇，我找不到任何关于那场谋杀的消息，人们思迁的脚步是那么迅疾。

我把报纸放回塑料袋，然后拿出指南小册。首页弹出了城镇地图，上面满是色彩缤纷的图标。我找到一些有用的公交线路。接下来几页是关于这个城镇的名胜场所：庙宇、古宅、公园、购物街区。赤川总面积 252 136 平方公里，坐落在高地之上，难怪我会觉得冷飕飕的。

一直以来，我都觉得奇怪，为什么姐姐会在那么多地点中选择了赤川，她从未到过这里。我想问她来着，但总没有合适的时机。

我翻了翻小册页面，看到许许多多与教育有关的广告：有家学生公寓，还有多家补习学校，以及一位私人音乐教师，两门英语专业教程。她很可能就是看到这些就业机会，于是决定去试着教课。

我再次拿起咖啡，但它已经凉了，于是我把咖啡倒掉，回到房里休息。

下午一点，我走进大堂，大堂里空无一人，前台边上放着一部付费电话。我往投币口里投入一枚硬币，拨打了姐姐工作单位的电话。我的掌心开始冒汗，姐姐去世后，我一直不愿意打电话，因为电话会让我想起姐姐，我几乎期待在听筒里听到她的声音。幸运的是电话很快就接通了，一位声音欢快的女士在第一声铃响后便接起了电话。

“感谢致电四叶学校，”她说道，“我是爱比，有什么可以为您效劳？”

“我是石田廉，”我说，“石田惠子的弟弟。”

她沉默了一下，然后说：“对于石田小姐的遭遇，我深感遗憾。我能为您做些什么吗？”

“我可以过来收拾一下她的私人物品吗？另外，您那边的档案里会不会刚好有她的住址？据我所知，她近期搬了家。”

“请等一下。”

她必定用手捂住了听筒，因为我能听到背景中低沉的声音，她正和另一位女士交谈。

“石田先生吗？”

“是的。”

“明天下午一点之后您可以随时过来，我们晚上九点关门。”

“谢谢。”

我放下电话，便看到柜台后身穿和服的女士。她听到我打电话了吗？在上周的当地新闻中，这起谋杀案肯定已经被渲染得沸沸扬扬。

女士向我鞠了个躬，“下午好。”

倘若她听到了我谈话的内容，那么她实在太专业了。她的表情与身上忧郁的和服色调如出一辙，在这严肃的表情里，我察觉不到丝毫变化。显然，她对这件事情漠不关心，因此我倍感安慰，放松下来。

“呃，嗯。”

在没有意识的情况下，我把声音提得很高，现在，她看着我。

“我想知道您是否了解近期发生的那起谋杀案，我认识受害者。”我说道。

“那么说，您是来参加葬礼的。”

我点点头。

“请等一下。”她走进身后的办公室，然后拿着一份几天前的报纸回来，“给您，您可以留下它。”

“谢谢您。”我拿过报纸，关于这起谋杀的文章占据着整个头版页面。我把报纸塞到胳膊下，并努力让自己看起来镇定自若，“对不起，您是……”

和服女士微笑着说：“我叫桂木夏美。如果您还有什么其他需要，请告诉我。”

我再次向她表示感谢，然后出了酒店，到附近的一家咖啡馆吃午餐。回酒店的路上，我再次光顾那家便利店，备了几包方便面。

当我离开便利店时，轰轰的雷声响彻灰蒙蒙的苍穹。我急忙往回赶，正好在大雨倾盆前回到了酒店。内心的紧张和糟糕的天气让我精疲力竭，我回到房间，小憩一会儿。六个小时后，饥饿再次将我唤醒，我从浴室取来热水，加到面杯中，等待方便面软化。

我拉开窗帘，看到窗外豪雨依旧如注。如果这样的坏天气持续下去的话，我将什么事都干不了。我下定决心，明天无论天气如何，我都要去一趟姐姐死亡的地点。我从未想过，那里到底有什么在等待着我。

3

她心爱的男人带着烟草味道

乌云在空中若隐若现，挡住了冉冉升起的骄阳。经过昨日倾盆大雨的洗涤，墨色的沥青路面水气粼粼。我打开指南，仔细研究了一下赤川的地图，然后将册子装进大衣口袋。

一位衣着入时的女士脚踏高跟鞋，走在我前面，由于人行道狭窄，我只好紧跟她的脚步。我环顾四周一排尚未开门营业的商店，似乎一切都那么陌生。可话又说回来，我曾经造访过这座城镇若干小时，那是七年前的事了。

四月一个凉风习习的日子，姐姐到火车站接我。我们走了一段路，然后到附近的咖啡馆坐下。我告诉妈妈，要到朋友家学习，所以只能停留几个小时。

在等待上餐的过程中，姐姐询问了我的学习情况。对于她的大部分问题，我的答案就一个词。学校里全是常规事务，没有什么好说的。

然后她问："那么说，你已经有女朋友了？"

"是的。"我回答说。答案和大多数十七岁的男孩子一样。

她很惊讶，"为什么你没有告诉过我？"

"我现在正在告诉你，不是吗？"

我不想费劲去提起，早在她离开东京前，我就已经和若干个女孩子约会过。并非我刻意隐瞒，只是她从未问起，所以我觉得没有必要提。

"她长什么样子？"姐姐问。

我耸耸肩，"长得还可以。"

"答应我，不久你就会将她介绍给我认识。"

"好的。"

对此，我并未践诺。后来，在姐姐尚无机会认识她前，我就和她分手了，此后的历任女朋友都是这个情况，直到青木。

青木是与众不同的。在姐姐询问前，我就已经把青木的情况向她倾诉，我希望她们两人能见面认识。可如今，姐姐已然离世，而我与青木正处于很糟糕的状态。自从意大利餐厅发生那件事情以后，我再也没和她说过一个字。姐姐的死让我们的争吵变得那么遥不可及，那么微不足道。我不想和青木说话，不想和任何人说话，只想独自在这个陌生的小镇上待着，孑然一身。

我来到一家花店，从桂木酒店走一会儿就能抵达这家店。我问花店老板有没有薰衣草，那是姐姐最喜欢的花。

“很抱歉，我们没有这种花，”她说，“可以告诉我您要在什么场合使用吗？或者您为谁买花？”

我犹豫了一下，然后回答道：“是为一位女士买的。”

她脸上露出喜色，“一位特殊的女士？让我来看看。”她挑出一束小白花，“满天星怎么样？它象征着永不消逝的爱恋。”

我微笑着说：“好的，我就要这个。”

老板将花扎成花束，并绑上绸带。

走出花店，我觉得有点寒气逼人。远处传来阵阵雷鸣声，我怎么会忘了呢？此时已步入六月，长达六周的连绵雨季已经拉开帷幕。我把手伸进口袋，加快了步伐。

我步行十五分钟，来到一个不断向下的宽陡坡前。陡坡一边是幽深的峡谷，另一边长着郁葱的草木。或许此刻时间还太早，路上一辆过往的汽车都没有。我站在那里，前路看起来似乎永无尽头，但我已经看过地图，知道道路的尽头会左转，与高速路接上轨。

警察在姐姐死去的准确位置上放了标志，寻求目击者。实际上，这有什么用呢？如果有人目睹谋杀的过程，他们早就去警局了，除非他们不想陷入其中。倘若他们要置身事外，那么不管标志上说了什么，他们都永远不会站出来。

对于我来说，生命犹如诡秘之谜。谁能想到，在芸芸众生中，姐姐会如此英年早逝，会如此悲惨地离开人世？虽然我已经七年没有与她见面，但她依旧是我最亲密的人，无人能取代她的位置。我的生命从此将迥然不同。

我蹲了下来，把花束放到地上。忽然间，标志后升起一缕白烟。那是什么？我倾身向前，仔细一看，在湿润的地上放着一根七星香烟。

姐姐曾经爱过一个抽七星香烟的男人，如果不是因为姐姐的缘故，我原本不会知道他抽烟。

津田先生是我三年级的班主任，他是学校最年轻的老师，在学校里，有为数不多的几位老师会在课上用些小技巧，让课堂变得趣味盎然，津田先生就是其中一位，所以他深受欢迎也就不足为奇了。

姐姐第一次见他是她到学校来领取我的报告卡。

在回家的路上，姐姐对我说："小廉，你做得很好。"不管我得到什么分数，她总这么说。

"谢谢你能来。"我说。

"不客气，"她把我的头发揉得乱糟糟，"所有的姐姐都会这样做的。"

我把她的手拨开，"别这样。"我知道她在撒谎。我恨爸爸妈妈，是他们让姐姐来承担了他们的职责，但是我不想让姐姐受到困扰，所以我三缄其口。

"你的老师看起来很善解人意，"她说，"当他看到我时，没有询问任何不必要的问题。"

"是的，他很不错。"

"津田先生看起来那么年轻，不像是个老师，你知道他有多大？"

"三十三岁。"

"你知道吗，他正是我喜欢的类型——高大，和蔼，脸上带着友善的微笑。"

我停下脚步，"不要告诉我，你喜欢他。"

"拜托，你说他很不错。"

"他年龄太大了。"

她耸耸肩，"年龄只是个数字而已。"

"而且他很快就要结婚了。"

“是这样吗？”她叹息道，虽然她看起来并没有大失所望，“太糟糕了，但是我想如果像他这样的人没有女朋友的话，那么也太令人意外了。”

“他不大可能喜欢你。对于他来说，你只是个孩子。”

她轻轻推了我一下，“不要出言不逊。”

我注视着她，可是之后我并没有过多想起这段谈话。

当有位同学告诉我他看到姐姐和津田先生在一起时，我反驳了他：“你一定把其他人错认成她了。”我说。没过多久，好几位同学都告诉我他们看到两人在一起，但是我还是认为她不可能与他外出约会。然后，津田先生结了婚。姐姐并非水性杨花之人，他们一定是搞错了。

一天，我在高圆寺的一家咖啡馆里亲眼看见姐姐和津田先生在一起。他们俩有说有笑，根本没有注意到我正站在街对面。

我从不知道姐姐会喝咖啡，而且津田先生看起来也很不一样。他没穿平日里的正式服饰，而是身穿 T 恤和牛仔裤。但是最让人惴惴不安的是姐姐脸上的神情，我从未见过她如此快乐。她看起来和平日大相径庭，我不喜欢她这样。

多年之后，我才意识到这是深陷爱河之人所流露出来的神情。但是当时，我对此不甚了解。我瞠目结舌地站在大街中央，觉得有一只无形之手正搅动着我的五脏六腑。我无法面对他们，我的步履是那么沉重。回到家里，我假装从未碰到过他们，可是这段记忆总是不断地涌现。

每当我在学校看到津田先生，这一幕便会自动在我脑海里重现出来，那种极不舒服的感觉又会回到我身上。我竭力不去想这件事情，但却毫无用处，我意识到我最好还是把它讲出来。

“你还喜欢津田先生吗？”我问姐姐。

当时，我们正在用午餐，吃的是牛肉意面。因为仅有我们两个人，所以似乎是个恰当的时机。真的好奇怪，过了这么多年之后，我还能忆起那天我们吃的是什么食物。

她的表情毫无变化，“你为什么这么问？”

“你告诉过我他是你喜欢的类型。”

“他的确是我喜欢的类型。你不认为我们俩可以成为很好的一对吗？”

我一言不发，可她继续看着我，等待我的回应。她在向我发出挑战。

“他年纪大了。”我用叉子卷起意面，“看起来，你像在和父亲约会。”

“别傻了，要这样的话，他必须在十六岁就成为父亲。”

“你刚刚承认了，他的年龄几乎是你的两倍。”

“当人们长大后，这并非一个巨大的差距，”她坚持说，“就像一个五十三岁的女人和一个六十九岁的男人。”

我真不敢相信她居然说出这样的话来，“但是你十七岁，而他三十三岁，这很恶心。”

她盯着我。

“而且他已经结婚。”我又加了一句。

姐姐猛然站起来，走了出去。我耸耸肩，继续吃。我以为，我已经阻止她更深地陷入一段有问题的关系，可是有些事情却并非原本该有的样子。

第二天，她表现得就像我们之间从来没有进行过那场交谈似的，她缄口不语，我也默不作声。我们谁都没有再提起这件事情。一切安然无恙，或者我以为一切安然无恙，直到几个星期之后，她做午餐时额外加了分量。

“今天晚上我不能和你一起吃饭，”她说，“我做了咖喱饭，你能自己热一下吗？”

我点点头，“可以。”

她不能和我一起吃晚饭，这非同寻常，但是我没有想起来要问问她计划去哪里，我本应猜到有些不对劲。

大约六点的时候，我把姐姐做的咖喱饭拿来热了，餐盘放在桌上看起来很小，咖喱饭尝起来也不像往常那么美味。我把一半的咖喱饭倒入垃圾桶，然后开始做功课。书本摊开，盖满整个桌面，我想把所有空的地方都盖上。我一直学习，直到自己再也支撑不住。然而，我上床睡觉时，她还没有回家。

半夜，有个声音将我唤醒。

我起了床，跟随着声音来到厨房。灯并没有开，窗帘紧紧拉着，但是慢慢地，我的眼睛适应了黑暗。姐姐正坐在地板上，我向她跑过去。

“发生什么事情了？”我问道。

“没有发生什么事情，”她低语，“我很好，小廉，回去睡觉。”

即使在黑暗中，我也能看到她脸上盈满的泪痕。

“为什么你在哭？”

“没有，”她用手腕擦了一下脸颊，“我没有哭。”

“发生什么了？”

“没有发生任何事情。”

我握紧拳头，“是他，对不对？”

她没有回答，但却继续哭着。我回到房间，穿上衣服。当我正要往外走时，姐姐拽住了我的胳膊。

她问：“你要去哪儿？”

“我要去找津田先生，”我说，“我要让他道歉。”

她低下头，“小廉，他没有做错任何事。这是我自己的主意，我不后悔。没人需要道歉，所以请不要让事情变得更复杂。”

我努力要把自己的手拉出来，但是她紧紧地握着。我不禁疑惑，她哪儿来的这个力量，她并没有比我大多少。

我们俩站在门边上，都一言不发。这个闷热的夏夜，知了正在大声欢唱。

最后，我说：“你能不能放开我的手？我哪儿都不去。”

姐姐松开手，我们一起回到厨房。她坐在桌子边上，把脸埋在手臂之间。她一声不吭，但是肩膀却瑟瑟抖着。

我应该怎么做？我是不是该用双臂搂住她的肩膀？那一定会很尴尬，于是，我最终什么都没有做。

那天夜里，她无声地痛哭了一场。在此之前，我从未见过任何人像她这样哭泣，即使在电视剧里，也没有见过，这一定是积压了多年的泪水。

当阳光从厚厚的织锦窗帘缝隙照射进来的时候，她擦了擦脸，问道：“几点了？”

我瞥了一眼她身后的钟，“五点十五分。”我模仿着她常挂在嘴边的问题，问她，“告诉我，你学到什么了吗？”

她挤出一个微笑，“我学到他抽七星香烟。”

“你太奇怪了，”我说，“或者说是愚蠢，可能两者兼有，你既奇怪又愚蠢。”

姐姐大笑起来。从她的表情，我能看出她很伤心，同时也很高兴。

她站了起来，伸了伸腰，“我能为你做早餐吗？”

“好的，请吧。”我掩饰着笑容，心里感到十分高兴，这一夜终于过去了，“最好是顿美味的早餐。拜你所赐，我睡眠不足。”

姐姐笑着，给我做了蛋包饭，并且在上面用番茄酱画了个笑脸，正是这个笑脸让我从小学顺利毕业，而没有对自己的数学老师拳头相向。

我知道，自此之后，津田先生与她再无瓜葛。我怀疑他是否知道她已经离开东京，更不用说她已经离开人世，甚至他可能都想不起她来。然而，看到这根七星香烟，我感受到一种莫名的慰藉。

香烟只烧了一半，所以不管是谁把它放在这里，时间一定不久。我四处张望，却不见一人。

峡谷对面是一排排两层的小楼，它们看起来全都乏味紧凑，只是传统日本建筑的简单翻版，带着斜脊的屋顶，围着石头砌成的花园围墙。

我可以想象得到：其中一栋房子里住着一家四口，父亲、母亲和两个孩子。爸爸是位外科医生，妈妈是位喜欢烘焙饼干的家庭主妇，大女儿弹奏钢琴，小儿子迷恋川崎绿茵足球队。真是众人眼中的完美家庭，身为其中的一分子会是什么感受呢？如果我们生在这样的家庭里，姐姐会不会还活着？

雨滴打在我的皮肤上。密布的乌云遮住了天际，轰轰的雷鸣预示着滂沱大雨正在来临。

我竖起大衣帽兜，沿着斜坡奔跑下去，来到一个可以俯瞰峡谷的露台。我并非唯一到此避雨的人，一位身穿白色毛衣、黑色紧身裤的女孩已在里面，她那长长的卷发在疾风中飞扬。我向她微笑了一下，可她却将身体转了过去。于是我在板凳上坐下，擦去手上的水珠。雨下得更猛烈了，看起来，一时半会儿停不下来。

女孩从口袋里拿出一包七星香烟，我的心悸动了一下。我刚才看到的香烟会不会是她的？只见她拿出一根烟夹在唇间，用金色的 Zippo 打火机将它点燃，眯起眼，深深地吸了一口。烟的味道与雨的气味混在一起，她面前几寸处便是雨墙，她径直地将烟雾吹进雨墙里，并在修长的手指间拧着香烟。这是个货真价实的美女，二十五六岁？二十岁出头？不，甚至可能更年轻。她如此年纪轻轻，不应该抽烟。

她看了我一眼，我移开目光，掌心开始冒汗，于是我在口袋里擦拭着手掌。

“想来一根吗？”她问道。

我摇摇头，“我不抽烟。”高中时期，我曾经尝试过几次，但抽烟总让我想起津田先生，所以我无法容忍自己把抽烟当成乐事。

女孩继续对着雨幕抽烟。可能是氛围使然，她看起来的确带着一种优雅的气质，我的眼睛根本离不开她。

当香烟快要烧尽时，她把烟头扔到地上，并用匡威帆布鞋将烟头碾碎。然后她又点了一根，之后一根接一根，简直是烟不离手。我数了一下，她一共抽了八根烟。雨快要停歇时，她走了。我独自留下来，待了一会儿，才回到酒店。

不知道为什么，我总是无法忘却她的身影。倘若我尚未深谙世事，一定会错把这种感觉当成一见钟情。但，不是，事情并非如此简单。

4

我在四叶的遭遇

姐姐工作的地方是一栋四层大楼，里面有各种各样的教育设施，很容易就能找到。大楼前方立着巨大的标牌，上面标有“四叶”字样，玻璃面板后醒目地展示着功成名就的学生的推荐词。

一群身穿水手制服的女孩子走进学校。我深深地吸了一口气，紧随其后。当自动玻璃门打开时，一股寒气扑面而来，我察觉到有茉莉花的香味。

接待区里摆着一对塑料椅子和一个两座沙发，接待柜台后坐着一位上了年纪、身材丰满的女士。

“爱比女士吗？”我问道。

她站起来，透过眼镜看着我，“您是石田先生？”

“是的。”我挤出个微笑。

她越过柜台，向前走来，“我把您带到办公室。”

我们沿楼梯往上走，一路与学生挨肩擦膀。他们相互嬉笑怒骂，活泼快乐，无忧无虑。想到自己曾经也和他们一样逍遥自在，心中不禁怅然。

四楼是开放式办公空间，低矮的隔板把桌子隔成一排排，桌上堆满了书本和纸张。姐姐的办公区靠近窗户。与其他人相比，她的桌子井井有条，但看起来缺乏人情味，既没有照片，也没有毛绒玩具。谁曾想她以前会使用这个地方，因为任何人都有可能坐在这里。

“别着急。”爱比说道，“如果您想喝东西，请到员工休息厅随意自取。校长在开会，只要会议一结束，他就会把石田小姐的档案给您拿来。”

“谢谢您了。”我说道。

她鞠了个躬，然后自行离去。

我在姐姐的桌前坐下，翻动她的文件。教学手册、学生作业单，还有笔记本，哪些属于姐姐，哪些属于工作机构？我不知道哪些应该拿走，哪些应该留下。

我站起身来，然后才意识到大家都在盯着我看。其中坐在边上的是位娇小的女士，当我们目光相遇时，她迅速移开视线，向下看着键盘。他们全低着头，忽然之间，我觉得好像自己才是那个盯着他们看的人。我深吸一口气，坐回椅子上。我仍旧能感觉到他们的侧目注视，这使我难以呼吸。

只要有人看我，我就会觉得忐忑不安。从前，我没有注意到这一点，直到有一次被姐姐指了出来。大约十四年前，在我十岁生日的那一天，她带我去参观上野动物园，就我们俩人。我们看到一头海狮在石头平台上晒太阳。

姐姐问我："你觉得动物们会不会恨我们？"

我耸耸肩，"它们为什么要恨我们？"

"你看看这头海狮，它生活在禁闭的空间里，所有的眼睛都盯着它看。每天被这么多人盯着看，难道不会觉得极其不舒服吗？"

她转过头来看着我，我马上看向别处。

"特别是对于你来说，小廉，"姐姐说道，"只要有人看你，你就会变得紧张，移开自己的目光。"

"我不是紧张，我只是不喜欢被盯着看，"我说，"这些动物的生活不错，整天吃了睡，睡了吃，无须担忧功课或考试，它们不该有所抱怨。"

姐姐用手臂环绕着我的肩头，"你说得有道理。"

另一头海狮从水里出来，爬上平台，当它再次潜入水中前，环顾了游览者一圈。

"或许对于它们来说，动物园是动物们观看人类展示的地方。"她继续说道。在那个时候，姐姐就已经很有自己的想法。

我深深地吸了一口气，走向那位娇小的女士。

我对她说："不好意思，"这令她大吃一惊，"很抱歉打搅您，但是您能否告诉我员工休息厅在哪里？"

"嗯，直走，然后左转。"她指着一道门说，门边上有两个破旧文件柜。

当我走过去时，我感受到姐姐前同事们的眼睛一直在跟随着我。大部分人只是偷觑，但也有一些人公开凝视着我。我用冒汗的手掌在裤子上擦了擦。

员工休息厅只有最基本的设施：一张小桌子、一个洗手池、一台饮水机、一台小冰箱，然而，却没有可坐的椅子。桌上放着一盒煎茶包和一个装满速溶咖啡包的罐子。

“需要帮忙吗？”

我转过身，看到一个手拿英式咖啡马克杯的女士，她身穿白色上衣，下配米色铅笔裙，头发扎成高高的马尾辫。

“有我能用的杯子吗？”我问。

“当然。”她弯下身，打开下面的橱柜，里面放着十来个陶瓷杯，“如果是我的话，我会先冲洗一下。上次的使用者是谁，或者这些杯子有没有被认真地洗过，你永远无法得知。”

我拿出一个杯子，在水龙头下冲了冲。因为找不到擦杯子的毛巾，所以就在洗手池上甩了几下水。

女士在我身边冲洗自己的杯子，“你一定是惠子的弟弟。”

我不确定应该说什么，于是便简单地点点头，伸手去拿速溶咖啡。

“听到发生的事情，我很难过，她是那么可爱的一个人。”她说道，“你也是位老师，对吗？”

“我还在读书。”我从饮水机往杯子里灌上热水，“我马上就要完成研究生课程。”

“那一定特别忙。你打算待多久？”

“可能几个星期。我已经提交了论文，所以可以休息一下。”从她细腻如脂的皮肤和容光焕发的气色来看，我猜想她应该三十多岁，“你是这里的老师？”

她叹息着说：“是的，但最近才新加入。”

我没有想到她是新加入的，因为她对姐姐直呼其名，唯有爱人和密友才会这样做。

“你是学什么的？”她问。

“英美文学。”我答道，我的专业和姐姐一样。

她的眼睛瞪大了，“你也在庆应大学学习？”

“是的，你是校友？”

“不，并非如此。”她对我露出灿烂的笑颜，“这样说吧，你会不会考虑到这里工作？”

她的话让我大吃一惊。

“不要对我做出这种震惊的表情，”她笑话我，“惠子是我们这里的终身员工，终身员工人数可不多，她负责大部分的英语课程。我们想把她的工作内部消化，可我们每个人手头上都已经有很多工作需要处理。如果你能作为临时老师加入进来，那就太好了。到了寒假，我们应该能找到终身员工来替代她的位置。”

“嗯……”

她歪着头说：“你不喜欢这个主意？”

“有点突然，不是吗？”

“我知道，可我们真的处于艰难时期。”她毫不掩饰自己的情感，“这是个不错的主意。我能保证薪水挺可观。惠子是高级管理人员，所以她周日可以休息。如果你觉得工作不合适，可以辞职。但我肯定，你会做得很好，年轻老师总是很受学生欢迎。”

我感到非常无语，“听着像个伟大的计划，但是学校主人或许不想雇用我。”

“别担心，学校主人正在手足无措呢。”她笑着说。

她的说辞让提议似乎完美无缺。我不得不承认，这个主意听起来比我像海狮一样每天只吃饭睡觉要好。

我皱了皱眉头，“所以你会将我介绍给学校主人，并且……”

“喝完咖啡，你去校长办公室，就在高高的隔墙后面，近在咫尺。我现在就去跟他说。”她拿起马克杯，走开去，离开前，她转过身说道，“顺便说一下，我就是这所学校的主人。”

哦，太棒了。

我喝了一口咖啡，味道真糟糕。

如果将校长房间称为办公室，那真是言过其实了，事实上，这只是四楼里由移动隔板隔出来的一个小区间。

校长是个满头白发的中年男士，他的白发更像是基因所致，而非充满压力的生活方式使然，但引起我注意的是他桌上的植物盆栽，我从没见过像这样长着鲜艳而奇特五彩叶子的植物。

“你一定是石田廉了。”他做了个手势，请我坐下，“我听博子说你很快就要完成庆应大学的研究生课程了。”

“是的。”

“太好了。庆应大学是顶级学府，桥本龙太郎的母校是绝对不会错的。让我说，他准会成为下一任首相。”校长打开桌子抽屉，把里面翻腾个遍，“你可以下周一开始吗？”

真的太快了，我甚至都还没有固定住处，“能不能周三才开始呢？”

“那就周三。”他挑出两份一模一样的小册子，打开其中一本，拍打着脊柱，将册子放到桌上，在上面画了个小 ×，“请在此签名。”

他想让我没有读过合同就签字？但我还是违背了自己更佳的判断，照他的指令行事。校长拿走了我签字的那份，然后将另一份递给我。

“我差点忘了。”他从同一个抽屉里拿出个文件夹，“这是惠子的档案。”

“谢谢您。”

他和我紧紧握了一下手，“欢迎加入四叶，我们下周见，请在下午两点半前到岗。”

就这样，我得到了第一份白领工作。最终，我没有从姐姐桌子上拿任何一件物品回家。

那天晚上，本田给我打来电话。

“我听说你要跟我们一起工作了。”他兴高采烈地说道。

我笑了，“事情令人意外地突发转变，对不对？仅仅是几个月的时间。”

“试一下，最后你可能会喜欢这份工作。”

“或许吧，”我说，“学校主人真的是那位博子女士吗？”

“在某种意义上是的。为什么你这样问？”

“她看起来好年轻。”

“这所学校是家族产业，她祖父是创始人。”他说，“以前都是她父亲在管理，最近他身体不好，所以博子就接了过去。但是不要担心，她虽然年纪轻轻，却可以胜任这份工作。”

这么说，这是她继承的位置，而不是她选择的位置，“我并非担心，只是好奇。”

“所以是她把你招揽进去的？好吧，她一直给我们灌输：我们需要雇用更多青年才俊来激励女生，大部分的男老师已是明日黄花。”

我只能报以苦笑。

“嘿，石田君，本周日你有没有空？那天我休息。我们一起吃午餐，庆祝你的新工作吧。”

我叹了口气，“周日不行，上午我和姐姐的房东约好了，去收拾她的东西，我不知道什么时候能完事。”

“如果你不介意的话，我可以开车送你过去。有车的话，搬东西容易一些。”

本田真是太乐于助人了，但我不想过多麻烦他，“没关系的，我可以坐出租车。”

“不要浪费钱了，反正我也没有其他计划。要不这样，完事之后，你请我吃午餐。”

听他的口吻不大可能接受拒绝，“好吧，如果不是太麻烦你的话。”

“没问题。”他说道，“在哪儿？”

我从钱包里拿出纸条，上面写着姐姐公寓的地址，是我用最仓促的笔迹记下的，“在世嘉区。”

“世嘉区？”他听起来诧异极了，“那可是一个相当高档的区域，我根本猜不到惠子住在那里，她的房东一定很富有。”

“房东名叫加藤小衫。”我嘟囔了一句，目不转睛地看着纸条。

“加藤小衫？”本田说道，他的声音微微提了起来，“你肯定在开玩笑。”

“你认识他？”

“我当然认识，赤川的每个人都认识他。”

“他是名人吗？”

他笑了，“我想你可以这样说。”

5

政客与妻子

的确，加藤小衫是一位名人。

“他是个政客，这里人人都知道他。他出身名门，家族里有政府高官，还有显赫政客。”本田说，“你有没有听说过国会议员加藤隆？那是他叔叔。”

名字听着很熟，但我不关心政治。

“看这栋房子，真大啊。”

我点点头，摁响了门铃。我们面前是一栋西式联排的白色房子，四周环境怡人，静谧而祥和。

门开了，一位中年男士出来应门。他身穿皱皱巴巴的深色西服，奇怪的是，脚上搭配的是一双米色拖鞋。我瞥见他脚踝周围裹着厚厚的白袜子。

对于我们直接出现在他的房子前，加藤小衫似乎有些不高兴。但过了一会儿，我意识到这只是他额上深深的皱纹让他看起来总是那么乖张。我们做了自我介绍，他再次点点头，然后示意我们进入房子。很显然，这是个少言寡语之人。我们脱了鞋，随他进去。

客厅很宽敞，里面全是西式家具，都漆成白色，或者以白色装饰。轻薄的蕾丝窗帘装点着巨大的窗框，窗帘随风飘动，让我想起金鱼的尾巴。

从长廊一路走来，我们穿过了阅览室和书房，两边墙上挂着数排油画，全是乡村风景画，从它们相似的画风来看，应该出自同一人之手。

“加藤先生，这些都是您画的吗？”本田问道。

“不，是我妻子画的。”他答道，这是他首度张口说话。

他的语调与此前在电话中的语调简直一模一样，平直而严肃。在我看来，他很冷漠。我曾经听说政客是地球上最孤独的人，这话必然有些道理。

对于个人来说，姐姐所用的房间宽大而开阔，中间有张床，一旁配有床头柜，床上和床头柜上都点缀着英国玫瑰。门边上还摆着个白色的木衣柜，窗边放着张桌子，与我一贯的想象如出一辙。我心里沉甸甸的。

加藤先生说了句“我会在阅览室”，然后就离开了，让我们留在房中。

我们尴尬地站在那里，大眼瞪小眼。

“那么，有什么计划？”本田问。

“我要整理她的物品，”我说，“大部分可能会捐给慈善机构。”

“你确定家里人不想要她的东西吗？”

我想了想父母，“是的，我想他们不要。”他们根本就不想与她有任何瓜葛，也不想留下任何关于她的记忆。

我从衣柜开始收拾。衣柜有个主隔间，顶上是架子，底部有抽屉。主隔间里挂着正装，姐姐按色调来排列衣物，从黑色到灰色到白色，随后是褐色与米色，最后是色彩更为明亮的服饰，排列井然有序，赏心悦目。正装下面是叠得整整齐齐的罩衫、T 恤、睡衣，分成四摞。对于我来说，她的大部分衣物完全不熟悉，让我想起自打她搬到赤川之后，我们见面的机会何等稀少。

我注意到姐姐没有任何长裤或者短裤，我努力回忆是否曾经见过她穿裤子的样子。没有，除了她的运动校服以外，我从未见过她穿裤子。

衣橱架上摆放着毛巾、被单和手提包，所有包包内部都塞有棉纸，用来保持外形。我知道姐姐一直是个井井有条的人，但此等精细程度还是让我感到十分惊讶。

打开抽屉，里面是内衣、袜子和丝巾，同样也是以色调进行排列。我想起探长曾经说过的话，想到丝巾有可能会用来蒙住眼睛，不禁感到不寒而栗。如果我永远不知道这件事，会不会好一点呢？

我正要关闭抽屉时，忽然在卷起的袜子里看到一个闪闪发光的东西，我拿起仔细查看，是半瓶雅诗兰黛香水。我打开瓶盖闻了闻，一种冷冷的麝香气味，典型的美式优雅。这种香气让我想起凉风习习的初夏之日，那纤尘不染的被单。

收拾完衣橱后，我来到床边的桌子前。顶层抽屉分成两格，左抽屉格里装着电池和电线，右抽屉格里放着排列整齐的爵士乐磁带。打开下方柜门，里面有套立体声音响系统。在我脑海里，勾勒出姐姐躺在床上，两眼紧闭，聆听爵士乐的情景。我深呼吸了一下，控制住自己的情绪。

桌子上除了一盏台灯和一部红色电话外，再无他物。电话机反射着明亮的阳光，光洁锃亮，面对窗户的一侧已经褪色，电话线轻微卷着。看到它，我难过极了，上周姐姐刚刚用这部电话给我打过电话，而现在，她已离开人世。

“你还好吗？”本田问。

“还好。”我回答道。

拉开左下方的抽屉，我看到里面有几本书和若干个文件夹。我把它们拿出来，放到桌上查看，都是与工作相关的资料。

“你认为我要不要把这些资料还回去？”我问本田。

他从我肩头瞥了一眼，“我表示怀疑，人人都有自己的一份。你开始工作时，学校会给你一套新的。”

我还是一件接一件地仔细查看。当我翻看其中一本书时，有张纸掉了下来，直觉告诉我它很重要。我没有看纸张上的内容，便把它装进了口袋。我瞥了一眼本田，他正对着另一个方向，没有看到我的所作所为。

我环顾房间一圈，确定没有任何遗漏。桌子底下放着垃圾桶，衣柜边上有个洗衣篮，但它们都空空如也。应该是这样的。

“我好了。”我说。

“真快，”本田说着，“你想留下什么？”

“可能那套立体声音响和爵士乐磁带，我需要几个硬纸盒来装其他东西。”

“办公室有些硬纸盒，但那意味着今天我们无法收拾完毕。为什么你不和加藤先生说一下，看看他是否介意？”

我们离开姐姐的卧房，走向阅览室。每当有风吹过，轻柔的风铃声便会在房子里回荡。这栋房子寂静得不可思议，要不是这样的话，我会听不到这风铃声。

“你在想什么，石田君？”本田问道。

“这里如此安静。”我回答。

“我在想电视机，他家没有一台电视机。”

现在本田提起，我才意识到我也没有看到任何电视机。但在这个年代的今时今日，人人都有电视机，我想它一定是隐藏在某个房间里。

可后来，我了解到，房子里真的没有电视机。加藤先生把这栋房子当成避难所，在这里，他不受任何外界压力的困扰。他摒弃一切会令自己沮丧的事物，他不想在家里被政治对手或者内阁近期变动的新闻所打搅。的确，政客是地球上最孤独的人。

阅览室里有显赫的私人收藏作品，令人印象深刻。房间四壁全是从房顶直落地面的书架。这个宽敞房间的中央，四个皮沙发环绕一个咖啡台，台上摆放着一个镶嵌宝石的纪念盒。

加藤先生正坐在沙发上读书，看到我们，他便放下书，邀请我们进去坐，“您已经处理好所有需要的东西了吗？”

“非常抱歉，但我们来的时候没有做好准备，”我说，“您是否愿意给我们几日时间？我们会拿纸盒回来，把物品打包。”

“不着急，反正这个房间现在没有人用。”

“我还需要支付什么房租吗？”我手上并没有太多钱，可是我觉得应该问一下。

“不要担心，压根儿就没有租金。”

“对不起，您的意思是？”

他沉默了一会儿，“我和石田小姐有协议。”

我不大明白他话中所指，“协议？”

“是的，私人协议。”

他不再说话，看得出来，他不想谈论这件事情。气氛紧张起来，我向本田望去，他正看着我，我们三人沉默了一段时间。

最终，本田问：“您妻子在家吗？”

加藤先生额上的皱纹更深了，“是的，她在家。”

“那么我们应该和她打个招呼。”

“没有必要，她喜欢一个人待着。”

“我明白了。”本田的声音逐渐降下来。

我浏览了一下书架，架上的书大多为英文精装书，有套英语大百科全书，几本英日字典，他必定对英语很感兴趣。

“您说您是石田小姐的同事，”加藤先生对本田说，“您也教英文吗？”

“我们的确是同事，但我教的是数学。”本田说。

“您喜欢英文文学？”我问，“这里有很多英文书籍。”

加藤先生摇摇头，“那些书是我妻子的。”

“那么您应该把石田君介绍给您的妻子，”本田说，“这位年轻人正在庆应大学学习英美文学。”

“真的吗？”

我微微点了点头，“是的，可我很快就要毕业了。”

加藤先生盯着我，看起来他似乎想要说些什么，可他的嘴唇一直紧闭。他让我觉得很不舒服，我不想在此待下去，于是便找了个借口去洗手间。

从走廊穿过，我看着那些油画，它们似乎不是本土风光。尽管创作这些画作的艺术家拥有良好的技巧，可它们毫无生活气息，给人的印象像是从日历上复制下来的。

我在厨房外停了下来，透过玻璃门往里窥视，里面空无一人。我一时心血来潮，推开门，走了进去。

这个厨房看起来像是从室内装饰杂志上直接迁移过来似的，一尘不染，没有一个脏盘子，或者一点点散落的食物。橱柜光洁明亮，我用手指沿着橱柜底部摸过去，正当我要打开一个橱柜时，就听到走过来的脚步声。转过身，我看到加藤先生。我在没有得到许可的情况下在此游荡，他会不会很生气？我不得而知，因为他的表情没有丝毫变化。

“您的厨房太漂亮了，太整洁了。”我说道。

他点点头，“几乎不用。”

“您的妻子不做饭吗？”

“她以前做饭，可现在不做。”他擦了擦鼻梁，“本田告诉我您将在四叶工作？”

“是的，这是目前的计划。”

“您住哪里？”

“桂木酒店。”

他皱起眉头，慢慢地点了点头，可是我有种感觉，他没在听我说话。

“这么说吧，您喜欢这栋房子吗？”他问。

“是的。”我想如果房子主人问你这个问题，不管情况如何，答案都应该是肯定的，而且我的确喜欢这个地方，“它既明亮，又通风。”

“我妻子过去在医院工作，她坚持房子必须阳光充足，空气流通。”他停顿了一下，然后又问，“您真的喜欢这里吗？”

“是的，是的。”我说道，不大确定为什么他一直在说这个话题。

“我有个建议，”他说，“如果您愿意的话，只要帮我个忙，就可以使用这里任何一间空房。”

我停了下来，等待他的解释。

“我妻子有些状况，所以她不能离开自己的卧室。清洁工每周会来两次做家务，但我仍然需要安排她的饮食。如果您可以负责她的午餐，我就无须在工作日挤出时间，那就太好了。”

他透露的情况让我十分惊诧。这就是他和姐姐的协议吗？这种安排很合理，因为她喜欢做饭，然而这对我可不合适。

“加藤先生，恐怕我的厨艺非常糟糕。”我说道。

“我并不是要您为她做饭。如果您愿意，欢迎使用厨房，您也可以购买午餐。”

我不知该如何说才好。这个主意既符合逻辑，也十分诡异，为什么有人会邀请刚刚碰面的陌生人住到自己家里呢?

“您可能在想，如果只是为了午餐，为什么我不让秘书来做?实情是：还有一些其他事情——我需要有人为她朗读。”

我眉头紧锁，刚好与他配对，“为她朗读?”

“我妻子很喜欢英文书，如果每天有人为她读上几页书，她会很开心。”

“我可否问一下，您的妻子……”我的声音逐渐低了下来。

“她身体欠佳，可她的病不会传染，也不会威胁生命。”

“我明白了。”我缓缓地点点头，费力地想要找到一种恰当的反应，“加藤先生，您的提议真是太慷慨了，但是您看啊，此时……”

“我并没有期待您马上做决定。”他打断我，“可如果您能尽快答复我，我会很感激。”

我们约定下周日再次见面。他示意我随他出去，似乎已经忘却我原先提出要去卫生间的借口。

在我离开前，加藤先生握着我的手说：“我希望您会认真考虑我的建议。”

我能感觉到本田正在看我。

等到我们一起坐进车里，他就问：“他说的是什么建议?”

“免费寄居在他的房子里。”我答道。

本田满腹狐疑地看着我，“根本不存在免费寄居这回事。”

“嗯，并非真正免费。他要我给他的妻子购买午餐，因为她病了，无法自己出门。你认识她吗？”

“并不认识本人，可我见过她几次，她总是笑容满面。毕竟这是个小镇，人人都相互认识。”他换了车挡，“现在你问起，我想到曾经听说过他妻子得了抑郁症。他们有个年轻的女儿，但几年前去世了。”

“我明白了。”

“石田君，你应该接受这个建议，虽然它听起来太好了，都不像真的。但像加藤先生这样的人，是不会做出任何毁损名誉的狡猾勾当的，毕竟在这里消息传播得太迅速了。”

“我会考虑的。”本田有时候有点以恩人自居，可能是因为他年纪比我大吧。

“是什么让你有所顾忌呢？”

“那栋房子。”我把左手放在窗户上，“我并不介意安静，但有些东西感觉很奇怪。”

“那个地方太过干净整洁，太过井井有条，所以感觉有点怪诞。”

“你对姐姐的房间有什么看法？”

“很配她的气质。”

对此，我并无异议，因为惠子一直都很规整，很专注，但她的房间看起来那么冷冰冰，那么无法让人靠近。一般来说，人们会在私人空间里摆上自己喜欢的书本、照片和纪念物，从而流露出个性特征。从一个人的卧室我们会了解到许多关于这个人的信息，卧室应该是主人的特有标识。

相反，姐姐的房间却黯然失色。除了那些爵士乐磁带和那瓶香水，毫无个性化痕迹。整个房间就像她的办公桌一样，没有任何特性，好像她要把自己抹得一干二净似的。

我想到四叶学校和加藤先生提供的工作建议，似乎我追随着姐姐的脚步，进入了她的生活，或许这样我便能最终了解她从未说出的东西。

6

丢失的厨刀和交通信号灯

当我终于一个人待在酒店房里，我拿出那张从姐姐卧室取走的纸条。这张纸皱皱巴巴，看起来就像是被反反复复读过。我认得出，那是她的字迹。

上面写着：

在你最不期待的时候，爱情蓦然而至，这就是为什么人们总说“坠入爱河”。对于坠落，你根本无法学习，也无法规划，它只是就这样发生了。

那一瞬间，爱情犹如猪笼草般捕抓住你，你根

本没有思考的空间，更毋论做出反应。当你意识到它发生时，便明了自己已无处可逃，因为你已深陷其中。

我凝望着纸条。难道她是为了追逐某人，或者逃离某人才来到赤川的？可对于她一毕业就离开家这个事实，绝非意外之举，我一直都知道，这一天终会到来。

十九岁生日的那一天，姐姐从宠物店买了十九只小鸟。对此，我记忆犹新，因为那天用完晚饭后，我和她一起去的宠物店。

我不记得那些鸟叫什么名字，但它们都长着黑色的羽毛。店主将它们分别放进三个鸟笼，姐姐提着前两个，我拎着第三个。我不知道她在想什么，这些鸟并不是很迷人，而且还很吵闹。

离开宠物店后，我再也控制不住自己的好奇心，于是便问："你为什么买这些鸟？"

她的脸上泛起淡淡的笑容，"今天是我的生日，我想买鸟。"

"你要它们干什么呢？它们那么吵闹。妈妈会很生气的，我不要被牵扯其中。"

她的笑容消失了，"我没有打算把它们带回家。"

"我们要把它们吃掉吗？"

"别傻了。"

我跟着她，来到附近的运河边上，运河两岸是茵茵草地，我经常和朋友到这里踢足球。下午时分，这里全是来慢跑锻炼的人，还有孩子，可现在是晚上，此处几乎已是空无一人。

我们放下鸟笼，姐姐把笼门打开。我们等着小鸟飞走，可它们却不愿离开，就待在打开的笼子里。

"好奇怪，"姐姐喃喃低语，"为什么它们不飞走呢？"

她吹着口哨，想把鸟儿哄骗出来，但它们纹丝不动。她大声拍手掌，还是一切如故。姐姐很沮丧，她把其中一个鸟笼拿起来摇晃，一只小鸟飞走了，其余的也紧随其后。姐姐望着鸟儿们升到高空，脸上挂着满足的笑容。

一位正在遛金毛猎犬的老先生走了过来，告诉她："小姑娘，你不应该放走那些鸟儿。这不是在帮它们，它们不知道如何觅食，如何避难，它们很快就会死的。"说完后，就带着狗离开了。

姐姐看起来非常难过。

"不一定是坏事。"我努力想要使她高兴起来，"哪怕它们很快会死去，可是它们过的日子也比一生待在笼子里要更快乐呀。再说了，老先生或许错了，小鸟也能适应生存，不是吗？"

她没有回答，我们一路沉默不语，返回家中。

我常常觉得，这件事情是个催化剂。

三年之后，姐姐收拾行囊，购买了一张单程车票，去了一个我们从未到过的地方。或许她想要释放自我，然而，就像那些小鸟一样，她最终很快就死去了。

姐姐离开东京的那天，我从学校回来，发现屋子里一片狼藉，满地都是散落的纸张、刀具、破碎的盘子和玻璃，其中一盏灯的灯罩不见了，客厅中央，妈妈正在擦地板。

"发生什么事情了？"我问道，"怎么这么乱七八糟？"

她理也不理我，继续清扫。

我定定地站在门边，不敢动弹，因为到处都是碎玻璃渣，"姐姐在哪儿？"

"小廉，你说什么呢？"她转向我，"你是我唯一的孩子。"

她的回答让我不寒而栗，脊背发凉，我冲向姐姐二楼的房间，打开门，她不在里面。姐姐的一些物品散落在床上和地板上，衣柜门是打开的，一半的衣物不见了。现实告诉我，姐姐已经走了。

我感到双腿无力，在姐姐房间的地板上坐了好几个小时，我完全惊呆了。妈妈喊我吃饭时，我才走出去。令人惊讶的是，她做了饭。对于惠子，她一句不提，我也没问任何问题。吃味噌拉面的整个过程中，我的头都低着，食之无味。

最后，妈妈说话了，“为什么你还穿着校服？都七点了，去洗个澡，我都闻到你的汗味了。”

躺在酒店房间的床上，我想了一下需要联系的人员名单。

我需要把消息告诉谁呢？父母，当然了，虽然我怀疑他们是否在意。自从姐姐离开后，我们就有了一个不成文的规定：不能提到她的名字。我应该无须向庆应大学汇报，因为我已经完成本学期所有任务，只是在等着拿证书而已。要不要通知青木呢？我最终总是要与她和好如初的，可我认为现在并非恰当时机。于是我决定，就目前而言，我只需要告诉父母就够了。

一开始，我想给他们打电话，但写信更容易一些。于是我下了楼，从前台拿了个信封和几张信纸。黑白相间的纸张让人畏缩，然而一旦我写下头几行，其余的书信内容便轻而易举地流淌出来。

致父母亲大人：

我确信您二位必然安好。

葬礼与火化程序已完成，然尚有些许小事需处理，故我将在此停留六个月。请无须为我担心，我已找到临时工作和住所。

请保重身体，不久我会将新地址告之您二位。

写完书信后，我再次通读一遍。为什么我会写六个月呢？我可以更早离开四叶，不受任何处罚。可似乎这段时间足够我料理姐姐的未尽事宜，而且哪怕教学工作不顺利，我也有足够的积蓄来维持自己的生活。

我签上名字，把信件装进信封，然后把信投入便利店的邮筒里，随后回到酒店大堂，用付费电话给加藤先生打电话。我告诉他我决定接受他的提议，我深知自己不可能找到更好的待遇。即使事情不顺利，我想我可以随时搬出来，不会有任何损失。

“我很高兴您决定接受这个建议，”加藤先生以一贯枯燥单调的声音说道，“您打算什么时候搬进来？”

越快越好，这样我就能省下酒店的费用，“什么时候比较好呢？”

“今天怎么样？”

我双手赞成。

“唯一需要说的情况是：现在可用的客房只有石田小姐此前待过的房间。”他说，“如果您对此感到不舒服，我可以在几日内为您安排另一个房间。”

“请别麻烦了，那个房间没问题。”我说道。

我的目的本就是要挖掘姐姐在赤川的生活，所以这种安排简直就是完美。那天下午，我在桂木酒店办理了退房手续，搬到了世嘉区。在离开前，我从附近的法式蛋糕店里买来一些蛋糕，送给和服女士。她身上的粉色和服与蛋糕盒上的樱花图案极为相配，她看起来既意外又开心。

姐姐的房间与我记忆中的一模一样，宽敞明亮，充足的阳光从窗户照射进来。

“我现在需要去参加会议。”加藤先生说道，“请不要拘束，尽管自便使用厨房，在冰箱里自取食物和饮料，明天上午我会把您介绍给我妻子。”

“谢谢您。”我向他鞠了个躬。

他离开房间，我把自己的物品安放好。由于原先我打算在赤川停留的时间不会超过几个星期，所以我的行李并不多，随身只带了一个手提箱和一个波士顿式包。我拉开行李包的拉链，拿出瓷瓮。打开衣橱，重新将姐姐的衣服进行整理，腾出一个架子。

“欢迎回到你自己的房间。”我低声说道，然后将瓷瓮放在那里。

关上衣柜，我爬上床，躺下，双臂枕在脑后，凝望着这间白色的房间。顶灯外环绕着不透明的白色灯罩，午后的阳光投射下淡淡的光影，慢慢变得越来越长，越来越暗。我深深地吸了一口气，闻到空气中飘荡的一股甜美香气。是午后微风从花园里送来的花香吗？抑或是姐姐在房里流连忘返的身影带来的幽香？这股幽香隐约与我在抽屉里发现的雅诗兰黛香水的气味相似。在东京时，我不记得她用过任何香水，可人是会改变的。

我闭上眼睛，不知不觉进入了梦境。

我站在一条车水马龙的大街边，正等着过马路。我期待信号灯里的小绿人出现，可信号灯一直是红的，过往的车流没有停下来。这个信号灯是假的吗？我是不是该走到下一个信号灯？或许下一个信号灯并不是太远。

当我正在思考的时候，我注意到一个小女孩正在跨过马路。她大约四五岁的样子，身高约莫三尺，身穿幼儿园制服，白色的衬衫加深蓝色的连衣裙，头上扎着马尾，她毫不犹豫地向我走来。

信号灯还是红的，车辆迅速飞驰而过，其中某辆车会撞到她。我想要大喊，让她停下来，可是我一动不能动。女孩冷静地走着，她的小步伐从未停顿，就像节拍器上嘀嘀嗒嗒的摇摆杆。尽管她很不小心，但却安然无恙地穿过了马路，来到我这一边。她在我几步远的地方停下来，我们看进彼此的眼睛。

我想要问："你是谁？"可是，当我一张嘴，我的声音却消失得无影无踪。从她凝望我的眼神里，我知道她已经听到了我的问话。她一言不发，然而嘴角却微微弯起。

当我睁开眼睛，阳光投射的影子已经铺满整个房间，感觉我只是闭上眼睛几分钟，但实际上，肯定已经过去数个小时。

通常来说，我只要一睡醒，就会忘却梦境，但这一次，我却无法把女孩的身影从我脑海里抹去，她过马路时马尾辫上下晃动的样子一直挥之不去。我此前从未见过她，可奇怪的是，她给我的感觉是那么熟悉。

我又觉得饥肠辘辘，于是起了床，来到厨房。我在冰箱里找到一盒巧克力奶，于是找来马克杯，把奶倒进去，几口喝完。我把马克杯洗干净，放在晾干架上。正是这件物品让我想起了在姐姐生日时送给她的刀具，我知道她把刀具一起带到了赤川，所以这把刀应该在某个地方。

我检查了与灶台相连的三个抽屉，顶层抽屉装着银质刀具，第二层装着厨房用具，最下面一层是案板和一套装在木盒子里的经典五件套不锈钢刀，可是，我要找的那把厨刀不在这里。

打开其他柜子，我找到更多烹饪器皿，从平底煎锅到竹蒸笼，它们看起来是簇新的，可是，我还是没有找到姐姐的厨刀。

我放弃了，回到自己房中，想着它有可能会在哪里呢？我知道姐姐十分珍爱这把厨刀，她应该不会把它送人。

街灯的光悄然从窗帘缝隙中洒进来，朦朦胧胧地映照着桌上的红色电话。当我盯着它看时，心里非常想念姐姐，想念她的声音，她的笑容，她打来的电话。为什么她永远离开后，我才意识到她对于我来说有多重要？

我拿起听筒，把它放到耳边。塑料材质冰冷，我能听到嘟嘟声，随后变为长长的“哔”声，我放下电话。我在开什么玩笑？我永远都不会再听到她的声音，她已经死了，她的生命戛然而止，到了一个我无法企及的地方。

石田廉，你想干什么？

7

停止说话的女人

第二天早上，加藤先生把我介绍给他的妻子。他们的卧房是分开的，她的房间距离入口最远，面积比我的房间还要大。透过她的窗户，我能看到一个西式花园，里面绽放着紫色的鸢尾花和白色的玫瑰。

加藤太太坐在床上，身后有枕头支撑，白衬衫外套了件长袖的米色羊毛衫，我曾经想象她会瘦骨嶙峋、眼睛凹陷，可她除了茫然的神情和苍白的肤色外，看上去还算健康。

“这是我妻子，”加藤先生说道，然后转向她，“这是石田廉，从今天开始，他会帮助我们。”

“见到您很高兴。”我向她鞠了个躬。

我等待她做出反应，可她一语不发。她根本没有注意到我们，更确切地说，她似乎根本没有注意到我们的存在，没有注意到我们就在她面前。

我们静静地站在那里，默然地看着她。她不时会动一下，这一刻，她看向窗外，下一刻，她又转向前面的墙壁。

在走出房间前，加藤先生说：“我向石田君交代一下安排。”

我再次向加藤太太鞠了个躬，然后离开房间。

“您心里或许这样想，但我妻子并非聋了、瞎了或者哑了，”加藤先生说道，“她因心理问题而选择停止说话。”

“心理问题？”

“是的，如果您能不再追问下去，我会很感激。”

他翻着口袋，拿出一串钥匙，“这些都是配的钥匙，因为警察拿走了原版，但它们应该能用。”

我拿起钥匙放进口袋。

“让我从头到尾列一下您需要做的事情。”他继续说，“您可以每天从附近的便利店打包午餐，如果沿着主路往东走，就会在右边看到这家店。以前，石田小姐会在上班前把食物买好。”

这太不正常了，“我姐姐不做饭吗？”

“根据我了解的情况，她不做饭，仅为两人做饭太麻烦了。

“我还要提醒您，无须将食物带进我妻子的房间。您只需敲两下门，然后把食物留在门口，购买食物的钱就放在阅览室的纪念盒里。”

我点了点头，“我要保留收据吗？”

“没有必要，反正我也没时间查看。”

“好吧。”

“至于朗读，您可以任意选择最方便的时间，从阅览室随便挑一本书。我想说的是，也许您可以每天都读几页。她可能毫无反应，但我知道她很喜欢有人给她读书。”他点了好几下头，对自己的解释非常满意，“我想目前为止就这些。”

然后他找个借口去了办公室。我回到自己的房间，感到口袋里的钥匙沉甸甸的。我追随着姐姐的脚步，介入一个多么奇怪的安排，可它或许会把我带到她的身边。

下午，我从便利店买了两份鸡肉饭套餐，把为加藤太太打包好的午餐放在她的房门外，然后来到厨房吃午餐。

我把塑料袋放在桌上，从冰箱拿出一罐柠檬水，我刚在阳光下行走过，冰冷的饮料让我感到凉爽。我拿出午餐盒，打开盒盖，上面满是凝结的水珠。

姐姐搬走后，我又回到每天吃外卖的日子。像大部分十几岁的年轻人一样，我常常吃快餐。那个时候，我已经没有那么讨厌快餐了。反正我总要在外面吃饭，因为大多数的时间里，我都会和其中一个女朋友外出。

如果不算那些我随意勾搭上的女孩，青木是我的第九任女朋友。她们中的一些，包括青木，都能做很美味的食物。我还曾经一度与连锁酒店主厨的女儿约会，她的梦想是到巴黎蓝带厨艺学校学习，所以接受过艰苦训练。她为我准备了各种各样的美食，但不知怎的，我还是更喜欢姐姐做的饭菜。

有一次姐姐做味噌汤的时候，我对她说：“你做的饭菜最好吃。”

她笑了，“这不可能。”

“但是，是真的。”

“是这样吗？”她拿起一把切好的豆腐放进汤里，“或许我该开家餐厅。”

“不要。”我马上说道，“饮食是很主观的，其他人的口味可能不会像我这么古怪。”然而事实是我想让她只为我做饭，我那么自私。

姐姐转向我，“我真不知道你是在恭维我，还是在羞辱我。”

“那么就当是种恭维吧。”

她又笑了，手上搅动着汤。

我很喜欢看她做饭，这些都是特殊时刻，不管我白天过得多么糟糕，但只要我们一起待在厨房里，我就会感到轻松自在。也许正是在这种舒适的日常生活中，我才得以茁壮成长。

有时候，姐姐会偷偷瞥我一眼，然后意识到我正在看着她，便说：“我知道你很饿，但别盯着我看，我就快做好了。”于是我们都放声大笑。

石田惠子，她总是误解我。

用过午餐后，我去阅览室找了一本书。

加藤家书籍的选择范围广泛，从莎士比亚到弗吉尼亚·伍尔芙，从欧内斯特·米勒尔·海明威到乔治·奥威尔，再到弗朗西斯·斯科特·菲茨杰拉德。这种藏书并不会让人认为加藤太太是位阅读广泛的人，而会认为她是个经典书籍收藏家。

我挑出萨尔曼·鲁西迪的《午夜之子》，这本书我一直想拜读，却从未有机会，然后走向加藤太太的房间。门外的外卖午餐已经不见了。

我敲了两下门，等着，几秒钟之后，我进入房间。

“打搅您了。”我说道。

加藤太太还是坐在床上，和我此前见到的姿势一模一样，空了的午餐盒放在床头柜上。她的眼睛盯着墙壁。

我在床边的木椅上坐下来，有些笨拙地晃了晃书，“今天我打算读这一本。”

还是没有反应。

看着她，我觉得有点不舒服，于是我便迅速打开书，开始朗读。我发出的声音有些颤抖，我的掌心满是汗水。我多次溜眼看她，可她还是处于恍惚之中。

读完三段之后，我无法继续。我把书本放到床头柜上，拿起空餐盒，退了出去。我觉得十分不自在，搬进来会不会是个错误呢？哪怕此时此刻，我也能感觉到这个房子里充满着黑暗的秘密。

8

玉指纤纤的女子

从世嘉区到补习学校只需要坐一趟公交车，哪怕以步行来计时，整个路程也用不到一个小时。当我进入四叶，便闻到空气中弥漫的薰衣草味道。我第一次来的时候是茉莉花，这一次是薰衣草。我想知道下一次会是什么，或许是樱花？

“早上好，石田先生，”站在前台的爱比欢快地说，“校长正在办公室等您。”

我沿着楼梯来到四楼，走过隔间工作区。有些员工已经来了，他们中的一些人向我点点头，我也向他们点点头。他们知不知道我将在这里工作呢?走进校长办公室，我看到他对面坐着一位身材苗条、头发披肩的女士。

“石田君，”他说，“请进。”

他和女士都站了起来，她一脸素颜，这在今时今日极为罕见。

“这是前田，在您入职期间，她会引导。”

我向她鞠了个躬，“见到您很高兴。”

她也回报了同样的礼节，然后把我带出办公室，“我把课表和讲义给您拿来。”

虽然脚踏高跟鞋，但她的步伐迅疾。她直接走向员工休息厅边上的文件柜，拿出一沓文件，将它们递给我。

“您的工作时间是周一到周六，从下午两点半到九点半。每天教三节课，每节一个半小时。其间还有一段休息时间，可以吃晚餐。”

我们走向我的桌子，姐姐的东西还在那里，我把自己的物品放下来。前田示意我坐下，然后拉了张椅子也坐下来。

“您很幸运，接替高级教员的职位。”她说道，“新聘用的教师通常不会有这么齐整的授课安排，所以往往到了最后，双休日都需要上班。”

我可以看出来，她努力不去提及姐姐的名字。

“别担心，跟着教学大纲走就行，挺明确的。”她继续说，随后，她又解释在课堂上如何使用教材。

“今天我要授课吗?”我问。

她得意地笑了一下，“不，没有这么快。今天我来授课，您可以在一旁观察。但从明天开始，就剩您自己了，所以您要集中注意力。”

我点点头，“当然。”

“太棒了。那么现在……”她迅速看了一眼办公室墙中央挂着的圆形大钟，三点十五分，“请跟我来。”

在离开前，她从文件堆里捞了几份文件，我放下包，跟上她。我想要帮她拿东西，但是她走得太快，我勉强能跟得上。

我们走下楼梯，学生人流从反方向涌过来，我们很难走得过去。有几个学生在路过时，瞥了我一眼。我告诉自己没有什么可焦虑的，新面孔总会引起好奇心。

我的第一个课堂在二楼。我们刚到教室，上课铃就响了，开始上课。

我站在黑板前，前田边上。这个班大约有二十位学生，有几位穿着同款校服。有些学生在忙着看书，其他的在聊天。

“下午好，”前田说，“这是石田先生，他会加入我们教英语课。”

教室安静了，当他们听到我的名字时，表情全都变得很严肃。对此，我原先应该想到，毕竟我姐姐曾是他们的老师。

“我是石田廉。”我隐隐想要把自己的紧张藏起来，“我希望我们可以相处愉快。”

有些学生相互低语。

前田拍了一下桌子，“安静！”

教室再次肃静下来。

“现在我开始点名。”

她一个个点名，三个学生没到。上课五分钟后，他们一起到来，气喘吁吁的样子，他们道歉后便迅速坐到剩余的空座位上。

说实话，我没有想到这些十几岁的孩子会如此顺从。他们聆听前田的讲解，记笔记。当中没有一个人再次不合时宜地交谈。到了提问回答环节，大部分学生参与其中。之后写练习时，又恢复了安静。

第二道铃声响起，每个学生收拾东西。在离开教室前，上交自己的答题纸。

等所有学生离开后，前田问我："怎么样？不是太糟糕，对吧？"

"他们表现都那么好，学习那么努力。"我说。

"应该是这样的。四叶在著名学府的录取率很高，所以我们才能做到挑选学生，学费也比较高。事实上，我们是城镇里最昂贵的补习学校。我的讲解可能太笼统了，但学生都很认真，他们到这里来上课，是为了要进好大学。"

"那么说，他们都是高中生啰？"

"不是所有的，但大部分是。他们要不就在上高二，要不就在上高三，我们不收高一的学生。"

下一波学生的到来打断了我们的谈话。这个班的规模比上一个班还要庞大，结果学生同样还是那么安静而努力。六年前我在东京上高中，学校离家很近，我当时的表现与之相比，真是大相径庭啊。我的同学，尤其是男生，有时候极为喧闹。看到十几岁的孩子表现得那么好，我很不习惯。

大部分的学生鱼贯而入，然后我看到了她。

她和一群女孩子一起进来，她们全都穿着同样的水手服。她看起来有点不一样，头发变短了，扎着高高的马尾。由于发型，她看起来更小一些。我简直无法相信，但我很清楚，自己没有搞错，她就是那个在露台上抽烟的女孩。依照前田所言，她大约十五六岁。

女孩坐在后排，我屏住呼吸，试着查看她的反应。我们目光相触，但没有任何迹象表明她认出我来。然后我假装没有注意到她的存在，可她必定已经意识到我看见她了。在我的班上看到她，我实在太惊讶了，是命运的安排吗？

当前田把我介绍给同学们的时候，女孩目不转睛地盯着我，但只是一会儿。下课后，她和其他同学一起离开教室。这并非最佳时机，可我还是急忙追上她。

“对不起。”我拍了一下她的肩膀，“是你，对吗？”

她转过身，凝视着我。如此近的距离，我确定自己找对了人。

“上周，”我说，“在露台上。”

她摇摇头，“您一定是认错人了，我从来没有见过您。”

“可是——”

“我需要赶下一节课。”她打断我，“您能让我离开吗，石田先生？”

她走开了，留下我一人，说不出话来。可能是我想象的，可她的口吻不大友善，尤其是当她提到我的名字时。

“还好吗，石田君？”前田问我，她的胳膊底下夹着文件夹。

“还好。”我走向前田，帮她拿过文件夹，“我们要回办公室吗？”

“刚才你和中岛在讲话，你认识她吗？”

“我错把她当成别人了。”

“我很抱歉，我担心你正在跟她搭讪。我知道你还很年轻，但我们不应该和学生或者其他教员发生恋爱关系。”她尴尬地转着目光，“而且，关于那个女孩……”

“怎么了？”

“我听说她为了钱和上了年纪的人约会。”

中岛的确很漂亮，但这并不意味她拜金。不管怎么说，她的穿着很朴素，尤其是相比于东京那些与她年龄相仿的其他女孩，“那很可能仅是流言蜚语而已。”

前田降低了声音，“实际上，我就曾经亲眼看到她和一位衣着讲究的男人一起从高级珠宝店出来，那个男人足以做她的父亲。”

“或许就是她的父亲。”

“他们长得可不像。”

我们的谈话让我觉得很不舒服，庆幸的是，前田似乎也注意到了，所以我们没有再多说一个字，回到了四层。我坐在桌前，伸了伸脖子。

“给你，石田君。”本田在我面前放了一罐冰咖啡，“第一天感觉怎么样？”

我挤出一个笑容，“到目前为止，我成功活了下来。”

“很好，我就知道你能做到。”他说，“一起去吃晚餐？”

我四顾寻找前田的身影，令我宽慰的是她去了别处。我并不是不喜欢她，只是她并非我在休息时想要待在一起的人。“为什么不呢？”我对本田说，“附近有什么好吃的？”

我们在附近的拉面摊匆匆吃了一口，然后就回到四叶，继续这一天最后的一节课。学生似乎已经筋疲力尽，有些同学很难集中注意力，我的注意力也很涣散。整个上课的过程中，我无法专注于前田的授课，满脑子想的都是那个用纤纤玉指夹着七星香烟的女孩。

9

挥之不去的雨与碳的气息

经过第一天的工作，我大约夜里十一点回到加藤家。我把包放在地板上，坐下脱袜子，我的目光马上被桌子上的红色电话机所吸引。控制自己，石田廉，这部电话是不可能把你和一个去世的人连接起来的。

“闭嘴！”我低声呵斥道，这一点我早已心知肚明。

我拿起电话线，把它从墙上拔下来。她永远都不会再给我打电话，所以我不想听到电话铃声。我闭上眼睛。我独自一人待在这个城镇，到底在干什么?

小廉……

那是姐姐的声音，温暖而清晰，正是我记忆中的样子。我睁开眼睛，发现自己独自站在一个白茫茫的巨大空间里。

“是你吗？”我大声喊道，但却没有回答。

在我上方，许多巨大的泡泡悬在空中。它们是什么?我跳起来，终于碰到了一个。当食指尖碰到泡泡表面时，我感到一阵寒意。泡泡如夏日烟火般绽放，迸发出不计其数的小球，坠落到地上。

我用拇指在手指上搓了一下那层薄膜，是水。

慢慢地，我意识到我正在梦中，但是这个梦里有些东西不对，我必须出去。如果我无法逃脱，那么我将永远困在这里。

无论我走到哪里，到处都是无边的白茫茫和水泡，从未间断。现在我是不是更靠近出口了，或者离它更远了?

“廉。”有人叫我。

我转过身，看到扎着马尾辫的小女孩正注视着我。和我上一个看到她走过马路的梦境一样，她还穿着同一条深蓝色的连衣裙。

“你是谁？”我问道，“你想要什么？”

她沉默了一会儿，然后摇摇头，向上指。一群大金鱼正在空中遨游，几百条，甚至几千条。每条金鱼的大小和我的脑袋一般，它们身上晃动的鱼鳞将天空渲染成金黄色。

这些飞翔的金鱼在我头顶舞蹈，摆动着闪闪发光的半透明尾巴，躲过一个个的水泡。我为之目眩，它们看起来那么美丽优雅。

忽然间，金鱼向水泡发起攻击，将它们击破，冰水四溅，远处闪耀过一道亮光。我用手遮住眼睛，并且把眼睛眯起来。我想起那个小女孩，于是便到处寻找，但她跑走了。我应该追着她，可是我的腿犹如注铅，沉重极了。

在我醒来前，听到姐姐的声音。

小廉，你不应该来这儿。

我头枕在桌上，睡着了，窗户洞开。窗外大雨滂沱，雨水溅入房间。透过雨声，我能听到阵阵雷鸣。

我站起来，关上窗户。半张桌子，包括电话机，已经全湿了。我拿出一条洗脸毛巾，擦去雨水，幸运的是我没有从包里拿出今天的工作文件。

我看了看手表，此时是夜里两点钟。我知道自己应该去沐浴，可我实在太累了，于是衣服都没换就倒在床上，拉开毯子盖上，可毯子太薄了，根本无法给我保暖。我起身，穿上大衣，然后再爬回床上，又倒头便睡，这一次，我没有做梦。

当我醒来，已是艳阳高照。细小的水滴从玻璃板上滑落到窗棂，然后消失不见。我打开窗，深深地吸了一口气。

有一次，青木在我那里过夜，我问她雨是否有味道，她一边梳头，一边疑惑地看着我。她那头乌黑的长发一直落到肘弯，当她和我睡在一起时，总是把长发挽起，所以发梢会变得凌乱，但是我不介意，我喜欢看她凌乱的样子。

“我认为雨本身不带味道，”青木说道，“可雨后空气中无疑会弥漫一种芬芳的气息，一种清新的泥土气息，你理解我的意思吗？”

我点点头，“我想我理解。”

“或许那是湿润土壤的味道，不管是什么，我很喜欢。”

我也很喜欢。我酷爱雨后这股独特的气息，而一想到雨，总会让我想起青木。

在去四叶的路上，我给父母寄去另一封书信，告诉他们加藤先生家的地址，可我并没有联系青木，我不知道怎样对她说，这是我们之间第一次发生如此长时间的冷战。

好在我享受这种孤身一人的感觉，不需要给任何人打电话，不需要计划与任何人的约会，不需要记住任何特别的事情，这非常符合我的个性。我从不喜欢承诺，也许我本就不该交女朋友。

几天之后，我慢慢习惯了教学安排。

我大约会在八点起床，慢跑一个小时，我跑的路线会一直通往姐姐去世地点的那个斜坡。这宛如自欺欺人，认为自己每天都去拜访她。她在世时，我真该经常来看她。

返回的路上，我会去一下便利店，买两份午餐，然后把其中一份留在加藤太太的房门口，而自己会独自在厨房用餐。用完午餐后，我去加藤太太的房间，为她继续朗读几页《午夜之子》，然后出发去上班。

即使在我休息的日子里，这个时间表也没有太多变化，只是不去工作，而是坐公交车到镇上。大部分的时间，我只是漫无目的地游荡，逛逛商场，或者坐下来喝杯咖啡，每天都是可以预测的。

与我所预想的情况相反，两周之后，我慢慢开始享受与加藤太太在一起的时光。我可以选择读一些一直想要阅读但却从来找不到时间阅读的书，可以读自己喜欢的书。如果我愿意，还可以把同一句话一遍又一遍地重复朗读。不管怎么做，她都会听着我，没有任何反对之言，就好像我俘虏了一个倾听者。如果我累了，就能随时停下来。

房子本身总是那么静谧，坐在加藤太太床边的椅子上，我可以听到空气中最细微的声音，譬如微风拂过窗棂，拨动叮叮咚咚的风铃，或者是与我的呼吸交集在一起的加藤太太的呼吸韵律。如果我待的时间足够长，空气都会活起来，把我们笼罩在无形的薄膜中。

当我感到憋闷时，就会走到窗边，追寻花园中松树的影子。总有小鸟飞来飞去，我不知道它们以什么为食，可它们长着深蓝色的羽毛，羽毛颜色那么深，看起来几乎成了黑色。它们和姐姐生日时购买的鸟儿是同类吗？我不得而知。除了它们的羽毛是黑色这一点以外，我对它们的记忆很模糊，或者它们就是深蓝色的？

似乎我想要记住的，早已忘却，而想要忘记的，却总还记得。我心里希望把我带到这里来的一切，譬如姐姐的离世，只不过是一场梦。

我原以为像加藤这样显赫的政客会有许多上门的访客，可事实并非如此。到目前为止，我看到的唯一访客是那位白头发的家政，她每周一和周四会来。由于她融入房子的方式，让我每次都要过一会儿才注意到她的存在。她很安静，小心翼翼，或者说，我从来没有听到她说话，而且不知怎的，她会悄无声息地进入屋子，谁都没有注意到她，唯一让人注意到她存在的东西是吸尘器的呼呼声。

每次我看到她，都会向她鞠躬，可是她不理睬我。她会不会不高兴，因为我注意到她了？这是多奇异的想法啊，没人会这样想。可当她就在身边时，我会特意不大声朗读，会溜进自己的房间，在房里等着，直到该去上班的时间。

当我向本田谈起这个家政后，他问我：“你没有试着跟她交谈吗？”

我耸耸肩，“她看起来好像不想交谈。”

“你可以试一下，打开话匣子。”

“可能吧。”我说着，心里却知道自己永远都不会。

最后一节课已经结束，我和本田坐在我的桌子前，吃方便面当晚餐。这天下了一整天的毛毛雨，寒冷的天气让人觉得饥饿，所以雨季里在办公室囤上些方便面是个明智的选择。

“加藤先生怎么样？”本田问。

“我极少看到他，”我说，“在我起床前他已离开家，等到我从办公室回来，他已经进自己的房间。”

“他会花时间和妻子待在一起吗？”

“我在的时候都没有。”

“这么说，他是个工作狂？”

“或许吧。”

“或者他可能喜欢独自一人。”

“有可能。”

虽然我的确有一次看到他在妻子的卧室里。

那是个周日，我正打算像往日一样去朗读。门打开了，我意识到加藤先生正在房中，于是便站在门外。他坐在妻子床边的木椅上，我常常坐在那里，他们都看向窗外，沉默无言。我离开了，给他们留下一些私人空间。

尽管他们很安静，但是我感觉到在他们之间有一股强烈的联系，就好像他们有着自己独特的沟通方式，一种秘密的语言，很奇怪，然而却很美丽。

我把面汤喝完，然后将泡沫塑料碗扔进垃圾桶，瞥了一下窗外，看到雨已经停了。七星——或者中岛柚木，我知道了她的名字——正走出大楼。她身边的同学有说有笑，可她看起来却与其他人很疏远。

那一刻，我才意识到是什么把我引向她，是那些漂亮的纤指，那个雨日，她抽烟时，优雅地动着手指，这一幕仍旧深深地吸引着我。

“好了吗，石田君？”本田问，“我要去世嘉区附近，可以顺路带你走。”

“别担心，我可以坐公交车，不远。”

“既然不远，让我载你回去。”

我拿起包，跟他到了地下停车库。他的车子总是散发着淡淡的柑橘味，但我在各处都没有看到空气清新剂，或许他每天早上都在车内喷清新剂。

本田打开手刹，汽车慢慢向前移动。我感到一阵凉意，于是就揉了揉鼻子，打了个喷嚏。

“你病了吗？”本田问。

“不，我很好。”我回答道，“一定是天气。”

“当你自己一个人住的时候，必须注意身体。”

我含含糊糊地表示同意。

“我是不是太教条主义了？”

我没有仔细想就说：“你有时候让我想起姐姐。”

这些词一说出口，我马上就后悔了。气氛变得很尴尬，但好在本田假装没有注意到。

我眯起眼睛，看着街灯。远处的红色信号灯变成绿色。在夜里，感觉马路更宽敞，或许是因为路上的车辆少了。

想到曾经做过的梦，我问本田：“这附近有对公众开放的水族馆吗？”

“很遗憾，在赤川没有，最近的在东京。”他说道，“怎么了？想家了？”

“我梦到了金鱼。”

“金鱼？”他笑起来，“是什么让你梦到了金鱼？如果你只是想找金鱼的话，可以去宠物店。”

“的确。”

“你最后一次看到金鱼是什么时候？”

我想了一下，想不起来。

姐姐还在东京的时候，我们常常会一起去看夏季音乐节。姐姐很喜欢摆捞金鱼游戏的摊点，虽然她玩得并不好。她把纸渔网摆动得太快，最终渔网破了。姐姐试了两三次，都以失败告终，通常她便会让我来捞。

我至少能成功地捞起两条鱼。姐姐拿起装着金鱼和半袋水的塑料袋走开，脸上挂着骄傲的微笑。可去完音乐节后，她总会绕道去运河，将鱼儿放生。我告诉她这是一种浪费，可她不听，石田惠子不会让任何人来替她做决定。

“你喜欢鱼吗，石田君？”本田问道。

“并不是特别喜欢，但我也不讨厌它们，”我说，“鱼就是鱼而已。”

“那么金鱼呢？”

“金鱼很漂亮，我想是它们身上的色彩的缘故。”

“人们很少会不喜欢金鱼，对吧？就像海豚一样，人人都喜欢海豚。”

车子在加藤家门前停了下来，我向本田道谢，感谢他载我回来，然后下了车。

“明天见。”他说。

我望着黑色轿车变得越来越小，最终在远处消失。打开门时，尾气的碳焦味仍弥留未散，寒冷而安静的夜晚会给人一种错觉，让人觉得黑夜无比静谧。

10

泡泡糖的世界和后颈有痣的女人

第二天清晨，我像往常一样去慢跑。

现在，我清楚所有电线杆的位置，可以准确指出流浪猫躲藏的角落，还有一处，砖墙倒塌，野草丛生。

在我返回加藤家的路上，我去了趟便利店。我把额上的汗珠擦去，推开玻璃门，走到午餐盒区间，查看今天可供的选择：鸡排、炸章鱼丸子、腌三文鱼，还有小汉堡包，我应该选什么呢？

门上的铃铛叮当一声，我看到一张熟悉的面

孔，是七星。她还穿着校服，此时此刻出现在这里，她一定在逃课，我正要走向她时，一位我曾经见过的年轻人走进了店里。

他走向杂志架，可两眼却锁在她身上。虽然他没有穿制服，但我认得出，他就是我上次拜访警局时，在警局柜台负责接待的年轻警察。他会不会是在执勤？难道是在抓捕逃课的学生？

七星站在糖果架前，手指划过一包包的糖果，似乎在找寻什么。然后，她突然弹了一下食指，把一筒泡泡糖弹进书包里。我倒吸一口气，她的动作在一秒钟之间就完成了，十分精准。从她行动的方式以及脸上丝毫不变的表情看来，我知道她绝非首次在商店行窃。

七星正要走出去，警官放下手中的杂志。我不假思索，跑上前，抓住她的手臂，她惊诧地看着我。

在惊讶过去后，她低声呵斥，“你在干什么？”

“你刚才的所作所为我看到了，”我低声说，“现在把泡泡糖放回去。”

她转开视线，盯着远处，“我不知道你在说什么。”

“我在说什么，你心知肚明，而且那边那位便衣警察也很清楚。”

我瞥了一眼年轻的警官，七星的脸变白了。

“没关系，你还在店里。”我继续说，“不要惊慌，你只需把它放回架上。”

“我不能。”她低下头，“我需要它。”

“那就付钱买下来。”

她摇摇头，“那么就失去意义了。”

我沮丧地叹了口气，“你想怎么样呢？晚上在警局过夜？”

她继续低着头，没有回答，很显然，她已经为各种后果做好准备。我怀疑她是不是为了吸引某人注意，而做出的叛逆行为，可是，冒着留下犯罪记录的风险，确实不值得。

警官向我们走来，“有什么问题吗？”

“一切都很好。”我说着，把手塞进七星的包里。

我把泡泡糖拿到柜台付了钱，七星还定定地站在警官旁边，她的眼睛追随着我的一举一动。我不知道她在想什么，可是我必须救她。我回到她身边，将泡泡糖放到她手中。

她把泡泡糖塞还给我，“没有人要求你把它买下来。”

我不清楚她想要什么。“很公平。”我说，然后把泡泡糖放入自己的口袋。

在走之前，七星还挑衅似的瞪了我一眼。等她一离开，警官就在街区的拐角处跟上我。

“您是石田惠子的弟弟，对吗？我不知道您所图为何，但您不是在帮助那个女孩。我一直在盯着她，看到了她的所作所为。除非我们抓住她现行偷盗，否则她不会吸取教训。”

“我了解，可这一次请您高抬贵手，”我说，“我会和她谈，确保她不会再犯。她还那么年轻，如果有了犯罪记录，那么前途就会受损。”

他的眉头皱了起来，“我可以知道您和她的关系吗？”

“她是我的学生。”我向他鞠了个躬，“让我代表她致歉，请再给她一次机会吧。”

“石田先生，不要向我道歉。我很抱歉，可我不能放过她。我已经记下详情，以防她下次再犯。希望您不要对我产生不好的想法，我只是在尽我的职责。”

然后，警官去追七星。当他们交谈时，我从远处看着，她从书包里拿出一些东西，可能是她的学生卡，警官把信息记录在笔记本上。等他离开，我走到她跟前。

“你还好吗？”我问。

她抱着手臂，沉默不语。

我必须找到一种方法让她说话，“为什么你那么喜欢泡泡糖？”

“泡泡糖有什么问题吗？”

“没有，泡泡糖很好，只是我更喜欢巧克力。”我说，“我最喜欢瑞特玉米脆片牛奶巧克力，你可能从来没有见过，似乎这里不卖。”

她望着我的眼睛，“我很感激你的帮助，可你无权将恩惠强加给别人。”

“好的，我会留下你一个人独处，”我说着，举起双手，“但别把自己的运气用尽。下一次，他们不会放过你。”

七星沉默了，然而她犹豫地看着我，似乎想要问个问题。

“你要告诉我一些事情吗？”我问道。

她把嘴唇抿了起来，“你和我们以前的英语老师同姓。”

“当然了。”我挤出一个笑容，“她是我姐姐。”

她的表情有了些许变化。我等待着她说些寻常的悼唁之词，可没有，相反的，她转过身，走开了。我回到便利店，买了一份报纸和两个午餐盒。

由于早晨事件所造成的混乱，我比平时更早离开加藤家，所以我可以打发些时间，于是就去了一家咖啡馆。这家咖啡馆离四叶仅需走五分钟，店里提供浓咖啡，我点了一杯，慢慢细口品尝。

“廉？”一个温柔的声音响起。

我抬头望去，只见面前站着一个女人，身穿桃红色衬衫和白色裙子，典型的职业丽人，年纪约莫二十多岁。

“我就知道是你。”她的笑容更灿烂了，“一个人？我可以加入进来吗？”

“当然。”我说着，竭力想回忆起她是谁。

她的妆容自然，恰到好处，让她看起来散发迷人的光芒，长长的头发用黑色的发夹固定在右耳上方。她是同事吗？可是工作机构里没有人会叫我廉。

女人拉开椅子坐下，“你在这里看到我是不是很惊讶？”

“有点。”我说，“我能为你点杯喝的东西吗？”

她面带笑容地站起来，“不要麻烦，我自己点些喝的，然后我们聊聊。”

当她走向前台，我思考了各种各样的可能性。是不是以前的同学？或者远房亲戚？不，我很确定我不认识这个女人，但她应该是个重要的人，我应该记得的人。

她拿着冰咖啡回到桌前，我还是想不出来她到底是谁。

“我到这里来撤公司的活动，”她说，手里拨弄着吸管，她的指甲涂成米色，完美无缺，“这一趟三天两晚，我们明天离开。”

我决定继续装下去，“你现在做什么工作？”

“还是平时那些事：商场，纪念馆，寺庙，更多是商场。说实话，我不知道为什么我们会选择赤川，而不是像奈良、京都这种地方。我确实认为小城镇独具魅力，可不一定会吸引每一个人。”

我点点头。

“这个地方肯定无法吸引我，我正盼着去泡个温泉，就像前些年一样。”她用吸管搅动饮料，“那么你呢，廉？你在这里做什么？”

“我在工作，我正在附近一家补习学校教课。”

“很好啊，”她说，“我的意思是说，上次我们聊天的时候，你还在为毕业之后做什么而发愁。”

“是的，那是……”

她数着手指，“三四个星期以前？”

我感觉自己就像一直在雾里行走，由于雾太浓而不知道自己鞋子的颜色一样。然后，一阵风吹过，将浓雾驱散，我意识到她是谁了。

从她后颈上的痣开始，我在她公寓里过夜的记忆如潮水般倒流回来，我甚至可以忆起她身上的香水味道，一股混合着柑橘与樱花味道的清香，她把香水喷洒在温润的皮肤上。我记得她那被月光照亮的弯曲后背，那大声的性感呻吟，还有那深深埋在枕头里、涂得完美无缺的指甲。我乱了方寸，不禁喝了一口咖啡。

“你是不是认为我太主动了？”她问，“通常都是男人接近女人，可那天晚上是我走向你，先跟你说话的。”

我摇摇头，“没关系。”

“真的吗？”

“真的。”

她又搅了一下饮料，“这个听起来可能很奇怪，可我上周梦到你了。我不是对你痴迷或者什么的，只是不知怎么的，你就是钻进了我的梦乡。”

我不知道对此应该做何反应，于是便耸耸肩说道：“有时候会发生这种事。”

“当我醒来，想要见到你。我有一股冲动，想要拿起电话打给你，可如果我先主动约你，会很怪异。你怎么想？实话实说。”

“就像我刚才说的，没关系。现在是九十年代了，女人先主动完全正常。”

“你喜欢主动的女人吗？”

其实，这完全要视情况而定，可我不想细谈。

“不管怎样，这不是重点。”她说，“哪怕我决定要给你打电话，我也做不到，你没有给我你的电话号码。”

我挤出了一个微笑，“真是这样吗？我一定走神了，那天晚上我醉得厉害。”

“你看起来很好。”

“不管我喝多少，看起来都不像醉酒的样子。让我们公平一点，你也没有给我你的电话。”

“我给了，我把它写在纸条上，放进了你的口袋。”她用手捂着嘴低声说，“别告诉我你没有注意到，谁帮你洗衣服？”

“我自己洗，可我把衣服投入洗衣机前从来不查口袋。”

“那太糟糕了。”她微笑起来，“而且，你一字不留就离开，真是太冷酷了。如果你等到我醒来，我会给你做早餐。”

“我早上有个约会，同时你又睡得那么香甜，把你叫醒简直就是罪过。”

“罪过？你的描述真是太迷人了。”

我们都笑了。她知道我的借口立不住脚，可却很欣赏我所做的努力，于是便附和我。

“你后悔了？”她低声说，“这是你如此悄无声息离开的原因吗？”

我不想伤害她的感情，于是马上答道：“你误解了，不是这样的。你看起来那么安详，所以我不想把你叫醒，仅此而已。”

她倾身过来，靠近我，凝视我一会儿，似乎在我脸上寻找什么蛛丝马迹。我清了清喉咙，看向远方，不想与她对视。

她重重地叹了一口气，“不知道为什么，我觉得可以信任你，你看起来很真诚。我猜想，虽然你相当英俊，但这一点并没有损害你的个性。”

我挤出一个笑容，此时此刻我们只是在迎合对方而已。面对一夜情的对象，你还会有什么其他的期望呢？我们应该成为朋友吗？继续性爱接触吗？

她向我倾身，“我的酒店就在下一个街区，你要过来吗？”

我无法回答。我已经猜到这个问题会来，但却没想到会来得如此之快，或者会被如此直截了当地提出来。

她感觉到了我的犹豫，于是说：“让我猜一下，你已经结婚了。”

“没有，可我有女朋友。”

“那没问题，我也有男朋友，虽然他大部分时间都在海外。”

对此，我并不感到意外，我已经感觉出来，她并非在寻求恋爱关系。

“那我们的境况是一样的，不是吗？”她从小手提包里拿出笔记本，撕下一页，在上面潦草地写了几个字，然后把纸条塞进我的手里说，“这一次让我们明明白白的。这是我的号码，不要弄丢了。”

我点着头，“我不会的。”

“关于酒店的事，我是开玩笑的。我和同事共住一个房间，可是，任何时候你想的话，都可以到我的公寓过夜。我男朋友一年也就来一两次，通常都不到一周。大部分时间，我都是独自一人。”

我想要问，她与男友之间的这种公开安排是否是相互的，可我并没有问。

“当你在东京的时候，给我打电话，我们一起做伴。”她继续说道。

“而且你还可以给我做早餐。”

“对的，我会做很美味的蛋包饭。”

我的心悸动了一下，那是姐姐的拿手菜肴之一。我清了清喉咙，“听起来是个好计划。”

她妩媚地对我笑了笑，“性爱还是早餐？”

“两者皆是。”

“那就这么定了。”她站起来，弯下身去拿起包，她那白色蕾丝胸衣偷偷地从敞开的衬衫领口漏出来，“我很想跟你聊更长时间，可我必须走了，我等你的电话。”

她离开后，我才意识到我还没有给她我的电话号码。我把她给的纸条半折起来，放进口袋，我应不应该给她打电话呢？

11

你会好起来

我又梦到了马尾辫女孩。

我站在一条不认识的街道中央，肌肤上裹着一层细雾。这个地方很荒凉，视线里一个人影都没有。到处是小水洼，近来必定下了雨。

慢慢地，水面上荡起微微波澜，涟漪相互交叠，又开始下雨了，我必须找地方避一避。

一个尖锐的声音从上方传来，打破了宁静。我看到一群黑色的鸟儿正在我头顶上方，可它们一动不动，悬浮在空中，浑身僵硬。对于它们来说，时间静止了。我不禁疑惑，它们是否还会飞翔，或者永远停留在那里？

远处的乌云越来越近，天越来越黑，可鸟儿依旧像石头一样静止不动。

“廉，是你吗？”

我认得这个柔和的声音，于是向四处查看。附近空无一人，然而我认得出，这个声音属于那个后颈有痣的女人，她说话的感觉像是在低吟神秘的歌谣。

“嘿，你是一个人吗？介意我加入进来吗？”

声音来自我身后。我转过身，看到那个梳着马尾辫的女孩。我正要说些什么，她把食指放在唇上。

不是现在，廉，不是现在，现在还不是恰当的时机。

雨滴敲打窗牖的声音将我唤醒。我想继续睡，但是太吵了，于是便睁开眼睛。我回想起在和服女士给我的那张报纸上，有篇文章中的一个段落。

“估计袭击的时间为晚上十一点三十分，正好在暴雨来临前。由于暴雨如注，能见度很低，没有人注意到受害者。尸检结果表明她的死亡时间约为凌晨一点，死于大量出血。凌晨五点四十分，一位慢跑者发现了受害者的尸体，并报了警。”

从姐姐受到攻击到她因伤离世，之间有一个半小时，当时正值午夜，又大雨滂沱，她躺在大街上，慢慢坠入死亡，那种感觉有多难受？她一边流着血，雨水一边把她的伤口冲刷干净，她是那么害怕溺水。

我起床，看了一眼大钟，十一点十五分，我应该有足够的时间。

我换上毛衣和牛仔裤，离开房子。公交车已经停了，路上几乎没有任何车辆。我加快步伐，在暴雨中沿着主路跑下去，穿过空荡的小巷和空旷的田野。很快，我全身湿透。脚下运动鞋的胶底已经磨掉，绊倒了两次，但我爬起来，继续跑，一直跑到那个向下的斜坡。警察已经拿走黄色标记，可我仍旧记得准确的位置，它已经印刻在我的心里，不管我如何努力，都永远无法忘却。

我气喘吁吁地躺在地上，雨水击打着我的脸颊，我闭上眼睛躺着，一动不动，耳朵里只能听到雨声。

姐姐应该能猜到，在这样的天气里，没有人会来。她应该清楚，自己将要死去。在那最后的时刻，她的心里会想什么呢？她有没有想到津田先生，或者那位她在赤川一起约会的男士？她会不会想到我？

自从姐姐离开东京后，我一直希望她能回来，可是我从未告诉她。我是不是太骄傲，或者太冷漠？如果我叫她回来，是不是她还会活着？

我握紧拳头，如今自问这些问题已毫无用处，答案不会将她带回。姐姐离世的那一天，我身上的一部分也死去了。

雨越下越大，我躺在那里，不知过了多长时间，我一直等着，直到雨停才睁开眼睛。我翻转过身，面朝路面，反射着街灯的水洼闪闪发光，这就是她死前看到的景象。我站起来，心里怀着难以承受的沉重，往回走去。

当我回到房子，天还黑着。我脱下湿衣服，从浴室里抓起一条毛巾，把滴得满地的水给擦掉，然后洗了个很长时间的澡。等我回到床上，已是凌晨四点。我很累，可却一直醒着，直到太阳冉冉升起。我需要太阳的温暖。明媚的阳光照耀在我身上后，我终于睡着了。

大约九点，我醒来，头痛欲裂。

我身上在发烧，但我逼迫自己起床。我强撑着到便利店买了午餐，还买了药和体温针，以及一包面膜，还用便利店边上的付费电话给学校打了电话，告诉他们我今天无法去工作。

“石田先生，发生什么事了？”爱比问道。

“我昨天晚上淋雨了，”我回答，“只是普通感冒，我已经买药了，明天我应该可以上班。”

“好的。如果药物没有效果的话，请去看医生。”

我向她道谢后，挂断电话。带上一片面膜，回到加藤家。把东西放到厨房，我量了一下体温：102.5华氏度[①]，难怪我感觉那么难受。因为没有胃口，我只吃了一半炸猪柳饭，就把剩余的全都倒掉了。吃完药后，我回到自己的房间。

通常来说，我很幸运，不大容易病倒。在我的记忆里，以前只生过一次病。姐姐离开东京的第一周，我发高烧，病了整整一个星期。

那个时候，我满心愤怒，觉得自己被出卖了，被抛弃了。我没有想到，她会一字不留就消失了，所以我在大雨中走出去，结果病倒了。那时候很幼稚，我在暴雨中跑去学校附近的球场里踢足球，要在泥泞湿滑的草地上奔跑真是非常具有挑战性的壮举。球的运动方向难以预测，而且常常会滚到比我预期还远很多的球场一端。

第二天，果不其然，我发起高烧，头痛欲裂，但姐姐没有回来。妈妈买了粥和药，可到了平常的时间，她还必须出去。

“对不起，但是我已经向朋友许诺要过去。”她在日历上写下一个电话号码，“如果你发烧更严重了，需要我把你带到医院，就给小山太太打电话找我。”

我点点头，心里很清楚，我不会打电话。她要去打麻将，她们需要

---

① 约合39.17摄氏度。

四个人。如果缺了一个人的话，就没法进行下去，就像我和姐姐——我们彼此需要。还是只有我一个人这样想？

我记得自己躺在床上，发着可怕的高烧，觉得孑然一身。如今回想起来，何等尴尬。可那么多年过去之后，我又身处同样的境况。这一次，我还是觉得她抛弃了我。这一次，她还是没有回来。

石田惠子，为什么你总是一字不留就离去了？

我闭上眼睛，坠入梦乡。

我站在一栋白色的西式大厦前，这时铃声响起，大门洞开。成百上千个身穿黑西服的男人从大厦里鱼贯而出，每人手中都提着黑色手提箱。这股忽然而至的人潮让我惊诧万分。我努力想要回避冲击，却被推得离大厦越来越远。

我在人群中看到了一张熟悉的面孔，那是一个手提破旧皮革公文包的秃顶男人，他曾是除了我之外桂木酒店唯一的客人。

“对不起！”我大声喊，可他听不到我，继续走。

我跟着他，可是我们周围的人太多，让我难以拨开人群走到他身边。于是我只好放弃，顺着人潮而行，然后我感到有人温柔地拉着我的袖子。马尾辫女孩就站在我身边，手紧紧抓住我的右袖口。

“又是你。”我说。

她点点头，然后松开我的衬衫。

“等一下，”我想要阻止她，“我要和你谈谈。”

然而小女孩早已走远。

更多人推搡我，我感觉自己像条向上游迁徙的鲑鱼，别无选择，只能随人潮移动。忽然间，我踩到了别人的脚，失去平衡，跪倒在地。我以为众人会践踏我，可身边的人就这么凭空消失了。

我站起来，看到一口白色棺椁，四周围着数排吊唁者，本田、校长、爱比、博子以及其他四叶的老师。每个人都身穿黑衣，在我不远处是和服女士，她边上坐着酒店的清洁工，她的小推车不见了踪影。

那个秃顶男人来了，坐到和服女士身边。他打开手提箱，拿出白手帕，“很抱歉来晚了，”他一边对我说，一边擦去脸上的汗珠，“我碰到了交通堵塞。”

我向他点点头。

葬礼开始了。身穿黑色僧袍的和尚向棺椁鞠了个躬，然后把香点燃。他在空中舞动燃烧的香柱，动作轻柔，使空气中弥散着麝香的香甜气息。

僧人诵读了佛经，邀请我向前致敬。我站起来，鞠了个躬，从碗里抓起一支香，举在额前，然后投入焚炉。做完之后，我后退一步，再次鞠躬。马尾辫女孩走向前，拉住我的手。她把我拉向棺椁，可我定定地站着。她转过来凝视着我，似乎在说，你必须看一下。

我知道姐姐正躺在棺材里，我不得不照做。倾身向前，我看到在鲜花的簇拥之下，一张沉睡的脸庞，我屏住呼吸，僵住了。

那并非姐姐的脸，而是我自己的。

我醒过来，浑身是汗，T恤湿湿的，黏在皮肤上。我脱下T恤，走进浴室，把冷水溅到脸上。

我抬起头，镜子里的男人把手伸向我，我们的手指在闪闪发光的镜面相接。说话的人是我，可我听到姐姐在说：“不要紧，小廉，你会好起来的。”

闭上眼睛，我又回到那个十三岁的自己，身穿睡衣蜷缩在客厅，紧紧握着电话。

“我听说你病了，”姐姐说，“你还好吗？有没有去看医生？”

我没好气地说：“你为什么不亲自回来看一下？我告诉你，我要死了。”

“不要这样说。说死是不吉利的。”她说，“实际上，我也想见你，但现在还不行。我需要找份工作，先存钱。”

“还有更多理由需要你回来。”

她强迫自己笑起来，然后我们陷入尴尬的沉默当中。

“你那个新地方，真的比这里好吗？”我问。

“我不知道。”她说着，声音里带着些许犹豫，“只有时间可以证实。”

“你不应该离开，我们在这里过得还好。”

“不要担心，小廉，我很好，我知道你也会好起来的，你一定要相信我。”

我无法相信她的话，“你留在这里会更好的。”

“你真的这么想吗？”

我无法回答。

“嘿，小廉，”她轻声细语地说，“我每周都会给你打电话，我保证，那样你就不会孤单了。”

“谁说我孤单了？”而且我不相信她每周都会给我打电话，但她信守了诺言，直到离开人世的那一天。

石田惠子，你是个大骗子。你如果留在东京，会更好的。你告诉过我，我们会好的。

我把脸擦干，用湿毛巾擦了擦身，然后穿上干净的T恤。我知道我应该回去睡觉，可我害怕自己又会陷入另一场噩梦之中。

我坐到桌前，拿出姐姐的一个笔记本，打开到空白页，画下横线，从页面左端一直延伸到右端，一条又一条，直到页面上再没有更多空间。我撕掉这一页，又在下一页上如法炮制，正是姐姐教我这样做的。

那一天，我在学校与人发生口角，我已不记得所为何事，可老师给姐姐打了电话，于是她来到我的房间，跟我谈话。

“每当你感到忧伤和沮丧的时候，不要憋在心里，”她说，“你需要将它写出来。”

“可是我不擅表达。”我说。

“那么就画下来。”

我难以置信地看着她，“你知道我也不擅绘画。”

“就画一条线，一条直线，这你能做到，对吧？”

“这样做怎么能够让我高兴起来？”

“我并不是说，这样会让你高兴起来，但是宣泄出来，你肯定会觉得好一些，而且在这个过程中，你不会伤害到任何人，这是一种自我表达的方式。”

姐姐递给我一张白纸和一支笔，我半信半疑，画了几条线。

“真的吗？我没觉得好一些。”我抗议道。

姐姐仿佛没听到我的话，她看着窗外说：“小廉，记住这一点。忧伤本身不会伤害任何人，但是你的所作所言会伤害到自己，以及身边的人。”

哪怕此时此刻，她的话依然萦绕在我心头。

12 她无法说的话

“爱比告诉我你病了，”本田说，“我不是告诉你要注意自己的身体吗？”

我笑起来，“不要唠唠叨叨，我现在已经好了。”

我们俩谁都不想外出，于是便决定又吃方便面来当晚餐。我往面杯里倒入热水，等着三分钟过去。

想起梦境，我就问本田：“你有没有不止一次梦到同一个人？”

“是的，那是我小学时候的一位老师，她非常严厉，让我噩梦连连。”

“我不是这个意思。”我寻找更好的方式来表达，“不是你认识的人，完全是个陌生人。”

他想了一会儿，“恐怕从来没有。虽然我的确有一次梦到了一个陌生人，至今还记得。”

“跟我说说。”

“嗯，我梦到自己在公园里碰到一位姑娘，我们相处得很愉快，不知怎么的，我知道自己身在梦中。可是，哎呀，我喜欢这个女孩。或许我可以在现实生活中找到她，于是我问了她的名字，并发誓在醒后去寻找她。”

真有意思，“你有没有找到她？”

“这就是问题所在。”他叹了口气，“我不记得她的名字了。我知道她的名字以 M 打头，可就记得这么多了。”

“玛丽亚，麻里子，麦，麻姬，曼娜，米娜，米卡，米琪——”

“没有用的，石田君。”他苦笑了一下，“我不记得了。”

“那你现在有女朋友吗？”

他摇摇头，“我没有跟任何人约会，此前我只有过一个女朋友，她的名字并不是以 M 打头。”

“真的？只有一个？”以他的年龄来说，好像不可能。

“我的确有一些关系很近的女性朋友，但我从来不把她们当成潜在的女朋友。只有这么一个女人，多年以前，我遇到她，深信她就是那个人，可我们并没有修成正果。”

对此，他似乎流露出一种严肃的神情，所以我没有进一步探究。

“你怎么样？”本田问道，“你有没有碰到梦里的完美女孩？”

“我没有那么幸运，梦里的陌生人是个五岁大的小姑娘，扎着马尾辫。”

“好奇怪啊，会不会你以前可能见过她，但不记得了？”本田检查了一下方便面，“我们现在开始吃吧，不然该坨了。”

“嗯。”

我吃着面，心里想着若干种可能性。

由于丧亲之痛，我创造了这个马尾辫女孩。但本田说得有道理，我越想，越觉得不大可能，为什么我意念中虚构的人物总会进入我的梦中呢?

另一种可能性就是这个女孩是我姐姐，她处在我并不知晓的年纪，马尾辫女孩是在姐姐死后才出现的。如果她知道是谁谋杀了她，谁有力量这样去做，那么她就能告诉我谁该对她的死负责。然而，不知道为什么，我很确定马尾辫女孩不是姐姐。虽然她们都有着明亮而睿智的眼睛，十分相似，可她不像姐姐，她不怎么微笑。

此外，我又想到了另一种可能性——会不会马尾辫女孩与加藤夫妇有关，与他们死去的孩子有关？这个梦是自打我搬进这位政客的房子后才开始的。我不知道他们的孩子是如何去世的，她会不会有什么口信需要传递？那么问题又来了，为什么让我来传递？为什么不去找她的父母？我越想找到答案，就发现问题越多。

“你相信轮回转世吗？”本田问。

“不怎么信。”我回答，“你呢？”

“我不信任何宗教，可我相信轮回转世。对于世事的演化变迁，这是个很具说服力的解释。譬如说，为什么有人运气好，或许就是因为他上辈子行善好施。”

“要这么说的话，你也许上辈子抛弃了许多女孩子。”

他笑了，“可能吧。能这么想，会觉得很欣慰，或许下辈子，我就能和那个女孩在一起。”

“那个你梦中的女孩，还是你的前女友？”

“我前女友，”他说，“这样的话，就是某种幸福结局。”

我点点头，表示赞同。

如果轮回转世真的存在，那么姐姐会在下一个轮回里过上什么样的生活呢？她一直都关爱他人，温柔体贴，也许她会得到更好的生活，会生在宠爱子女的家庭，知道自己热爱爵士乐，就去上钢琴课，她一直想学习弹奏钢琴。然后在月色朦胧的夜里，在酒店的爵士乐大厅，邂逅了一位脸上带着温柔笑容的善良经理，他们交往了一些年，结婚，生下三个孩子。她的一生漫长而充实，到了耄耋之年，身边围绕着深爱她的家人，安详离世。

这个幸福的结局听起来真的很欣慰。

我在阅览室里多次看到这本书，却从来没有挑选过它，我认为这本书可能会太幼稚了。可这一天，我决定要读一下安徒生的童话集，我需要一些有着幸福结局的故事。

“我希望您不会介意儿童故事。”我对加藤太太说。

她一如既往的沉默无语。

温柔的清风拨动她那薄薄的上衣，她的指尖从长袖里露了出来。我坐在她身旁，打开目录页。经过些许思虑，我选择了《美人鱼》。

年轻的美人鱼为了获得人类王子的爱情而放弃了自己的生命，可当我读到最后几段时，我想起安徒生的这个故事结局是小美人鱼化成了泡沫。

我合上书，根本不是什么幸福结局。

又有一阵风吹过，天气变得有些凉意，于是我关上窗户。听到加藤太太咳了几声，我拿起一直放在床头柜上的玻璃水杯，放到她无力的手里。当她抿水杯的时候，袖子落到肘弯上，露出苍白皮肤下的蓝色静脉血管，以及左手腕上的疤痕。有些伤痕很浅，依稀可见，看似老伤，可有些却是新的。

我觉得喉咙哽住了。这么长时间，我怎么就没有注意到？不管天气如何，她总是穿着长袖的衣服。

十五年前，姐姐的一个同班同学自杀了。她吞下一瓶安眠药，然后用厨刀割伤自己的手腕，身体浸泡在浴缸中。当她的父母发现她时，她已经死去，浴缸里的水成了深红色。全国的报纸都报道了这件事情。姐姐说学校里一片混乱。

我认识这个女孩，她是姐姐的朋友，曾经到过我们家两次。姐姐告诉我，她在学校表现很好，擅长体育。除了她的男朋友因为另一个女孩刚刚弃她而去，所有事情都一帆风顺。

“那一定很疼。”姐姐对我说。

“我想也是。为了失血过多而死，你必须割得很深，这是一种缓慢的死法，用这种方式自杀需要很大的勇气。”如果是我的话，我宁愿选择跳楼。当然，我从来没有计划要这样去做。

“我说的不是这个，我指的是她内心必定感到痛苦。”姐姐掰着指关节，“对于情感上的伤痛来说，问题在于你看不到伤口，可伤口就在那里，真真切切的。”

她严肃的口吻让我不安，“嘿，你听起来很压抑。”

她不理睬我，继续说着：“她可能要去表达自己的痛苦，尝试去交流自己的感觉。她需要帮助，可等到大家注意的时候，为时已晚。”

“听起来，好像你也需要帮助似的。”

“闭嘴。”姐姐轻轻推了一下我的肩膀。

姐姐回到她寻常的样子，这让我松了一口气。那时候，我并没有完全领悟她话里的含义，也没有意识到她怎么会如此理解这个女孩。

我把玻璃杯从加藤太太手中拿走，放到柜面上，然后留下她独自一人。回到自己房间，我坐在床上，努力想要克服自己的不适感，但却无法做到。

哪怕工作的时候，我也不停地想着加藤太太那瘦骨嶙峋的左手腕。她的皮肤那么薄，几近半透明。那些伤痕……她在想什么呢？不管是什么导致这些伤痕——这会不会也是导致她拒绝说话的原因所在？

考虑到加藤先生的背景与职业，很可能他将妻子的状况隐瞒起来，不让大众知晓，从而维护自己的形象。或许这就是为什么他的妻子隐居在家，而不接受医生的帮助。想到这些，我心里很痛。难道与他的职业相比，她没有那么重要？我希望在她的生命如泡沫般破灭前，有人能看到她的痛苦。

铃声响了，我站起来，第一节课结束。

“今天就到这里，”我说道，然后开始背诵关于收卷子的常规说辞，“请把答题纸留下，确保不落下任何东西，下节课见，不要忘记努力学习。”

现在，同学们已经对这些说辞习以为常，他们收拾好自己的东西，拿起自己的书包，走到前面，将答题纸排放在桌上。有些学生在离开教室时，还会对我点点头。很快，就只剩下一个人了。七星向我走来，将自己的答题纸整整齐齐地放在这堆答题纸的最上面。

“我父亲想本周末邀请你到我家。”她一脸不在乎地说道。

“你父亲？”我问，这个邀请让我大吃一惊，“可为什么呢？”

她耸耸肩，“我怎么会知道？”

我注视着她，她眯起眼，挑衅般看着我，她提出了一个挑战。

“周日早上我有时间，”我说，“你家的地址在哪里？”

她倒吸一口气，可能她没有想到我会如此轻易地就接受邀请。然而转瞬之间，她又回到惯常的冷漠态度。“你知道在哪里，”她说，“你每天晨跑的时候，都会经过我们家。”

我挤出一个笑容，“这么说，你见过我。但我跑的路线相当长，所以你还需要更具体一些。”

“就是跨过峡谷的那种两层房子中的一栋，我们的门牌号是二十三。”

13

泡泡的日子

那个周日，我颇费了一些心思在穿着上：白色的衬衫外面套着米色的毛衣，卡其裤，棕色的休闲皮鞋。我告诉加藤先生我上午有个约会，无法为加藤太太购买午餐，他一言不发，只是再次点点头。

我离开房子，沿着平日的慢跑路线走下去。当接近峡谷时，我没有走下斜坡，而是转入居住区。这群房子看起来一模一样，白色的墙，高耸的窗，带有车库，照顾得毫无瑕疵的花园。要是没有那些金色的门牌号的话，很难将它们区别开来。

我找到门牌号为二十三的房子，摁响门铃，等待着。大门打开，来了一位戴眼镜的男士。他看起来五十多岁，应该就是七星的父亲，可他柔和的外表以及异常分开的眼睛与七星毫无相似之处。

我们彼此注视着，谁也没有说话。在那一瞬间，当他直直地凝视着我的时候，我想我看到他的眼睛变大了。我目不转睛地看着他，无法移动。

最后，他露出笑容说：“你一定是石田先生，我是中岛，柚木的爸爸。谢谢您能来。”

我低下头，一定是我自己的想象而已，“见到您很高兴。”

“进来，请自便。”

我脱了鞋，进了屋。地方不大，却很温馨。没有太多家具，然而布局优美怡人。高高的木架子将门廊、楼梯以及厨房门与客厅隔开。

“请坐，石田先生。”

我按他的要求坐下，四处寻找七星的踪迹，但却看不到她，于是我回到舒适的坐姿，等待中岛先生发话。

他摇摇头，叹息道：“我听说了便利店发生的事情。我的一个朋友是警察，他在警务每日报告中看到柚木的名字。一开始我不相信，我的女儿怎么会去偷窃呢？她只有十七岁，我给她的零花钱很足。可当我询问她时，她并没有否认。”

所以，这就是此次邀请的由来。

“由于警察没有现场逮住她盗窃，只能口头警告几句，就放她走了。值得庆幸的是家里的一个熟人是这里的高级督察，他成功地说服同事，不要将柚木的所作所为记录在案，否则……”他向我鞠了个躬，“非常感谢您帮助了我的女儿，我欠了您一个人情。”

“不要客气。”我感到很尴尬，“作为她的老师，我觉得这是我应该做的事情。”

“作为父亲，这是我的失败。她是我唯一的孩子，我太溺爱她了。从现在开始，我会更加严格。”

我保留了自己的看法。我深知这个女孩的意志是何等坚定，她绝不会因为父母的严厉警告就改变自己的行为。

“您吃过早饭了吗，石田先生？”中岛先生问。

“我打算稍后去买个三明治。”我答道。

“那么为什么不让我为您准备些三明治？”

我很犹豫，“请不要麻烦了。”

“一点都不麻烦，我反正要给柚木和我自己做早饭。”他说，“你喜欢鸡肉还是金枪鱼？”

他看起来主意已定，所以我心软了下来，“哪种都可以。”

“那么我就做个混合三明治。饮品呢？咖啡还是茶？”

“请给我杯咖啡，不加糖。”

“好的。”

他去了厨房，留我独自一人。因为无事可做，我便漫无目的地四处看。有面墙上挂着照片，我数了一下，共二十五张，大小为八寸乘以十寸，用黑色的木相框装起来，大部分都是女士照片，还有一些是美食、时尚配饰和电子配件。我猜想中岛先生是位摄影师，但他给我的感觉并不是艺术家的类型。

我听到叮叮当当的响声，接着是咖啡研磨机的声音，随后，中岛先生拿着一盘三明治和两杯咖啡回来了。

“黑咖啡。”他说着，把杯子放到我面前。

我向他表示感谢，然后抿了一口，味道浓郁。在喝了数周速溶咖啡之后，能来杯新鲜研磨的咖啡，感觉真好。他首先拿起一块三明治，我照着做。他把三明治切成统一的一块块，大小刚好适合入口，并用牙签固定。

“您是位摄影师吗？”我问。

他笑了，“是什么让您这样想？那些影印的照片吗？”

“嗯。”

“您错了，石田先生，那些是我妻子的照片。”

我想问他，哪位是他的妻子，因为照片上有不同的女人，但我不想失礼，所以就保持安静。

“她在照片里，有一两张，”他解释道，“我妻子是个手模。”

“手模？”我从没听说过，可一个影像在我脑海里闪现，七星的纤纤玉指夹着香烟，眼神空洞地看着雨幕。

“是的，有点像替身，但只是手的替身。”

他快速地向我罗列了她职业生涯中的精彩之处，她上过时尚杂志的封面，为著名超级模特和女演员做过手模替身，有些名字我知道，但大部分我不认识，我从不喜欢名人文化。

在他讲完之后，我问他：“您妻子的工作很有趣，她怎么会进入这个行业？她那时候已经是个模特了吗？”

“不是，她只是个普普通通的家庭妇女。有个星探在超市里发现了她，并且说服她去试一下。”中岛先生说，“开始时，她只是玩一下，一种非常好的宣泄渠道，她自己的活动。随后，她在全国手模竞赛中获得了一份工作，越来越受到欢迎。您熟悉松山集团吗？”

“那家牛奶肥皂公司？”

“是的，就是这家。她变得很抢手，挣的钱比我还多。我以前是个销售人员，可是我不大适合这个工作。当她的收入达到我的两倍时，她提出了一个想法，我们互换角色。她乐于忙她的工作，不能因为做家务而损害双手，而我更乐意去做家务活。”

“听起来是个很棒的安排。”

“的确。我更适合居家，是个更好的厨师。”他说，“许多人觉得这种安排非同寻常，可我已经学会不去在乎他人的想法，你不可能取悦每一个人。”

“更重要的是，你们俩都很开心。”

他深以为然地点点头。

我又抿了一口咖啡，“您女儿在家吗？”

“她在自己的房里，”他说道，“我告诉她先不要出来，因为我想和您私底下谈一谈。”

“还有什么我能做的吗？”

他清了清喉咙，“实际上，我想知道我女儿的表现是否还好。”

“是的，她的成绩在平均水平之上，应该可以上个好大学。”

“我并不是担忧她的学习成绩，”他移开目光，“我更关心的是她与同学相处是否融洽。她从不谈论学校，我从没见过她的朋友。像她这样年龄的女孩子应该有很多社交活动，不是吗？譬如在朋友家过夜这样的事情。”

我不知该如何反应，所以就盯着自己的咖啡。

“我可能是多虑了。”他说。

我必须变换一下话题，“您女儿和您妻子长得像吗？”

中岛先生笑了，又回到舒服自在的状态，“肯定是因为柚木和我长得不像，你才会有此一问。”

嗯，对此，我无法否认。

“我妻子长得很漂亮，女儿随她。”他说，“有些模特机构已经找过柚木，可她不感兴趣。太可惜了，她很有潜力。”

“您想让她追随您妻子的步伐吗？”

“这会帮助她打开自我，”他说，“她是个好孩子，可却生活在自己的世界里。她不让任何人过于靠近，我很担心她将来会发生什么事。”

“或许她喜欢独处。”

“是的，或许吧……”他喃喃地说，“实际上，有一次，柚木的确尝试过去做模特。我的朋友是位珠宝设计师，让她为他的珠宝店目录做模特。说实话，她竟然同意了，我大为惊讶。很可惜那些照片还没有准备好，否则的话，我非常乐意向您展示。”

我想起前田告诉我，她看到七星和一位上了年纪的男人离开珠宝店。正是由于这件事，可能再加上她习惯性逃课的事实，让关于七星和老男人的流言四起。

“我再给您多来点咖啡，好吗，石田先生？”

“谢谢您，可我已经喝好了。”

“那么我就清理桌子，然后叫柚木来跟您打招呼。”

中岛先生站起来，拿着盘子走了出去，消失在木架之后。我听到他喊女儿，然后，七星出现了，穿着宽松上衣和短裤，头发梳成一个高髻。

“你来了，”她一边说着，一边瞥向架子后方，查看父亲是否在附近，“跟我来。”

我勉强站起来，跟上她。餐厅位于隔板之后，与厨房间有一道玻璃门。透过玻璃门，我可以看到中岛先生正在洗盘子。

“不要保持间距。”七星低声说。

她带着我上了楼，打开门，拉我进入她的卧室。出乎我的意料，她的房间有着浓厚的少女气息，墙刷成淡粉色，双人床上满是毛绒小动物，桌上堆满了书和动物小雕像，白色的衣橱边上有面全身镜，家具上用闪光贴纸作为装饰。

“你打算在那儿站多久？”七星坐在床上问。

“你不应该把男人带进卧室。”我待在那里，却把门打开，“会让人产生误会。”

她咯咯笑起来，“别担心，你不算老男人。”

“年龄只是个数字，”我说，“你妈妈在哪里？”

“她不会这么快回来。几周前她离家出走了，抛弃了爸爸和我。”

她有一种能力，总以一本正经的面孔说出如此粗鲁的笑话，让我印象深刻。拉开转椅，那是房间里唯一可用的椅子，我在桌前坐下。

桌子靠着窗户，窗户是打开的，但房间里还萦绕着淡淡的烟草味道。我可以想象她站在窗边，懒洋洋地举起烟，放入唇中，袅袅白烟在她身边舞动，然后消失在风中。

我将胳膊肘搁在桌子上，向外望去，能清楚地看到那条路，窗户正好对着姐姐被谋杀的地点。我想起那一夜，我在大雨如注的夜晚，躺在路面上。她可能看到我了，可我对此很怀疑，毕竟那天很晚了，而且天气还那么糟糕。

“想看些有意思的东西吗？”七星问道。

她从床底拉出一个抽屉柜。我走过去，仔细一看，里面放着成百上千个品牌各异的泡泡糖盒子，全都还没拆封。

“你疯了，”我说，“这全是你偷来的？”

她点点头，表情丝毫不变。

我不知道她脑袋里在想什么，她对自己的战绩感到很骄傲吗？

“仔细看，石田先生，有一些在日本是没得卖的。”她挑出一盒，上面有个圆形的黄色分配器，盒子上还印着张脸，“这是我在哥本哈根得到的。”

“你一定真的特别喜欢泡泡糖，”我说，“要不你就是脑子不正常。”

《迷宫森林》

一个被怪物追杀的少女，一座魔幻森林的致命召唤……
跟《神奇动物在哪里》《爱丽丝梦游仙境》一样风靡欧美的奇幻力作！

梅利莎·阿尔伯特【著】
定价：42.00元

《你好，法奈利》

我们都在等待生命中的那一刻，
不再屈服命运和内心的恐惧，与自己和解，重获爱与新生。

杰西卡·诺尔【著】
定价：39.80元

《重启人》
《重启人：终结篇》

每个人的心中都有一颗渴望自由的种子，而黑暗，会给予它蓬勃生长的力量。

艾米·亭特拉【著】

《星星上的人》

如果你遇到星星上的人，
请把你所有的爱都给他……

卡罗琳·帕克丝特【著】
定价：36.00元

《重返19次人生》

如果能够回到过去，你想回到生命中的哪一刻？
我们痛恨时间无情，是因为曾有一刻，我们无比深情。

克莱儿·斯沃特曼【著】
定价：39.80元

《是谁杀了我》

在她死后发现的一切，
远比死亡本身更恐惧！

艾米·托金顿【著】
定价：39.80元

并不仅仅是跑车。”

“你晕车？那么说，你开不了车？”

“如果我真想的话，我可以开车，但我努力回避开车，没必要折磨自己。”她说，“你为什么不把伟大的丰田赛利卡的故事原原本本地告诉我？”

我摇摇头，“我并不为此感到骄傲。”

“那你为什么做这件事情？”她问。

“这是我朋友的主意，为了庆祝我的生日。”

14

华而不实的黄色丰田赛利卡

我所称的朋友，严格来说，并非真正的朋友。

高中的一个暑假，我在比萨店里当送餐员。当我往调布苑一家公寓送餐时碰到她，我在大堂等电梯，她站在我旁边。

这个女孩看起来比我小，她留着一头短发，显得很与众不同，我们学校大部分的女生都留长发。我认为她的发型很新潮，可她本人却骨瘦如柴，称不上运动型。由于大汗淋漓，她的薄 T 恤湿了，文胸的外形显露出来。她擦去额上的汗珠，转向我。我不想让她觉得我正在盯着她的胸部，于是便迅速看向其他地方，而视线刚好落到门外停车场。

那是个工作日的下午，许多车位都空着。可因为公寓位于昂贵的楼群里，所以还是有一些高级轿车停在那里。

“你喜欢本田跑车吗？”她问道。

在车场里只有一辆跑车，可它不是本田车。

“那辆黄色的？”我问。

“是的，你正在看着它，对不对？”

“那是丰田的赛利卡。”

“明白了。”她嘟囔着说，“你的确很懂车嘛。”

那是因为我的同学金迷恋汽车整整一年，带了数十本汽车杂志到学校，不经意间，我便学会了这些知识。

“你认为电梯是不是坏了？”女孩不停地摁动按钮，“我们等了好长时间。”

我没有回答，我没有心情聊天。这是个特殊的日子，而我却站在这里，身穿粗糙的比萨店制服，大汗淋漓，身边还站着个不耐烦的女孩。

最终电梯门打开了，两个工人从里面出来，抬着一架黑色的立式钢琴。电梯肯定是因为这事耽搁的，一个晒得黝黑的男孩跟着他们出来。他和我一样，也是同一家比萨店的送餐员。我和女孩进电梯，他出电梯。

“石田？”看到我，他很惊讶，“我以为你今天休息。”

“计划有变，”我说，“我上早班。”

“不管怎么样，生日快乐。下班后，好好享受。”

我挤出个微笑，然后按了九层，我转向女孩问道：“几层？”

“和你一样。”她说。

控制板上的数字逐渐攀升，电梯停在九层，门开了。

我摁着按钮，“你先走。”

“让我猜一下，”她说，“你被女朋友甩了，所以只好去上班。”

她的直率让我大吃一惊，可对于她的话，我却无可反驳。

“可怜的人，”她说，那张一本正经的脸与她说出的话很不搭，“这样如何——我很无聊，今天无事可做，为什么不在你下班后我们一起乐一下？我保证会很好玩。”

我没有想到她会约我，但我一点都不抱怨，她相当漂亮，比大部分学校里的女生，包括我刚刚分手的前女友，漂亮得多。所以她的主动对于我来说，好像有点不真实，可事实上，我一点都不在乎。哪怕和基本不认识的女孩约会是件很疯狂的事情，也胜过独自一人在家过生日。

“我送完这单，今天的工作就完成了。”我说。

“太棒了。”她对我露出满意的微笑，“现在，让我去拿些东西。我们五分钟后见。”

她向右转，我向左转。我把比萨送给一位年轻人，他抱怨我送餐时间太长。我道歉，并且别无选择，只能聆听他的咆哮，他一直滔滔不绝，还大惊小怪地说比萨已经冷了。其实不然，我抵达的时候比萨还是热的，只是他费了那么长时间来训斥我，所以比萨才变冷的。最后，他直接把门甩到我脸上。对于比萨送餐员来说，这是众多职业风险之一。

回到电梯，我想女孩会在那里，可她不在。我又等了十分钟。她是不是等得不耐烦走了？最后我正打算放弃，她终于出现了。

“很抱歉，让你久等。”她一边说，一边按了向下按钮。

“你怎么会去那么长时间？”我问道。

电梯门打开了，我们走了进去。

“别抱怨了。”她摁下大堂层的按钮，“你应该心存感激，我正准备给你送生日礼物。”

真的吗？“你不需要这样做。”

“别荒谬了，你不能拒绝礼物，那是不礼貌的。”

电梯门打开，我们走了出去。

她从短裤口袋里拿出一把车钥匙，上面有丰田标志，“你喜欢它，对吗？”

我无话可说，这只是句玩笑话。

女孩径直走到那辆停着的黄色跑车跟前，打开其中一扇车门，“你觉得怎么样？”

我脑袋里空空一片。

“进来，比萨男孩。”

她坐进驾驶座，我走到副驾驶那一边。这辆车比我想象的要低，腿部空间很窄小，可内饰很奢华。我的手指划过柔软的皮椅。

“你父亲的车？”最后我问。

“不，它属于江田。”她回答道。

那是谁？“那么他把车借给你了？”

“我没有问他。”

“什么？”

“别大喊大叫，”她向我嘘了一声，“我耳朵都疼了。别担心，这个江田，就是个被宠坏的有钱人家小孩。他总是醉醺醺的，从不锁门。任何人都可以走进他屋里，拿走他的车钥匙。除了我之外，居然没有人洗劫过他家，真是奇迹。他是一个那么简单易行的目标。”

我想说：你自己不就是个被宠坏的有钱人家小孩？当然，我没有说出口。

“你在做什么？”我的声音提起来，“你不是在计划开这辆车，对吗？”

她抬起眉毛，“汽车就是用来开的。不要告诉我，你只是想进来坐一下，享受一下空调而已。”

“我真不敢相信，你多大了？”

“今年十五岁。”

“你没有驾照。”

她转着眼睛，“当然没有，十五岁太小了，没有资格申请驾照。”

她松开手刹，现在问已经太晚了，可……

“你知道怎么开车吗？”我问。

“当然，”她回答，“我几乎每天都练习开车。”

她放一挡，把车开出停车位。她的驾驶手法很粗暴，所以汽车有点向前冲，我咒骂了一句。

“闭嘴，比萨男孩。”她呵斥道，“我已经开了两年，所以坐稳，放松。”

“你现在到底要开到哪儿去？”

一听到她的答案，我便后悔问了这个问题。

“就沿路开下去，”她踩着油门，“到游乐中心。”

我以为我会在十七岁生日那天死去，但并没有。

“我男朋友曾多次让我驾驶他的汽车。”女孩说。

这样就没有那么糟糕，至少她有些经验，“那么你为什么现在和我在一起？让我猜猜，他刚刚抛弃了你。”

我在开她的玩笑，可她一言不发，所以这必定就是实情。现在我觉得这样说太糟糕了，可覆水难收。如果我道歉，就更尴尬了。

我们在麦当劳前停下来，点了外卖，然后向横滨开去。在我们抵达市区前，她把车停靠到一个安静的海滩上。我们下了车，她脱掉鞋子，赤脚跑向大海；我坐在温暖的沙子上，享受着微风，看着她踢打波涛。

当她累了，就走回来，跟我坐在一起。我们吃着双层芝士汉堡，凝望着海洋，落日的余晖将海滩染成温暖的金色。

“你认为江田会报警吗？”我一边问，一边把包装袋弄得皱皱巴巴。

她摇摇头，“不到明天中午，他是不会醒的。”

说完之后，我们都安静了。我猜我们都需要陪伴，可谁都不想说话。我们只是想有个伴，这样就不会孤单。

天黑后，我们开车回东京。

她开车时，我望着她的侧脸，感到与这个女孩有种特殊的联系。她面无表情，可看起来一脸寂寞，也许这就是我自身状态的映像。

当车停在交通路口时，我抓住她放在排挡上的手，她没有任何反应。信号灯转绿，我拿开手。她换挡，车动起来。

我们大约九点回到公寓楼，现在大部分的停车位都满了，可原先的位置还空着。她把黄色跑车还回去后，我们一起走到大楼的背后，我的自行车锁在那里。

“今天非常感谢。”我一边说，一边打开车锁。

“别客气，”她说，“你觉得好玩吗？”

“好玩。”而且很特别，尽管我可没打算再耍这样的危险花招，“我永远都不会忘记。”

她笑了，“那太好了。”

我推着自行车走过大门，她走在我后面。一出门，我骑上自行车，看着她，她挥手再见。

“我知道顺序乱了，但是我们还没有相互介绍。”我伸出手，“我叫石田廉。”

她双臂交叉，转开视线。我觉得很尴尬，把手收了回来。

“你是个好人，廉。”她说，“如果我们再次相遇，我会让你知道我的名字。”

“那么我只需要明天还到这里来。”

“没有那么容易，我不住这儿。”

“那你住在哪里？”

她没有回答我就转过身走进大楼。我一直等着，直到无法再看到她的身影，她没有回头。

那天之后，我再也没有见过她，也从来没有对任何人提起她。

“你的朋友听起来是个很有趣的人。”七星说。

我笑了，“是的，她很疯狂。”

“你的女朋友？”

“不是。”

“她漂亮吗？”

我努力想忆起她的容颜，可只能迷迷糊糊地想起她大概长什么样。

“你喜欢她吗，石田先生？”七星问道。

“只能说，她勾起了我的兴趣，你不会每天都发现懂得如何偷车的女孩。”

她转了转眼睛。

我清了清喉咙，“你打算继续盗窃泡泡糖多久？”

“你是不是在建议我升级去偷运动跑车？”她问，“如果你礼貌地要求我，我会停止盗窃。”

“请停止盗窃，中岛柚木小姐。”

“我还没有讲完，让你就这么说一下太容易了。”

我叹了口气，“你还想要什么？”

“给我买份午餐。”

她肯定在开玩笑。

“为什么我应该这样做？”

“因为你是我的老师，老师应该照顾学生。”

“这毫无道理。”

“我要先换衣服，但我们可以十二点整在露台上碰面。”她关上抽屉，“我会一直等，直到你出现。”

“等一下，我——”

在我还没来得及提出任何抗议前，她已经站起来，走出了房间。我不想被独自留在房里，于是就跟着她出去。中岛先生看见我们出来，但对于我进入他女儿卧室一事，只字不提。我对他的热情款待表示谢意，然后离开。

我在周围闲逛，打发时间，心里想着那个赛利卡女孩。

当车停在交通路口时，柔和的灯光落在她苍白的肌肤上，使她精致的容颜尤为显眼。我的手放在她的手上，可她一语不发，也没有看我。她甚至没有丝毫退缩，她的躯体在这儿，可她的心神却不在。

那个夜晚，我们俩孤单寂寞，在东京绚烂的灯光下茕茕孑立。

15

我一直想要的只是快乐

七星独自站在露台上，身穿白色的雪纺连衣裙，脚踩帆布鞋，头发扎起高高的马尾辫，露出修长的脖子。这种更为女性化的装扮非常适合她。她看到我，脸上露出笑容。

“如果我不来，会发生什么事？”我问。

“这不会发生，”她说，“你绝非不守诺言之人。”

“我没有做出任何许诺，你没有问就决定了所有的事，”我说，“那么，你午餐想吃什么？”

“我让你来做决定。”

我就知道会发生这种情况，所以我早已用公用付费电话给本田打了电话，让他做了推荐。

“吃午餐的舒适地方……就像，为了约会？”他问。

“并不是，”我说。他知道得越少越好，“她只是个朋友。”

“你想去什么样的地方呢？”

“比较普通的地方，最好在世嘉区周围，供应美食。”

他想了一会儿，然后说：“我的确知道一个可供你考虑的地方。”

我们来到一家西餐厅，用本田的话说，“人不多，而且做的牛排很美味”。从露台走过来只需二十分钟。哪怕是在周末，这家餐厅的客人也只是半满状态。七星选择了一张离其他客人最远的正方形桌子，我们面对面坐了下来。

“你为什么要坐在角落？”我问道。看起来好像我们特意找了个僻静之地，如果四叶学校的人看到我们，他们会误会。

“我不喜欢其他人坐在我身边，”她说，“那样要好好聊天太难了。大家都会停下来，倾听别人在说什么。不管怎么样，你为什么要问？这件事情重要吗？”

“没关系，只要你觉得快乐就好。”

“我很快乐。”她一边说着，一边浏览菜单，“这里有什么好吃的？”

“肋排不错，牛排也不错，都带有配菜。”

七星眯起眼，“你以前来过这儿？”

“没有。”我只是照搬本田的话而已。

她拍了拍手，“真令我心折，石田先生。对于一个心不甘情不愿出来午餐的人来说，你做了功课。”

“快点餐。”我说。

“既然你已经做了这么多研究，还是让你来做决定吧。”

“你可能会后悔。”

“对此，我表示怀疑。”

我把服务生叫过来，为自己点了肋排，为七星点了牛排。

“喝的东西呢？”服务生问。

我看了她一眼，她只是耸耸肩。

“两杯水，就这样。”

戴眼镜的服务生向我们复述了菜单，然后消失在厨房里。

七星向我倾身过来，“石田先生，你为什么会成为四叶学校的老师？”

“没什么特别的原因。”我撒谎，不想提及姐姐，“对于毕业，我没有什么计划，他们提供的工作机会薪水很不错，那么为什么不呢？”

她歪着头，“没有什么你想从事的其他职业？”

我摇摇头，“我希望有。”

“你毕业于哪所大学？”

“庆应。”

她的眼睛瞪得大大的，“你上了这么有名望的大学，然而对于毕业，没有什么计划？我不想失礼，但你真的很浪费名额。”

我笑了，“你真的很失礼。”

“你学什么？”

“英美文学。”

“为什么？”

“我不知道该选什么，所以我就上了与姐姐一样的专业，虽然她并没有继续念研究生学位。”

她点点头，“这么说，你有姐姐情结。”

“不，我没有，”我抗议道，“我只是没有被任何特别的研究领域所吸引。”

“我想只有十几岁的人才会对未来感到迷茫，才会不知道要去做什么。可你已经老了，不会像我一样毫无头绪。”

我叹了一口气，我不认为二十多岁的我可以被称为老了。

服务生拿着两杯水回来，我们停止了谈话。等他一离开，七星又重拾话题。

“上周，学校给我们做了个职业问卷，”她说，“我们应该举出三种自己想做的职业，可我不知道如何去写，现在还空着。”

“你有什么想做的事情吗？或者爱好？”

她摇摇头。

“那么童年时代的梦想呢？”我问。

“没有任何梦想，”她说，“我一直想要的只是快乐。”

“那太含糊了。”

“你呢？没有孩童时代的梦想？”

我很后悔引起这个话题，“我想成为足球运动员。”

“那么你的梦想怎么了？”

“我踢得还不错，可够不上专业水准。”

“太糟糕了，”她说，“我一直希冀自己迟早会找到想要做的事情，然后就定下来，可如今看来没有那么简单。”

“我像你这么大的时候，对职业问卷也有同样的问题。我清楚地知道自己没法进入青年足球队，可其他事情我又不想做，最后，我向姐姐进行咨询。”

“她怎么说？”

“她告诉我填上某种受人尊敬的职业，这样老师就不会给爸爸妈妈打电话。”

“你写了什么？”

“医生、律师和工程师。”我说道。

七星笑了，“或许我也该这样做，会计师、秘书和社会工作者，你觉得怎么样？”

“我无法想象你在办公室里工作，但我确定你的老师不会因此而抱怨。”

她抬头看着我，“你想象我会干什么？”

“我认为你会走一条非同寻常的道路。”我说，“不管怎么样，每次只迈一步。至少，我就是这样做的。”

她点点头，似乎对我这个拼凑的建议很满意。然后她变换了话题，“有一天我看到你和你女朋友了。”

这不可能，“什么？”

“你们俩在四叶附近的咖啡馆里。”

我摇摇头，“那个女人只是个朋友。”

“真的吗？”她抬起眉，“你们看起来情意绵绵哦。”

“我告诉你，她不是我女朋友。”

“好的，好的，”她说，“那么说，你的确有个女朋友。”

“我必须回答这个问题吗？”

“你有不回答的理由吗？”

“现在情况很复杂。”

她假意露出怜悯之色，“哇，你们正处于分手的边缘。”

“没有，”我说，“可如果你能停止询问她的情况，我会很感激。”

对于我的回答，七星似乎很不满意，“说实话，石田先生，你曾经有过多少个女朋友？”

我在心里数了一下，“可能有八个。”

“你说‘可能’是什么意思？而且八个……那很多呀。”

“你期待什么呢？我二十四岁了。”

她歪着头，“你认为我有过多少男朋友呢？”

“我怎么会知道？”

“只是猜一下。”她坚持说。

“我不知道。”我喝了一口水，“你还小，可很漂亮，可能四五个？”

她笑了，但没有纠正我，相反的，她继续提问：“你和现任女朋友约会多长时间了？”

“大约四年。”

“你喜欢她什么呢？”

这是个复杂的问题。

青木总能体恤别人的需要，不会过多要求，很容易相处，最重要的是，我知道她爱我。可是，是不是仅仅因为她为人很好，很爱我，我才一直和她约会呢？

“别想太多，”七星说，“你觉得她最吸引你的地方是什么？”

我思考了一下，“可能是她的睡颜。”

“什么？”

“她睡觉的时候，脸上挂着祥和的表情，只要看着她，我就会觉得很自在。”

“这么说，你痴迷熟睡的女孩。”

“对此，我表示怀疑，”我说，“我知道有人再也不会从睡梦中醒来。”

她的笑容消失了，变得沉默不语，我想她知道我指的是谁。我瞥了一眼厨房，想知道我们点的食物会不会快要上来。如果我在东京的话，早就吃完了。

“你饿吗，石田先生？”

“不，我还好。”

“那你为什么一直盯着厨房，而不正视我？”

“那是我的一个坏习惯，”我说，“我与人交谈时，无法看着他的眼睛。”

“为什么？”

我耸耸肩，“我觉得盯着别人很失礼。”

“不是的，交谈时，不看对方才是失礼的行为呢。”

“我会不露痕迹地看向别处，看你的头发，或者你背后的场景，很多人分辨不出来。实际上，你是第二个注意到这一点的人。”

“第一个是你女朋友？”

“不，是我姐姐。”

她又沉默了一会儿，然后问：“那么你做老师是不是很困难？你这个样子多久了？”

“我不清楚，我意识到这一点的时候是十岁。可能一直就是这样，只是在那之前我不知道而已。”

这段谈话让我觉得很不安，幸运的是，我们点的餐上来了。还是那个服务生把我们点的所有食物摆到桌上，分量很大，看起来很美味。我切着肋排，可七星并没有碰牛排。

“你的餐品有什么问题吗？”我问。

她摇摇头，注视着我的眼睛，“看着我，真的那么难吗？”

我真的不想再讨论这个话题了，“你能不能只是吃你的食物？”

她一动不动。

我不知道该说什么，所以我把她的牛排切成适合一口入嘴的小块。

“你在做什么？”七星问。

我没有抬头看她，“帮你切食物。”

她笑起来，“这次我放过你，因为我喜欢有人为我切食物。”

“所以你喜欢其他人照顾你。”

“我喜欢关心我的人。”她纠正我说，“你会为女朋友这样做吗？”

“不会。”我撒了个谎。

一般来说，我的确会为青木切食物，因为她不擅长使用西式餐具。“我喜欢用筷子。”她坦白过。可我们约会时，她总选择西餐厅，因为她认为西餐厅更浪漫。

“所以，基于你与女孩子的约会史，这种行为不正常，”七星说，“那么我一定很特别。”

“这不是约会。”我严厉地说。

她蹙了蹙眉，可最终吃了一口，“石田先生，除了我父母之外，你是唯一曾经踏入我卧室的人。”

“相当荣幸。”我开着玩笑说。

“是的，是一种荣幸，你应该感到骄傲。”

“我确定你以前邀请过其中一位男朋友到家里来，”我说，“或者没有，因为你父亲总是在家。”

“并不是因为他，我父亲很好相处，只是因为我从未有过男朋友。”

我分辨不出她是否在撒谎，她真的没有理由胡编乱造。她说的时候，表情一本正经，可是对于这么漂亮的女孩子来说，真是难以置信。

“那么你的朋友呢？你肯定把他们带到家里来。”我说，基于中岛先生所言，我已经知道这不是真的。

她摇摇头，“我没有任何朋友。”

“可是我总看到你和同学一起来，一起走。”

“他们只是熟人，并非朋友。”

“有区别吗？”

“当然，”她说，“熟人是你认识的人，可朋友是你可以信赖的人，完全不一样。”

我们离开餐厅后，我问七星：“你还想要什么吗？”

“不，”她露出了笑颜，“谢谢你请我吃饭。”

“吃过这顿饭后，你会停止偷窃吗？”

“是的，正如我所承诺的。”她说，“不仅仅泡泡糖，还有其他的东西，我永远都不会再拿不属于我的任何东西。”

“很好。”

“你相信我吗？”

“我没有理由不相信你。”

“不要那么轻信他人，”她说，“这就是为什么人们会受到伤害。”

我皱起了眉头，“为什么你如此愤世嫉俗呢？不相信任何人，生活会很悲哀，不是吗？

“可能吧。”她说，然后我们分开了。

我想到她告诉我的话，她没有男朋友，没有朋友。有些人太漂亮了，对本人并非好事。或许她的美貌并没有成为优势，反而引起了大家的恶意。

我想象她独自一人活在充满泡泡糖的世界里。那一刻，我无法谴责她的所作所为，也许这是她所知道如何继续下去的唯一办法，可没有人能永远这样生活下去，甚至是她也不能。

16

加藤美雪

那天晚上，我终于给青木打了电话，尽管我们最终还是没能说上话。

接电话的人是她父亲，我认出他那沙哑的声音，便直接挂断了电话。我不知道这是为了什么，只是本能。

有时候我的确想念青木，可我还没准备好去跟她谈。

目前为止，这是我所经历的最漫长的恋情，我的前几次恋爱都只持续了几个月，青木的确在乎我，可我还没有从姐姐的离世中恢复过来，同时，我在这里开始了新生活，至少现在是这样的，所以此时并非合适时机去重新进入一段我不确定的恋爱关系中。对于她为我们谋划的未来，我仍然不知道自己有何想法。

但在消失数周之后，我多少该告诉她我的消息，这是我欠她的。于是我从桌子抽屉里拿出一张纸，写了一封信。

亲爱的青木：

你怎么样了？还好吗？是不是还在生气？

我不知道你是否知情，我已经不在东京。我来到赤川一个多月了，如果你还记得，这是姐姐以前生活的小城镇。我在这里有一个短期安排，顶多六个月。

你可能会感到奇怪，为什么我会来到这里。嗯，发生了许多事情。我本该早点告诉你，可我实在没法让自己打电话，事实是……

我写不下去。

事实是姐姐死了。这个句子不断地在我脑海里回放，可我却没法把它写出来。

我把信纸团成球，瞄准废纸篓扔过去，没有中，纸团滚进衣橱底下。我趴在地上，想去够纸团，却看到一张落满灰尘的纸露出个角。我用食指把纸张勾出来，抖落干净，摊平。

纸张上是一幅孩子画的画，顶部写着《我的家》，画里一个戴眼镜的男人、一个女人和一个梳着马尾辫的女孩站在一栋房子前，他们三个都面带笑容。

绘画者的名字潦草地写在角落里：加藤美雪。

加藤先生正在阅览室读诗集，每个周日晚上他都会这样做，从不例外，虽然他可以选择的书籍堆积如山，可他只选择一本：《沉默》。

“对不起。”我跟他打招呼。

他放下书，皱起眉头看着我，其他人会觉得他不高兴了，但其实那只是看起来而已。

我把画递给他，“我很抱歉打断您，可我在房里找到这个。”

他看着画，一言不发。

“我想它可能很重要。”我继续说。

“这是我女儿的画，可是她不在了。”他把纸条撕成碎片扔掉，“我们已经把她的所有物品都丢掉了。想要生活更容易持续下去，就不能老回顾过去，可我想我们会漏掉一两件。”

“我明白。”说完我就离开了。

回到房间，我对这所房子细细思量。依照房间的数量，我现在待的房间以前可能是属于加藤美雪的。看到这幅画之后，我再次怀疑她会不会就是我梦里的那个小女孩。

三天之后，我慢跑时在露台碰到了七星。她身穿校服，独自一人，抽着烟。

“又逃课？”我问。

她转向我，“你为什么要问如此显而易见的事情？”

我什么都没说，看了一下散落一地的烟头。

“你是不是要跟我说吸烟有害健康？”她问道。

“现在是你在问显而易见的事情，”我说，“你知道吗，这是一种传染病——就显而易见的事情发问。”

她吐了一下舌头。

“你是不是老逃课，在这里抽烟？”

我没想到她会回答，可是她点了点头。

“为什么？”

她吸了一口烟，然后慢条斯理吐出来。“我不知道为什么要上学。在学校里，我格格不入，觉得自己快要窒息，我装累了。”她转向我，“不管怎么样，为什么我要告诉你？这不关你的事。”

“你父亲很担心你和同学合不来。”

“没有朋友有什么错？人都是孤身降生，又孤零零死去，你不能把朋友带进坟墓。”她说，“别管我爸爸，他总是那么小题大做，可是对于真正重要的事情却毫不关心。”

“譬如说？”

她没有回答。

我想到我的父亲，他甚至都没有出席姐姐的葬礼。这个女孩不知道自己到底有多幸运，“你不应该说这样的话。他是你的父亲，他担心是很自然的。”

“不要说教。”她扔下烟头，用黑皮鞋碾碎。

“那边有个垃圾箱。”

“我就喜欢乱扔垃圾，”她说，“对此你有问题吗？”

真是个顽固不化的女孩子，脾气还很坏。我叹了口气，准备离开。

“你现在回家吗？”她问。

“是的，我要去买午餐。”

她跳下来，“我们一起去。”

“去哪里？”

“当然是吃午餐啊，你刚才不是这样说的吗？”

她的眼神告诉我，不管怎么样，她都会跟着我。

“如果有人抓住你逃课，我不会保你。”我说。

七星笑了，“一言为定。”

“你想吃什么？”

“我想吃北海道烤羊肉。”

“你带的钱够吗？”

“我开玩笑的，别当真，我们去吃汉堡包。”

她走在前面，我在她身后几步的地方跟着。她不时转过身，确保我还在。我们穿过一个喧嚣的集市，然后来到一个购物中心，中心地下一层有家摩斯汉堡。

七星往我手里塞了几张钞票，然后说：“帮我点一个鱼肉汉堡，薯条和百事可乐，我去找桌子。”

在我还没来得及抗议前，她走开了。当我端着一满盘的食物离开柜台时，她在远处角落的一张桌子处向我挥手。我走过去，在她对面坐下来。

“你会不会再给我切食物？”她问。

“别荒谬了，”我说，“这是个汉堡。”

她笑了，然后吃起来。

“好吃吗？”我问。

七星点点头，用手指做了个V字手势。她看起来很可爱，我几乎要说出口，可却忍住没说，因为对学生说这样的话是不恰当的。天啊，她正在逃课，我不应该在这里和她一起吃饭。

“昨天我上交了职业调查问卷，是按照你的建议填的。”她说。

“那么在你的老师看来，答卷够不够好？”

“我猜应该够了，因为她什么都没说。”她吸了一口饮料，“石田先生，你想念你的姐姐吗？”

我僵住了，“你什么意思？”

“你有没有遗憾？那些你希望当她在世时应该和她一起做的事情。”

我从未料到，有人会问出如此直截了当的问题，可她就是这样的女孩。我知道她并无恶意。“当然，我很想念她，”我说，“而且我的确有些遗憾。一个亲近的人骤然离世，每个人都会有同样的感觉。”

她歪着头问：“什么样的遗憾？”

“嗯，我希望自己更经常来拜访她，我希望我更如实地告诉她我很关心她……”我停了一下，意识到自己说得太多，“你知道，就是诸如此类的事情。”

她看着我的眼睛，脸上带着意味深长的微笑，“我真是非常羡慕她。”

“你在胡说八道什么？没有什么好羡慕的，”我低头看着我的汉堡，“她已经死了。”

“她在世的时候，有人那么爱她。”

我盯着汉堡，我们都沉默无语地吃着午餐。进店用午餐的人越来越多，把这个地方挤得满满当当，店里本是人声鼎沸，可这些喧嚣声此时于我而言只是模糊的沙沙声。

或者是因为这个女孩，她总能用一种奇特的方式影响我，她身上背负着一种深邃的哀伤，只要我们一靠近，这种哀伤便会流进我的身体。

“谢谢午餐。”七星说道，用餐巾纸轻轻擦了擦嘴唇。

“不客气，”我说，“我陪你走回家。”

她摇摇头，“糟糕的主意，我爸爸在家，我不想他认为你在帮助我逃学。”

“你如此体贴，真令人惊诧。”我开玩笑说。

我将餐盘还了回去，一起走出餐厅。在我们分开前，我对她说：“不要老逃课，你不想和一群差生一起留级吧。”

“我知道。”

她向我挥手离开。我从那里去了便利店，为加藤太太买了午餐盒。当我回到房子里，却意外地发现加藤先生就在门厅里，他看起来一直在等我。

“我能占用您一点时间吗？”他问道。

“当然。”我说。

我们走到阅览室，在沙发上坐下来。他耷拉着肩膀，手指交叉，陷入沉思，风铃清脆的叮咚声在房子里回荡。

加藤先生清了清嗓子，然后说：“我和家里人讨论了妻子的情况，我们相信变换环境或许对她有所裨益，所以我们计划将她搬到箱根，那里的亲戚可以照看她——她的表亲在那里经营一家养老院。”

“听起来像个好主意。”我说，心里知道这只不过是打发我离开的温和借口而已。

“她走后，我会搬进一个小一点的公寓，这个房子太大了，一个人住不合适。这里有太多的回忆，有些我宁愿忘却。”

“这么说，您要把房子卖掉？”

他点点头，“我知道这件事情很突然。”

“我会很快找到新地方，我是不是要记住哪个日期？”

“如果可能的话，我想在月底前把房子准备好。我们已经找到买家，可我告诉他们我需要一些时间搬出去，所以希望不要给您添麻烦。”

“根本没有什么麻烦。”

“谢谢您的体谅，”他说，“对于您为我和我妻子所做的一切，我非常感激，您给予我们很大的帮助。”

“应该是我感谢您让我住在这里。”

当我再细想时，觉得答应月末搬走真是太仓促了。我以为找个新地方搬走是件轻而易举的事情，太想当然了。此外，我手头钱不多。

“价廉、快速，还是质优，从中选出两样，你不可能一举三得。”这是姐姐过去常常对我说的话。现在首选应该是快速搬走，而且价廉也是必须的。所以依据姐姐的理论，我将要搬去的下一个地方一定不会是个好地方。

可并非事事皆黯淡，就在这天，我拿到了第一笔薪水，博子亲自分发每个人的薪金支票。我们一个个被叫进校长办公室，终于轮到我了。

“谢谢你的努力工作，”她一边说，一边递给我一个信封，“第一个月觉得怎么样？”

“我已经习惯了。”我说。

“那太好了，这样的话，加入我们，成为终身员工，怎么样？”

她再次语出惊人。

她的嘴角向上弯起，“我只是在开玩笑，可建议是认真的。对于你的课堂，我得到的反馈非常正面，你已经掌握了一切。请考虑一下，如果你决定要这个职位，请告诉我。”

“谢谢您，我会的。”我说，然后离开了办公室。

我走到桌前，把信封放进包里。当我收拾教学资料时，有人拍了一下我的肩膀，是本田。

“收到第一张薪金支票，感觉怎么样？”他站在我身边问道。

我笑了，“很不错，我肯定会习以为常的。”

“在政客家里怎么样？”

“对于这个……”我回想起自己的困境，“你会不会碰巧认识什么房地产经纪，给我推荐些短期居住地？”

他皱起眉头，“出问题了？”

“没问题。”我决定不去谈论加藤家里的情况，“我只是想自己一个人住，那个地方太豪华了，我不大喜欢。”

“那么，你很幸运，我表姐就是房地产经纪。”

本田给表姐打了电话，第二天，我就拿到一张出租公寓清单。单子上有四十多处选择，可是要缩小范围很容易。

首先，我不能签长期租用协议，这个条件筛去了一半的选择。第二，根据我的薪水，在这二十个选择里，我能支付得起的只有五个。而在这五个选择中，有两处离四叶很远，所以，只剩下三个可能的选择。

周日上午，我与本田以及他表姐见了面。板野太太身材矮胖，一头染成褐色的短发，但是我能看到灰色的发根，脸上涂着厚厚的粉底，整个脸全是粉色调，粉色的眼影，粉色的眼睫毛，还有粉色的唇膏，身上还穿着一条紫红色的西服裙，看上去就像个卡通人物。

“相信我，她很能干。”本田低声对我说，似乎知道我脑子里在想什么。

可我还是满腹狐疑，我向她鞠了个躬，“我是石田廉，谢谢您给予我帮助。”

她咯咯笑起来，“别担心，亲爱的，我会给你找到最棒的公寓，我在这一行已经四十多年了。”

我挤出个微笑。

“我知道，很难看出来，对不对？可我已经六十多岁了，工作使我永葆青春。”她露出一口瓷白的牙齿，可能是假牙，“让我们走吧，亲爱的，我们有很多事情要做。”

本田开车把我们带到清单上的第一个公寓。以板野太太的话来说，这栋楼很简陋，“看起来房顶像是随时会掉下来。”对于老楼，我并不介意，可是这个地方看起来住在里面不安全。

“别担心，亲爱的，下一处应该好一些。”

的确如此，因为我想象不出还能比第一处更差的情况了。第二处靠近地铁，位置很好，楼也很新，可就是旁边有个露天市场。

板野太太从窗户往外看，“有点吵，但这应该不是问题，像你这样的年轻人大部分时间都不在家。”

“石田君要工作到很晚，”本田说，“补习学校的老师往往起得晚。这个市场早上会很吵，我认为我们不应该定这间。”

板野太太看起来颇不以为然，所以我马上说：“为什么我们不看一下第三处呢？”

因为我的预算比市场价低不少，所以我已经把期望值放得很低。幸运的是，最后一家公寓对于我来说十分完美，或者说，至少足够好。位置就在公园后面，有点像乡村，很安静。

“这是栋老楼，”我们爬楼梯的时候，板野太太解释说，“没有电梯，唯一出租的房间在五层。可是租金很便宜，你只需要交一个月押金，以及首月租金，不需要支付钥匙费。”

本田抬起眉毛，“不需要支付钥匙费？这我可是第一次听说。”

“近些年，为了吸引更多租户，有些业主免除了这个费用，尤其是离城市更远一些的街区。”

她把我们带到503房间，打开门。这是间一居室公寓，有独立的餐厅和厨房，卧室的地板是榻榻米，其余的地面，除了浴室外，都是实木地板。这间公寓家具齐全，甚至还有厨房用具和洗衣机，我可能需要的一切都在其中。

打开客厅的窗户，我感受到温暖的阳光照耀在我脸上，和煦的轻风吹拂，从公寓可以俯瞰公园的美景，让我想起小时候常去踢足球的那片田野。

“这个地方很不错，”我说，“我租下来。”

“你确定吗？”本田问道，“这附近没有火车站，最近的公交车站也要走很远。”

“这一点没关系，是很好的锻炼。”

“那就这么定了。”板野太太拍着手，“你现在住在哪里？我明天给你送合同。等你签了合同，付了定金，就可以在两周之内搬进来。”

“我现在住在世嘉区。”

“石田君住在那个政客家里，”本田补充说，“加藤小衫。”

“那可是个漂亮的地方，亲爱的，为什么你要搬出来呢？”

“加藤先生决定要卖掉房子。”

板野太太的眼睛亮了起来，“他会得到一个好价钱。他已经找到买家了吗？还是仍然处于出售中？”

“我相信交易已经达成了。”

“哦，太可惜了。”她叹了一口气，“顺便提一句，他妻子怎么样了？我听说她身体不佳。”

“您认识她？”

“恐怕不认识，可我帮助她的姐姐买了一块地。我告诉你，她是个奇怪的女人。那块地受过诅咒，所以尽管价格低得离谱，也没人要，她却迫不及待地买下来，有钱人的品位总是很怪异。不管怎么说，我会抱怨谁呢？生意就是生意。”

“她拿那块地干什么？”本田问道。

“她建了一家酒店。还记得我告诉过你的那家酒店吗？桂木酒店。”

17

桂木酒店的缘起（和服女士的故事）

酒店大堂空无一人，桂木酒店总是相当安静，可那天却一个人都没有。

我来到前台，喊道："请问有人吗？"

"来啦。"有个声音从后面的办公室传来。

和服女士匆匆忙忙赶到前台，马上认出了我。

"石田先生，很抱歉让您久等，"她说，"上周以来我一直忙忙叨叨的。坂本太太病了，又没有亲人，所以我只能照顾她。"

我想坂本太太就是那位清洁工，因为我在这里没有见过第三位员工，“我希望她感觉好一些了。”

“医生说过三四天她就会好了。”她奇怪地看了我一眼，“这次没有行李？”

“我不是来订房间的，我想和您谈点事。”

“和我？”

“是的，关于加藤美雪以及她妈妈加藤榛名。”我强迫自己紧盯她的眼睛，“我是指桂木榛名。”

她的神情大变，过了好一会儿，她告诉我随她来，然后领着我穿过前台后面的办公室，来到一个茶室。

我们面对面坐在榻榻米上，中间放着一张矮桌，桌上有套手绘茶具。房间里装饰着书法长轴，以及简单的花艺。和服女士拿出两个瓷杯，为我们倒上绿茶。她的技艺优雅，与身上的淡黄色和服相得益彰。

我们谁都没有拿起杯子，我不想催促她，所以就静静地等着。可是几分钟过去了，她还是低着头，一语不发，我知道自己必须说点什么。

“桂木太太？”

她看着我，“首先，你怎么会知道榛名？”

“我在加藤家的一本书里发现她的闺名。”我不想牵扯出板野太太，所以撒了个谎，“当我想到你们俩在样貌上十分相似，就猜想你们必定有所关系。”

她点点头，“榛名是我妹妹。我知道你从东京来，所以我不确定你和加藤家族有什么关系。”

“我住在他们的房子里。”

“明白了。现在想起来，有人说故去的石田小姐也是住在那里，”她说，“可不管是榛名还是桂木家族，和我都再无瓜葛，更不用说加藤家族了，恐怕我们没有什么好谈的。”

我清了清喉咙，这并非易事，但我必须全力以赴，“我相信您会关心妹妹的状况，”我说，“此时此刻，她正在伤害自己。”

和服女士深深倒吸一口气，“真的吗？”

“是的，加藤家为了避免丑闻，故意淡化她的状况。我很抱歉自己如此直言不讳，可是，在事情尚未无可救药前，您应该与您妹妹取得联系，她需要帮助。”

她摇摇头，“我希望我可以，但我不能，他们禁止我探望她。”

“可她是您的妹妹。”

“这是个非常复杂、非常漫长的故事。”

“为什么您不和我说说呢？”我说，我感到这是个突破口，“我的意思是，如果您不介意的话。我有时间，我想听听您要说的。”

她停了好长一段时间，然后深深地吸了一口气，开始讲述她的故事。

她的名字叫桂木夏美，是桂木家族的大女儿。桂木家族拥有赤川本地最大的医院——赤川医院。

这个家族只有两个女儿：夏美和榛名，而没有男性接班人。她们的母亲患了子宫癌，不得不切除子宫，所以无法再生育。

桂木家族世代经营这家医院，所以想让女婿来继承这家医院。家里很早就决定：夏美未来的夫婿将是继承人，继承人将在医院工作的年轻医生里挑选。

作为医院院长的女儿，夏美和榛名有着高贵的教养，她们进入久负盛名的女子学校学习，成绩优异，举止端庄。姐妹两人只相差三岁，平时形影不离。

遵照父亲的建议，夏美进入东京医科大学学习，并与医院里一位前途似锦的外科医生订了婚。榛名在早稻田大学学习，在那里她碰到了加藤家族的长子，而且加藤向她求了婚。所有事情都按部就班地进行着，直到夏美的未婚夫因心脏病离开了人世。他很年轻，生活习惯也很健康，所以事情发生得很突然，谁都没有料到，然而，命运会扭转人们生活的轨迹。

父亲列出了诸多候补的追求者，可夏美全都一一拒绝。虽然她与前未婚夫的关系是一桩出自“父母之命”的婚姻，但他们都爱上了对方，她不会再接受其他人。桂木家族震惊了，紧接着医院里发生领导危机。如果不是夏美，而让榛名嫁给下任医院院长的话，就会开罪加藤家族。所以在别无选择之下，桂木医生收养了一位年轻医生，让他成为接班人。毫无疑问，对于大女儿的不顺从，他极为失望，于是就与她断绝了父女关系。

二十二岁那年，桂木夏美不得不离开家。她伤心欲绝，孤苦伶仃，身无分文地走了，只保留了家族的姓氏以及一切变糟糕前的甜美回忆。

“那是我生活中最黑暗的日子。”和服女士说。

我很理解地点点头。

“我尚未毕业，没有钱继续支付租金和学费，”她继续说，“现在回想起来，或许父亲认为一旦我了解到靠自己生活是何等艰难，就会同意嫁给他的养子。可他错了，我再也不在乎自己的生活。”

从豪华的公寓搬出来，夏美租下能找到的最便宜的地方，与非法移民住在一起。大部分的非法移民在餐馆里洗盘子，挣取低廉的工资，她也去做同样的工作。夏美妈妈看到她的生活如此贫瘠，于心不忍，就瞒着丈夫，不时去看望夏美，给她一些钱。可是一年之后，桂木太太去世了。

“子宫癌之后，妈妈又诊断出肺癌，”和服女士说，“可这一次，医生无法挽回她的生命。”

她喝了第一口茶，我也跟着喝了一口。

“一直以来，我与妈妈十分亲厚，在她去世前，她瞒着我，让榛名默默地给予我支持，妹妹成为我力量的源泉，直到三年后，我碰到了我丈夫。”

夏美的丈夫开了一家日式料理餐厅，她在餐厅里工作。这个男人绝不是理想丈夫的样子：鳏夫，年龄是她的两倍还多。他的妻子在一次车祸中丧生，而他自己与长大成人的孩子们又无法相处。他与夏美的前未婚夫截然相反：长得很瘦，脸色阴沉，可他身上有一种哀伤深深吸引着她。

如果说，她对他的感情是怜悯多于爱情，那么也没有什么不对。爱人的离世把他们俩绑在一起，很快他们就结了婚。大约同一时间，榛名也嫁入了加藤家族。

当夏美与丈夫来到桂木家，请求获得父亲的祝福时，桂木医生不接受这桩婚事。桂木医生看重家庭背景和高学历，他很生气，因为夏美的丈夫两样都不具备。另外，她还是第二任妻子，这个事实让桂木家族蒙羞，因此所有人都反对这桩婚姻，甚至榛名。夏美和丈夫被赶出了家门，并被告知永远都不许回来。

尽管如此，夏美对新生活还是感到很满足。她和丈夫一起，勤奋工作，餐厅生意兴隆起来。虽然与她成长的环境相比，夏美的生活没有同等水平的财务保障，但是他们不缺食，不少衣，但凡需要的，他们都有。可不幸的是，这种幸福很短暂。

有人说是运气不好，还有人说是命该如此，夏美的丈夫在工作中突然倒下。他们赶紧把他送往赤川医院，然而他已经陷入昏迷。医生说他的脑袋里有个血块。因为曾经失去自己的未婚夫，所以夏美决意要让丈夫活下来。她把所有时间都花在照顾他身上，可是，尽管她竭尽全力，他的情况仍没有好转。

与此同时，没有人照看餐厅，餐厅的水准掉了下来。老顾客都不再上门，很快就只能停业，最后，银行接管了餐厅。雪上加霜的是，为了给丈夫治疗，夏美花光了夫妻俩所有的积蓄。最终，她别无选择，只好求助于父亲。

“我咽下自己的骄傲，来到家里，请求借钱，”和服女士叙述，“我低下头，恳求父亲。可他已经宣布我不再是他的女儿，他也不赞成我们的婚姻，所以拒绝了我的请求。”

我想起我的父母与姐姐断绝关系，胸中如压巨铅，“我很抱歉，您丈夫……”

“他再也没有醒来。经过数月的煎熬，他的情况没有好转，我决定关掉维持他生存的仪器。”她低头看着自己的杯子，眼里空空的，茶已经变冷了，她举起杯子，用两手稳稳地拿着，那布满皱纹的手指慢慢沿着瓷器上的凸起滑动，“葬礼之后，由于这些痛苦的记忆，我不想再留在赤川。在我未婚夫死后，我已经丧失了活下去的意愿。可随着丈夫的离世，不知怎么的，我又重新获得活下去的意志力，我不打算浪费它。”

在夏美的丈夫去世前，曾经承诺要带她到京都度蜜月，可是由于餐厅的生意开始兴隆，所以这个计划不得不被推迟。现在既然他们不再拥有餐厅，夏美把实现他们的梦想当作自己的使命。于是她带着一只箱子去了京都，住在丈夫生前选择的那家传统日式小旅馆。也许是命运冥冥之中的安排，这家旅馆正在寻找新服务员，夏美认为这是一个让她留在京都的征兆。

“我决定在那里工作，从来没有想过要再回到赤川。可十五年之后，我收到桂木家族律师的电话，”和服女士说道，“父亲去世了，在遗嘱中，他给我和妹妹都留下了大笔遗产，我想这是他要弥补的方式。”她看着我，“他对自己不太诚实，对吗？”

我嘟囔了一下，表示赞同。

“在强硬的外表下，父亲其实是个心肠软的人，对于我丈夫的遭遇，他觉得自己负有责任。”

后来，夏美有了足够的钱财来维持自己的生活，再也不需要工作。她把继承的部分资金用来购买信誉卓越公司的债券和股票，光是分红就足以支付她日常的开销，无须动用本金。即便如此，她还剩下一大笔金钱，于是她想把当初被迫卖掉的餐厅买回来。

餐厅被银行接管之后，一位餐馆老板把这个地方买了下来，可是生意一直很惨淡，最终只能关闭餐厅。然后一家房地产公司购买了这家餐厅，把这栋建筑拆掉，想把它变成商店，可是这家公司陷入财务危机，这个项目无疾而终。于是谣言四起，说这块地受到了诅咒。

“我本打算不惜代价将它买回来，准备要支付高出市场的价格，”和服女士说道，“可是我很幸运，这家房地产公司急于将它出售，所以最终我几乎没付什么钱。”

我想起板野太太告诉我关于这块地产的事情。

“对于这块被荒废的土地，我原本觉得没有什么用处。一开始我想建另一家餐厅，可是经营餐厅需要耗费太多劳力。我年纪越来越大，没有精力去做这件事情。因为我有在传统小旅馆工作的经历，所以建一家商务酒店是个很好的选择。”

我点点头。

“我这个老女人的故事让您觉得无聊了吗，石田先生？”她问。

“当然没有，您的生活很精彩。”我说，“可有一件事情我不明白，为什么您以父亲家族的姓氏，而不是前夫的姓氏，来命名这家酒店？”

“在某种意义上，这家酒店是奉献给爸爸的，正是他留给我的遗产让我买下了这块地，让我可以平静祥和地度过余生，因为深知自己在财务上毫无后顾之忧。”

我偷偷看了一眼手表，我们已经谈了将近一个小时，可我想要问的问题尚未涉及。“基于您所说的，”我开始说，“您已经和桂木家族修复了关系，那么为什么刚才您说您和您的妹妹以及她的家庭毫无瓜葛呢？”

她停顿了一下，似乎在花时间来挑选正确的词汇，“等到我回到赤川出席父亲的葬礼，已然过去十五年。自打妹妹反对我的婚姻，我就再也没有跟她联系过，事实上，到目前我还是没有。”

“这么说，您对她在这里的生活毫不知情？”

“我听说她有一个女儿，一生都在出入医院中度过。我对美雪的情况了解不多，我从未见过她。”和服女士叹了一口气，“在我回到赤川前，这个孩子就已经离开了人世。”

“那您碰巧知道为什么美雪要住院吗？”我问。

“我听说她得了一种罕见的疾病，无法治愈，可我不知道是什么病，我想正是这个病最终导致她的死亡。”

所以，对于外甥女的遭遇，她也只是道听途说，“您最后一次见到您妹妹是什么时候？”

“就是我被赶出桂木家门的那一天，”和服女士说，“榛名甚至都没有出席父亲的葬礼。她女儿死后，她陷入严重的忧郁当中，拒绝离开房子，拒绝见任何人。”

“您有没有尝试过去拜访她？”

和服女士低下头，“我去过几次那栋房子，可是加藤小衫总是让我离开。一开始他还彬彬有礼，可后来，他给我一个严肃的警告，让我不要再来。”

我能想象加藤先生会做出这样的事情来。

“一开始我对他的话置之不理，直到酒店起火。幸运的是，无人员伤亡，损失也很小。我报了警，可本能告诉我有点不对劲。即使这是一起显而易见的纵火案，可警察当局似乎不愿意追查任何线索。”

意外发生的第二天，夏美收到加藤先生的电话。

“我听说酒店起火了。”他说。

“谢谢您的关心，”她说，“我还好。”

“听到这个，我就安心了。现在，听着，您如今的处境很舒适，可以让您过上平静的生活。如果您不再介入别人的私人事务，那么像起火这样的事情就不会发生。俗话说，不要唤醒沉睡的老虎。为了您自己，我希望您把这句话铭记于心。”

这通简短的电话证实了她的怀疑，可她无法证明这场事故是加藤家族在捣鬼。哪怕她真的找到任何罪证，警察也不愿意追究，这个政客的家族在赤川具有举足轻重的影响力。

“在那之后，我再也不想去见榛名。”和服女士说。

“我能理解各中缘由，”我说，“可您的妹妹需要您。”

她向我露出微弱的笑意，“石田先生，您费心到此，真是太好心了。可我已经抛弃榛名那么长时间，已经没有资格再以姐姐的身份出现在她的生命中。”

“这不是真的，不管发生什么事情，她还是您的妹妹。”

“我不想去得罪加藤先生，他是个危险人物。为了您自己的利益，不要去了解太多关于这个家族的私人事务。我很抱歉，然而，恐怕我无法给予您更多帮助。”

我感觉到她保留了一些重要的信息，一些我不能通过询问正确的问题就能获得答案的信息。“现在我要走了，”我说，“非常感谢您的时间。”

“别客气。”

和服女士陪我走出去，我刻意放慢脚步，盼望她能再说些什么，可是她并没有。我离开酒店，走去公交车站。

走到一半，我听到她在身后叫我。我转过身，看到她急匆匆地从空无一人的街道走过来。我等她顺口气，然后她说话了。

“石田先生，这是我应该告诉您的最后一件事情，”她说，“我感觉美雪并非自然死亡。”

我皱起眉头，“您怎么会这么想？”

“在父亲的葬礼上，我碰到了父亲的养子。听他说，榛名拒绝把美雪送到赤川医院。”

“或许她认为其他医院更好。”

她摇摇头，“赤川医院是本地最先进的医院。作为前院长的外孙女，美雪本应该得到最好的治疗，可尽管如此，榛名却选择把女儿送到城外的一家小诊所。”

“美雪什么时候去世的？”

“六年前，”她说，“五月。”

“那时候她多大？”

“如果我没有记错，那么应该是六七岁的样子。”

听到这个，我几乎可以肯定加藤美雪就是马尾辫。

“你打算做什么，石田先生？”和服女士问道。

“还没有打算做什么，可请您考虑一下，去联系您的妹妹。”

她叹了一口气，“加藤家已经把我贴上标签，我很难接近榛名。”

“既然我现在住在房子里，或许我对您能有所帮助。”我刻意不提即将搬出去的事情。

“石田先生，我知道您是个好人，可是您正在自找麻烦。请听我这个老女人的话，别太接近加藤家族。”

“我会谨记在心。”我说道，随后我们就分开了。

我的计划本来是下午回到加藤家，把东西收拾好，可我决定要去另一个地方。

18

装与卸

赤川只有一家公共图书馆，相对加藤的府邸来说，图书馆位于城镇的另一侧。

一进入图书馆，我就走到放置当地报纸档案的木柜前，我找到 1989 年 5 月的报纸，然后拿起这沓报纸，走到一张空桌子前坐下，翻看其中的报道文章。这个任务比我想象的要更加困难，浏览了一会儿这些标题，我觉得有些昏昏欲睡，可是我告诉自己今天必须完成这件事情，于是便继续查看每一个标题。

一个小时之后，我只浏览了一半的报纸，觉得很乏，指尖也变成了灰色。我精疲力竭地伸长脖子，直到骨头作响，然后又逼着自己继续。

终于，我找到了一篇关于加藤美雪的短篇报道，标题是《加藤小衫的女儿去世》。这篇报道文章只有六行，文中说由于致命痼疾，她平静地离开人世，年仅六岁，可文章并没有提及她到底得的是什么病。

在同一张报纸上，我找到了她的讣告，篇幅很短，一张小小的黑白照片旁列着她父母、祖父母的名字。

这个女孩与马尾辫女孩毫无相似之处，更甚的是，她们俩在样貌上截然相反。马尾辫女孩有明亮的眼睛，加藤美雪却不一样，她长得忧郁而消瘦，剪了个男孩子的发型，还戴着眼镜，一看就是大部分时间都在医院里度过的孩子。

仔细观察，我找到了加藤先生的影子。他那股拒人于千里之外的气质反映在美雪身上，她和爸爸一样，总是眉头紧锁。

所以马尾辫根本不是美雪。可是美雪的父亲是个声名显赫的政客，在赤川这个小城镇上，本应有更大量关于她离世的报道，我继续翻看报纸。

最后，我在几天后另一份当地日报上找到一篇更长的文章。这篇新闻报道并没有提及名字，可很显然所指之人就是她。

赤川每日新闻

政客女儿的神秘死亡：一桩可能的杀人案

MK是赤川一名政客的女儿，今天上午在M医院离开人世，年仅六岁。她的官方死亡原因被定为多器官衰竭，然有传言称：其真实死因是MK母亲HK所提出的治疗方法不当。

MK常常出入M医院，据家人描述，她出生时身体羸弱，故而无法上学，她的症状与癌症类似，关于她身患病症的诊断情况从未公之于众。

一位不愿透露姓名的 M 医院护士 S 向我们提供了一些情况。据其所言，MK 的主治医师 H 为 MK 做了许多放射性治疗，其中一些治疗方法尚未获得国家卫生部批准。治疗决定疑窦重重，因为病因一直无法确定。

我们千方百计想要联系 H 医生，却无果。MK 死后，他便辞了职，离开了本市，我们所询问的每一个人都不知他当前的去向。

我们采访了 M 医院里的病人，许多人对 MK 的母亲 HK 非常熟悉。“这位女士以前每天都到医院里来。她来自上流社会，举止优雅，很难不注意到她。”曾经在 M 医院住过一年半的病人 J 说。可当我们问到 MK 的父亲——政客 KK 时，J 告诉我们她从未见过他，听到 KK 就是 MK 的父亲，她表示十分惊讶。

我们不断给 KK 和 HK 打电话，却杳无回音。他们居住在高档的世嘉区，那栋白房子大门紧闭。当我们企图通过 KK 的秘书与他联系时，秘书告知我们：家人正处于痛失亲人的哀悼期，他们想要隐私，无法接受任何采访要求。

因此，MK 之死仍是未解之谜。

回到加藤家，我花了一个小时打包姐姐的物品。我给本田打电话，问他是否想要姐姐的磁带，可他拒绝了。

“它们老让我想起惠子。”他说。

我也有同感。原本我计划留下爵士乐磁带和音响，可是看着她的藏品，我觉得自己喘不过气来，这些物件里荡漾着她的声音。我可以想象出姐姐坐在我身边，挑出其中一盘磁带。

“我喜欢这张盘第三首进入合唱的部分，它像这样……”她会一边用手指打着节拍，一边哼着旋律。停止哼唱后，她会转向我，问道：“你知道是哪个部分，对吧？”

我会摇摇头，只有你知道是哪个部分，可是既然你已经不在了，就再也没关系了。

不，我不会保留这些磁带。

加藤先生的话又在我心里回荡：“想要生活更容易持续下去，就不能老回顾过去。”这一次，我很赞同他。

我把磁带和音响卖给了旧音响店，店主没有出什么好价钱，可这不重要，我只是要处理掉姐姐的东西，我把其余的物品全都捐给了一家能上门服务的慈善机构。

最后，只剩下一件事情——处理姐姐的骨灰。我心里很清楚，我要与它分别的时刻渐行渐近了。

我进入加藤太太的房间，手里拿着艾米莉·勃朗特的《呼啸山庄》。今天应该是我最后一次给她朗读，我很不愿意把她独自一个人留在这种境况之中，深知没有任何其他人会来。她还活着，可她的灵魂已经走了，脱离了她的躯体。她需要有人来拯救她，任何人都可以。

我把书放下来，坐到她的床边。“榛名。”我叫道。

没有反应。我伸手去握起她的手，她的两手冰冷，毫无生气，她看向我，可眼里如以往一般空洞。

我做了个深呼吸，然后说：“美雪六岁，她已经长大，足以知道自己并没有生病，可她却接受了下来。对于这么小的女孩子来说，一定很害怕，然而她却能装作若无其事。”

加藤太太还是一动不动。

“我想她是用这种方法来告诉你她爱你，她原谅你，”我继续说，“这就是为什么你必须原谅自己——为了你自己，也为了她。”

我放开她的手，拿起书，离开了房间。关上门后，我听到微弱的哽咽抽泣声。那一刻，我知道她不再需要我或者任何其他人为她读书了。

我把书放回书架上，把自己的物品拿到外面，在门廊里等候本田，他坚持要帮我搬家。

为了消磨时间，我最后看了一眼这栋房子。除了叮当作响的风铃外，整个房子一如既往的寂静无声，白色的窗帘来回飘荡，让我回想起第一次来收拾姐姐物品的情景。两个月已经过去了，可我还是没有习惯这个地方。

黑色轿车在房子前停下来，我打开门，本田走过来，帮我搬东西。这一次，我有一只手提箱，一个波士顿式包，以及一些大塑料购物袋。

我把行李放进车后备厢，“我不知道最终怎么多了这么多东西。”

“事情总是这样，”本田笑着说，“随着时间的推移，你的行李会越来越多，这就是为什么我们每年都要做大扫除，不是吗？”

我们上了轿车，他载我到了新公寓，路上只花了二十分钟，可就像他说的，如果没有车的话，到这栋楼不是很方便。或许我应该买一辆自行车。我上次骑自行车是什么时候？如果我记得没错的话，应该是在高中。我会不会需要再次学习骑车呢？还是就像系鞋带一样，一旦你掌握了，那么余生都会本能地知道怎么去做？

车来了个急转弯，后视镜上有个东西闪闪发光，我伸长脖子去看清楚一些。镜子后面藏着一个瓷白色的小兔饰品，难怪此前我从未见过它。

对于一个成年男子来说，本田的品位真是令人惊讶。

19

花丛后的房子

当我第一次看到这间公寓，正值傍晚时分，落日让这栋大楼笼罩在浪漫的气氛中，可在光天化日之下，它看起来比我记忆中的样子要破旧很多。褪色的粉墙剥落下来，还沾满水渍。所有金属栏杆全是锈迹斑斑，木楼梯也是破破烂烂。不过，至少整栋建筑似乎还比较坚固。

“我感到很意外，他们竟然没有把这个地方拆掉，”本田一边爬楼，一边说，“它大约是二战时期建的，此后再也没有翻新过，业主至少应该加个电梯。”

“如果有电梯的话，租金就不会这么低廉了。”我说。

“也许出租房间只是个幌子，有些房间被用来储存毒品或枪支。”

“别傻了。”

哪怕这是真的，我也不会在乎。租金在我的预算范围内，而且还接受按月租赁。租金这么低，我想知道业主是否真的能从中获利。

我们累得气喘吁吁，最后终于到达五层。我拿出钥匙，打开门，把物品放下来。我仔细查看房间，空气里弥漫着一股霉味，于是我把所有窗户打开，让空气流通起来。

我看到客厅的角落里有台电视机，上面蒙着厚厚的灰尘。我想本田或许要看点什么，于是想把电视机打开，可它坏了。我鼓捣了一阵，最终放弃，到浴室里去洗手。可是让我郁闷的是：没有热水。怪不得这个地方如此不受欢迎。我只能像二战影片那样一直在烧热水，可我知道自己太懒，不会这么做。好吧，只能说我付多少得多少吧。

“一切还好吗？”本田问。

“是的，是的。”我回答，把手放在水龙头下冲洗干净。

我面前是一面脏兮兮的镜子，看起来我的首要任务就是把这个地方彻底打扫一遍。我叹了一口气，这可不是我喜欢的过日子的方式。

这栋公寓楼有五层，每层有八个单元。三分之一的单元有人住，还有若干个单元不对外出租，当然我不相信是本田所提出的那个原因。其实，在现实生活中，有趣味的事情少之又少。极有可能是因为那些单元都太破了，没法再进行修缮。

据我所知，底层全部单元都租出去了，楼层越高，租户越少。到了我这一层，除了我，另外就只有一个租户。

租用这栋公寓的既有大学生，也有刚刚工作的年轻人。因为人不多，所以很容易就能记住他们的样貌。他们都是独居，除了一对年轻夫妇。

泉是我们的公寓经理，戴着眼镜，她告诉我说：“业主希望只租给单身汉。”

我搬进来一周后，她叫我到她的公寓去取些文件。她住在304房间，那既是她的公寓，也是她的办公室。我们每个月通过她交付房租。如果设备有问题，我本应告诉她，然而用她的话来说：“我能做的不多，所以不要老来打搅我。”

“三层住着一对夫妇。”我向她指出来。

“登记租房的只有那个女孩，只是她男朋友每天都过来。他住在这里也不错。如果业主知道的话，会不高兴，可如果没人向他汇报的话，他不会发现的。”

我笑起来。

“是什么那么好笑？”泉问道，双臂交叉。

“你很像我在高中认识的一个女孩，”我说，“她戴着和你一样的眼镜，是个模范生，班代表，学生会成员，诸如此类。可和你不一样的是，当我们表现不好的时候，她就会向老师打小报告。”

“有些人总是心怀怨愤。”

“某种程度上吧。”

“你知道我不是那种严肃的人，”她摘下眼镜，“只是视力不大好，运气不太佳。我把平时佩戴的眼镜打破了，所以只好戴上旧眼镜，让自己看起来像个呆瓜。”

没有眼镜，泉和我认识的女孩就不大像了。

“好了，看够了。我需要随时随地戴着它，否则的话，形同瞎子。”她把眼镜重新戴上，“趁我还没有忘记，我这里有些东西要给你。等一下啊，这个地方太乱了，所以一般来说，我不会邀请人进来。”

“别担心，我在这里等着。”

她让我站在门边，我不知道这个地方到底有多杂乱无章，因为我面前有块装饰帘子挡住视线，可是我能听到泉在四处翻找。

几分钟之后，她拿着一本小册子回来，“公寓楼守则，得空读一下，”她说，“你现在可以走了。”

我努力让自己不要流露出任何疑惑之色，“谢谢你，我肯定会读的。”

“哦，还有最后一件事情。我之前告诉过你，可我还要重复一下。尽量不要来烦我。哪怕你告诉我洗衣机坏了，或者没有水了，我什么都干不了。你最好还是敲敲其他人的门，问一下是否可以使用他们的。我能做的只是向业主的秘书汇报，而她一个月来一次。哪怕汇报了，业主的办公室也是毫无反应。”

“听起来你很不喜欢管理这个地方，”我忍不住评论了一句，“那么一开始的时候为什么要自荐呢？”

她看起来十分意外，“我并没有自荐，你认为我承担这些额外的工作会分文不收吗？为了这些麻烦，业主减去我一半的租金。”

“哇，这是笔好交易。如果你再把其他人偷运进公寓，像那个女孩那样，你就能进一步分摊租金。”

我在开她的玩笑，所以我没有想到她会对此做出反应。

“这个主意棒极了，可惜我的呼噜很响。唯一能和我睡在同一房间的只有小绿，那是我小学时候的猫。”

“你知道，这是好事，”我说，“小绿有没有告诉过你？”

泉傻傻地笑着。

“你有没有见过我们的业主？”我问。

她摇摇头，“我只跟他的秘书沟通。”

“那你怎么会成为公寓楼的经理呢？”

“我从表姐那里接过来这个职位，她结婚的时候搬走了。”泉说，

“不管怎么样，关于我已经说得太多了。你怎么样？你是不是已经搬进来，东西都安放就位了？”

“我想是的，”我说，“这里很安静。”

“是的，尤其是你住在五层，那里只有你和那个骨瘦如柴的家伙。”

“你认识他吗？”

她耸耸肩，“并不算认识，你跟他交谈过吗？”

“还没有。”

虽然我们的房间只有一门之隔，可我从没和这位邻居说过话，而且只见过他两次。

第一次是他三更半夜回到公寓，手里提着两个大购物塑料袋，当时我正在晾忘记在洗衣机里的衣服。

我的邻居又高又瘦，一头邋邋遢遢的头发，身上穿着许多层衣服，好像他身处北海道的冬天似的，可那天一点都不冷。更奇怪的是，虽然他穿着厚厚的衣服，脚上却只穿一双传统草鞋。

第二次看到他的时候，我正在公共楼道里闲逛，因为我睡不着，当时是夜里两点钟。这一次他也是出了门，手里拿着两个手提袋回来。他走上楼梯的时候，草鞋发出很响的声音。当他从我身边走过，我向他点点头，他也向我点点头。

其余的时间，他的门窗紧闭，我从未听到来自他房间的任何声响，他似乎从不在外面晾晒任何衣物。从楼道看来，好像没人住在那里。

“我收取房租的时候，当然和他说过话，”泉说，“可若非必要，我们从不交谈。所以可以说，我并不比你更了解他。听说他是个作曲家，但我从来没有听到有音乐声从他房里传出，所以这种说法不会是真的。”

“或许他用数字的方法来创作，”我说，“把键盘连上耳机或者什么的。”

她耸耸肩，“可能吧，反正他是个怪胎。我记得有一次午夜时分在公园里看到他，我跟他打招呼，他却对我不理不睬。”

“可能他没有听到你的声音。”

“我很确定我的声音足够响亮了，实际上我是对他大喊。”她坚持，“不管怎么样，我要睡午觉了，不要——”

“没有必要就不要打搅你。”

“很好。”她说完就关上了门。

我看了一眼手里的小册子，五十页复印的资料，用环形夹钉在一起。册子的封面有花丛，花丛后是公寓楼，还写着大大的“欢迎”字样。

等我回到房间，就把它塞入抽屉里，再也不让它有见光之日。

我搬进来以后，日常时间表没有发生太多变化。早晨，我到附近的公园运动，慢跑一个小时，随后回到公寓快速冲个澡，然后，出发去工作。

从公寓走到最近的公交车站需要二十分钟，这个公交站只停一趟公交车，每十五分钟来一辆车，所以十有八九我需要等一会儿。

在去办公室的路上，我会去买午餐，吃完午餐后再去上第一堂课。通常来说，我会和本田一起吃晚饭，而且他几乎每次都送我回家。

“反正我住得离你很近，”他说过，“而且开车的时候有个聊天的伴儿，更有意思。”

工作之后，我累得无法拒绝他的建议。我想要尽快回到家，倒头便睡。而本田却截然相反，晚上开车的时候他总是那么精力充沛。每当他坐在汽车座椅上时，似乎就会放松下来。

“我喜欢晚上放下车窗开车，”他一边顺畅地打着方向盘，一边对我说，“引擎的声音，还有微风拂面的感觉，总会让我觉得心平气和。

“你常常会在晚上漫无目的地开车吗？”我问。

他没有回答。我们正在靠近一盏交通信号灯，车速慢了下来，然后就停在一个坡底。

“我以前会，可现在不会了，”最后他说，“当我还和前女友在一起的时候，我们会在夜里开车闲逛。自从她离开我之后，我尽量不一个人开车，否则的话，我就会开始想她。”

灯变绿了，本田松开手刹，引擎轰鸣，车启动起来。

“你怎么样，石田君？你有女朋友吗？”

“有的。”

“在东京？”

“是的。”

“跟我讲讲她。”

我不知道该说什么，尤其是考虑到我和青木已经那么久没有说话了，“我想她人不错，我们在同一所大学学习。”

“你到这里来，她同意吗？”

我强扯了个微笑，“说实话，我们吵了架，现在还没有和好。”

“明白了，”他嘟囔了一句，“和前女友分手之后，我明白了一些事情。如果你们彼此相爱，简单的一句道歉就能解决所有问题。可如果你们不相爱，那么要维持彼此的关系就太难了。”

“如果我必须道歉，我不会介意这么去做，可情况是，我总达不到她的期望值。迟早，我们还会发生争吵，我和她步调不一致。”

“这就是你离开东京的原因吗？”

我什么都没说，他也没有进一步逼问。

这个寂静的夏日夜晚，黑色的轿车一路奔驰。在街灯的映射下，街道空无一人。我眯起眼睛，街灯的亮光变得模糊起来，连成一条连续不断的光线。我想起自己以前见过类似的情景，可在哪里呢？

20

来自东京的请求

当我回到公寓，有封书信正在静候我。白信封上贴着紫蝴蝶邮票，信封边缘被弄得皱皱巴巴。这是来自母亲的书信。打开信封，我发现一张折叠了两次的信纸，信上写道：

亲爱的小廉：

金正在找你，他说是急事。我告诉他你没有留下电话号码，而且我不知你何时能回到东京，可他还是一直来电话，你能和他联系一下吗？

从小学开始，金就是我的朋友。

我们同班多年，一起进足球队，所以大多时间里总是形影不离。可是高中之后，我们上了不同的大学。我追随姐姐的脚步去了庆应，而金进了早稻田。每当他的队伍需要人时，他就会给我打电话，可我们不再像以前那样总能见到对方。除了在足球场上见面外，我们还不时一起去酒吧泡女孩。

金的长相并不英俊，当然，我不是说他的相貌惨不忍睹，只是他并非那种让女孩子会多看两眼的人，可是他能说会道，巧舌如簧。一旦女孩子愿意留下来听他说话，那么他就很容易把她们带上床。然而，出于某种原因，他需要我当他的狩猎伙伴。

“这是个秘密配方，”他告诉我说，“我们两人需要一起上，我们是最佳搭档，优势互补。”

为什么是我？他没有做出解释。可就是依靠他这个含混不清的理论，我还真是勾搭上了好几个漂亮姑娘，总有一些无脑之人会接受他的计划。

第二天早上，在去上班之前，我绕道去公园附近的公用电话，哪怕是现在，我的脑海里还是能即刻跳出金的电话号码。

有人接起电话，“喂？”

我马上认出金那独特的低沉嗓音。“我是廉。”我说，“你老打电话给我，我妈妈不高兴了。”

“啊哈，这个老巫婆，有一天她很不客气地挂断了我的电话。”他笑着说，“你现在在哪儿？”

“我在赤川。”

“你在那儿干什么？”

“处理家庭事务。”我说，金认识我姐姐，可我怀疑自己有没有跟他提过她住在这里，而且我不想谈到她的死亡，“所以说，你为什么大费周章来找我？”

“我需要你帮助我钓些女孩子。”

我简直不能相信自己的耳朵，“你是认真的吗？这就是你给我打电话的原因？”

“你认为我在开玩笑？”

从他的口吻中我能感觉到他是认真的，可还是……

“为什么这么着急？”

“我会亲自告诉你。你什么时候能过来？如果可能的话，最好能来一周。你会帮我的，对吗？”

这是他第一次恳求我帮忙，我无法拒绝，而且，再说了，暑假就快来了。

“我下周到。”我说。

“太棒了。”他听起来大大地松了一口气，“我会给你支付车票。”

“别操心这个事情，不要让任何人知道我要回东京，尤其是我妈妈。”

“明白，反正谁想跟那个老巫婆说话呀？”

于是，到了我们约定的日子，我出现在金位于目黑区的家里。

金的房子是一栋独立的三层小楼，自带车库，他们家一连三代都住在这里。

门打开，金出来迎接我。

“欢迎来到东京，石田先生，”他笑容满面地说，“我们一直在等你。”

我无法隐藏自己的好奇心，问道：“怎么安排？”

“安排就是……”他背着波士顿式包走出房子，“我们要去找乐子。”

金叫来一辆出租车，告诉司机一家酒店的地址，这家酒店位于六本木。一路上，他假装睡着，可我很清楚他只是在装睡。当我们来到房间，他把包扔到了一边，跳上单人床，而我则站在他身边。很长一段时间，他沉默不语，然后他开始说话。

“如果我告诉你我要结婚了，你会不会相信？”他问。

我的眼睛瞪得大大的，“你是说真的？”

金和我一样，二十四岁，现在就定下来好像太早了，尤其是像他那么一个对承诺诚惶诚恐的人。

他平静地回答：“我希望我只是在开玩笑。”

“发生了什么事情？”

“我女朋友怀孕了，”他说，“婚礼下个月进行。这个决定很疯狂，可我们别无选择，因为她已经受孕七周，肚子都开始显出来了。”

我不知道该如何说才好。我可以想象得出，这对于他来说是个何等毁灭性的灾难。我挠着头问：“是上次你介绍给我的那个短头发女孩吗？她叫什么名字？”

“幸子，”他说，“但不是她，我很久很久以前就和她分手了。”

我知道金和许多女孩子约会，有时候会同时跟多位女孩子谈恋爱，可那个来自早稻田的短头发女孩是我最后碰到的，“所以说，是个新人。”

“是的。”他说，“你怎么样？还和那个青木在一起？”

“你说‘那个青木’是什么意思？是的，我们还在一起……”我挠挠头，“可以这么说吧。”

他看着我，笑了起来，“这么说，你最后还是和她分手了。需要时间，对不对？我会帮助你忘掉她。”

“我们没有分手，而且现在不是在说我，而是在说你，以及将要和你结婚的那个女孩，她怀孕以前你们约会了多久？”

“我不知道。”他耸耸肩，“一两年？”

“这不可能是真的，去年你还和幸子在一起，除非你双管齐下。”

“好吧，她怀孕前我们只约会了几个月，现在你开心了吧？我们能不能不要再说她了？”

感到他的恼羞成怒，于是我说：“好的，好的，怎么会发生这种事？你一直都很小心谨慎。”

“我的确小心谨慎，”他说，“这就是为什么我觉得怒不可遏。可我女朋友很开心，她逢人便说，弄得人尽皆知，我别无选择，只好负起责任。”

我拉了一张椅子，坐下来，“你那个女朋友，你爱她吗？”

“我的确喜欢她，否则的话，我一开始就不会跟她约会。虽然我并没有为之疯狂什么的，可是我也不介意跟她在一起，”金说，“再说，这也是一桩好处多多的婚姻。他父亲的公司是我们家的主要业务客户，很难去拒绝这种安排。”

“那么说，已经定下来啦？”

“我想是的，只是来得那么突然。没时间了，你明白我的意思吗？说实话，我还没有准备好，可我别无选择。”

我叹了一口气，“那么，计划是什么？整整风流一周？”

“类似吧。”他嘲讽地笑了一下，“如果我能四处与人调情，风流快活，从而足以满足我一生的欲望，那么我会更安心地这么早就定下来。”

“真是个天才计划。”

“别冷嘲热讽，廉。我知道它听起来又肤浅，又愚蠢，可我本来就是个肤浅而愚蠢的人。”

金正在笑，可我知道他心里很沮丧。这个家伙失去了理智，我很同情他，可却不赞同他处理这件事情的方法。

“别担心，我保证你也会觉得很开心。”他继续说。

“这并非问题所在。我只是担心我们做完之后，你会不会感觉好一点。”

“这是我的问题，不是你的。我要赌一把，我会对结果承担全部责任。”

我知道他不会改变主意，于是便脱下鞋子，问道：“那么我们今天晚上去哪里？”

“你很快就会知道。”金从口袋里拿出另一把酒店钥匙，扔给我，“不要在这里脱鞋，去你自己的房间，你最好好好地歇一歇。我向你保证：今天晚上将是个漫长的夜晚。”

“好的。”我穿上鞋，拿起包离开。

金只是个孩子。他的家族数代经营高端传统糖果生意，这是一个劳动密集型的行业，可是他们家建立了良好的商业信誉，培养了一大批精英客户，政客、演员、富裕商人都是他们的常客。工厂建在神奈川，金的父母在那里还有一栋房子。大部分的时间，金会独自待在目黑区的家族房子里。除了我们都热爱足球以外，总是孤身在家也是我们俩的另一个共同点。

在我们读高中的时候，他常常邀请我到他家里看成人录像，他有我见过的数量最为庞大的录像藏品。自从姐姐离开东京之后，我经常在他家过夜。

虽然金的父母几乎不会回来，可是他从不把女孩带回家。相反，他会在学校各处与她们调情：医务室、储藏室、浴室，只要你能想到的地方。等我们长大后，他温存的地点就升级为爱情酒店。钱不是问题，因为家里给他十分慷慨的生活补贴。

有一次我问他，既然他家里总是没有其他人，为什么还要这么麻烦呢？

金说：“我不能冒险，让我父母走进家门，看到我没有穿裤子。”

“他们希望你直到结婚还是处男吗？”我开玩笑说。

“你明白我的意思，”他说，“他们知道我已经有过性爱，但是他们不想抓到我在偷情。”

因为我和他一起，所以我也变成了爱情酒店的常客。

金挑选女孩子的方法很简单。我们会来到六本木的一家好酒吧，点一些饮品，在那里泡着，直到我们看上一对喜欢的姑娘。她们不能太年轻，大多数都是大学生或者二十多岁的女职员，并且足够迷人。总是金走上前去，和她们攀谈。我们会给她们买饮品，倾听她们的故事，逗她们开怀大笑。如果我们运气好，随后我们也会获得自己的欢愉。为了保证让我快乐，金会付好账，并且让我来选择把哪个女孩带进我的房间。

这一次同样如此，我们遵循与往常一样的模式。头三个晚上一切进展顺利。一直以来，金都很擅长挑选姑娘，而这一次，他尤为游刃有余。我毫无怨言，尤其是自从我搬到赤川之后，就再也没有和任何人睡过。可是第四个晚上就不同了。

一进入酒吧，我就看到两个更加年轻的女孩在独自喝东西。一个娇小玲珑，脸上带着富有感染力的笑容；另一个身材苗条，皮肤白皙。那位高个女孩身穿黑色皮夹克，脸上化着烟熏妆，看着魅力十足，当她仰起下巴时，露出修长的脖子。

我不认为我和这样的姑娘会有机会，可是金看到我眼睛盯着她们俩看。他感觉到我喜欢那个模特女孩，就坚持要试一下。一开始我犹豫不决，可当那个娇小女孩的目光与我们相接时，我决定让金去施展一下他的魔力。我们走到她们旁边的空桌子坐下，点了一扎啤酒，然后，金就开始进攻了。

“你们今天晚上过得怎么样？”他问道，“你们想加入我们吗？”

他提出问题的姿态是那么的自然，就好像在问这个桌子有没有人坐一样。这样的事情只有金能驾驭得了，如果换我的话，听起来就会像在强迫别人。

两个女孩对望了一眼，她们沉默了一会儿，高个女孩点点头，娇小女孩说：“当然，为什么不呢。”

“你们经常来这里吗？”金一边问，一边为她们俩腾出位置。

高个女孩耸耸肩，“偶尔。”

就像往常一样，金进行介绍，“这是廉，我是金。”

“她是杏子，我是香织，”娇小女孩说道，“你们是学生吗？”

金点点头，“我们是筑波大学的法学学生，到这里来度假。”

捏造假身份是金秘密配方的一部分。大学生是我们最常用的剧情，只要不是庆应或者早稻田就可以，但是有时候他也会扯上广告行政人员、公司职员和公务员。直到目前为止，还没有人发现我们在撒谎，哪怕有一次我们交谈的那个女孩碰巧就在他胡编的那所大学里学习。金说起谎来是那么言之凿凿，似乎他对自己所说的一切都信以为真。

女孩那边大部分的时间都是香织在说话，她们是同一所私立艺术院校的戏剧学生。

“明年夏天会上演一部戏，我们在其中扮演主角，”香织说，“如果你们在东京，应该过来看一下。”

“真的吗？那我们应该好好庆祝一下。”金说。

他带着我们举杯庆贺，然后又点了很多酒。他继续和香织说话，这样我就更有机会接近杏子了。这个计策很成功，因为香织太开心了，一直在跟他说演戏的事情。

我转向杏子，在朦朦胧胧的灯光下，她迷人极了。并不仅仅是她那惊人的美貌，这个女孩身上带着一种我无法真正解释的熟悉气息。即使我们刚刚才碰面，可我觉得我好像认识她。

“你为什么盯着我看？”她问道。

“你看起来很面熟，”我说，“我们此前见过吗？”

她把长刘海从脸上拨开，塞到耳朵后面，“这就是你的搭讪词？”

“可能。”我喝了一口啤酒，“那么你呢？你会在这部戏里吗？”

“不，”她的声音里毫无失望之意，“我负责化妆和服装。”

“那是你感兴趣的东西吗？”

“并不是，我要求承担这项工作是因为演出时我不一定在。我们有十多个其他同学也做同样的工作，所以即使我不出现，也不会是灾难。”

“杏子是著名模特，”香织插话进来，“上周她刚为川久保玲[①]工作。”

这必定是为什么我认为此前见过她的原因，“所以我们会在广告牌上看到你的照片。”

杏子笑了，“不，不是广告宣传。我仅仅是参加了一个小型走秀，并非著名模特，香织只是在开玩笑。”

我瞥了一眼香织，可她正忙着听金说话。

“我并不是很喜欢戏剧，可是我必须去学习一些让父母开心的东西，”杏子说，“他们特别在意，认为必须拿到一个学位。”

“任何一个学位都可以吗？”

“是的，任何一个学位都可以，”她重复说，“我以为戏剧最接近我现在所做的事情，可结果并非最好的选择。我总记不住台词，而且我根本演不了戏，时尚设计应该会更好一些。”

“为什么你不转专业呢？”

“一半的时间我都不在。如果我转去学习时尚设计，那么我根本无法完成功课。”

“你的问题不会已经到了无法满足最低出勤率？”

① 川久保玲：日本的一个服装品牌。

“这个问题还好，我的朋友帮我签到，”她说，“老师们都知道我的情况，就睁一只眼，闭一只眼，所以毕业并非难事。我们的学校只是个小型的私立学校，不像筑波大学，我的目标并非要成为下一位大明星。”

我喝完杯中的啤酒，然后往我们俩的杯里重新续上酒。金和香织已经进入他们自己的世界。当金把手臂环上她的腰间时，香织咯咯地笑着。

“那么你呢？”杏子问，“为什么你选择法律呢？”

我挣扎了一会儿，然后想出了一个答案，“我不知道要学什么，所以父母建议我追随姐姐的脚步。”

“她是个职业律师吗？”

我清了清喉咙，点点头，“是的。”

“那么你可以让她给你做推荐。你的前途相当安稳，你做出了正确的选择。或者至少，你把自己的生活规划得很好。许多像我们这个年龄的人对前途感到茫然，不知道他们毕业后计划要去做什么。”

“对于二十多岁的人来说，很难确定余生将要去做什么。”

“没错，可是生活就是如此，”她感喟，“你在二十多岁所做的可能是人生中最重大的决定。你计划去做的工作，你将要与之结婚的人，诸如此类的事情。可我们太年轻了，太幼稚、太愚蠢，没法做出如此重要的决定。”

我喃喃地表示赞同，几口就把啤酒喝完了。

金把手臂搭在我的肩头，“很抱歉打搅你们的谈话，可我真是疲惫不堪了，我要回酒店。”

杏子翻开夹克衫的袖子，看了一下手表。她戴着一块老式的精工表，看着有点笨重。“没想到这么晚了。”她说。

“你们怎么回去？”金问道。

“我们必须叫辆出租车，因为我们已经错过最后一班火车了。”杏子说。

“我们俩的酒店就在附近，走路就能到。如果你们愿意，可以过来休息，直到火车又开始服务。”

“真的吗？”香织靠在杏子身上，“我们就这样做吧。我醉了，不想坐出租车。”

杏子没有回答，金付了账单，我们四人一起走出酒吧。金和我走在前面，姑娘们在后面几步跟着。

我确定她们没有在听我们说话，然后对金低声说道：“你确定对杏子不感兴趣？”

“不，你先看到她的，她就是你的。”金无动于衷地说，“再说了，香织很可爱。谁知道呢，有一天她可能会成为著名演员，那将是我所有征服过的女孩中的闪光点。”

“如你所愿。”

当我们进入酒店大楼，金把香织搂在怀里，低声细语地跟她说着什么。他们俩没有对我或者杏子说一个字，便径直进了他的房间，锁上了门。

我很尴尬地看着她，“那么……”

她耸耸肩，“我想你别无选择，只能和我待在一起了。”

“我不会反对的。”我说。

我伸出手去拉着她，拿出房门钥匙。

“你睡着了吗？”杏子问，她裹在毯子里，滚到更靠近我的地方。

“没有，”我回答，“如果你还醒着，我要睡了就太浪费了。”

“你真是太好了。”她卖着关子说。

她爬到我上方，我们亲吻起来。我把她的刘海拨到耳后，不知怎么的，她看起来和在酒吧的时候有所不同，但不是变难看了。过一会儿，我才意识到是因为口红的颜色。我们的唇齿相交把她那深紫红色的口红擦掉了，使她看起来年轻多了。

“我有一阵没有和人发生关系了。”她向我坦言。

我又亲她，“是这样吗？”

“我的职业是首要事务，与人发生关系只会拖我的后腿。”

“可是你不寂寞吗？”

“有时候会的，事实上我的确想要一段严肃而亲密的关系。我好几次尝试去约会，可他们总会因为我无法给予足够的关注而终止我们的关系。”

“你还没有碰到那个对的人。”我说，“你怎么会决定进入模特界？”

她在我身边躺下。“那是我儿时的梦想。”她的眼睛睁得大大的，看起来她并不想睡觉。

“跟我多说一些。”

“嗯，从我记事开始，我就喜欢翻看时尚杂志，羡慕模特们穿着时尚的服饰，化着精美的妆容。到我十七岁的时候，就去试镜当朗读模特，被选中，经纪公司向我提供了合同。”

“所以梦想成真了。”

“是的。”她说，两眼茫然地盯着天花板，然后笑了起来。

我摸了摸她的头发，“什么事这么好笑？”

“多年之后，我父母才发现。爸爸在马尼拉工作，妈妈在那里陪着他，我和姑姑在东京生活。”她转向我，“你能想象出他们的反应吗？他们认为我只是叛逆。幸运的是，姑姑把事情处理得很好。”

“嗯，”我嘟囔了一下，“做模特是你期盼的那样吗？”

她想了一会儿才回答：“大部分是的，可也不是全部。我原先不知道竞争会如此激烈，那么多的漂亮女孩蜂拥抢夺每个工作机会。总是一个接着一个的拒绝，可是我很努力地工作，我的经纪人看到了我的努力，就给我更多的机会。每当出现紧急情况，或者哪个模特病倒了，我就是首位可能的替代者。”她更往我身边靠过来，把她的头枕在我的臂弯里，“譬如，如果我现在收到她的电话，就在此时此刻……我会即刻离开你。”

“这是敬业。”我说，因为想起七星的母亲，我就问了起来，“在你的经纪公司里，有没有身体部位模特？”

“没有，可是不时我们会收到像这样奇奇怪怪的要求。有一次我被要求去为一家袜子公司当腿模，不过这种情况不经常发生。为什么你这么问？”

“一个熟人的妻子是手模。”

“她叫什么名字？或许我知道她。”

“我不知道她的全名，可她的姓氏是中岛，我听说她很有名。”

“的确有一些很有名的手模，因为比起其他身体部位模特来说，她们更有市场，可我从来没有听说过中岛，”她说，“那可是份辛苦的工作，客户要求的可不仅仅是一双纤手。她们的收入很高，但是她们的双手必须完美无瑕，没有毛发，没有伤口，没有血管。”

“听起来要求很高。”

“我曾经和一位手模一起工作，就是纯粹的手模，不像我，既做身体模特，又做普通模特。她每天戴着手套，你不会相信的，她把手时时刻刻都放在胸前，从而促进血液循环，真是无所不用其极，对不对？我可不想这样——”

两声敲门声打断了我们。我穿上裤子，打开门。金在门外，可他那皱皱巴巴的衬衣还没有扣好。

“很抱歉打断你们，可香织不太舒服，”他说，“她在浴室里呕吐，现在正在哭，我不知该如何是好。我想跟她说话，可她却恸哭不止。”

“我来看着她。”杏子起来，穿上衣服，“我很抱歉，廉，可你是否介意让金留在你房间？我知道香织醉起来会是什么样子，我最好还是和她待在一起。”

“没问题。”我说。

杏子吻了我一下，离开了，金的眼睛一直粘在她的身上。

“这个女孩真的很瘦，不是吗？你能真正看到她的骨头。”他评判着，“嘿，很抱歉插进来，可香织真是浪费。”

“别担心，反正我们都做完了。”

他从床上拿起一个枕头，“我会睡在沙发上，别跟我争，我今天晚上已经受够了。”

“你舒服就行。”

反正我也太疲惫，不想去反驳他。爬回床上，我差点快要睡着了，然后我听到金的声音。

“嘿，廉，谢谢你和我共享自由人的最后疯狂。”

我笑了，“不客气，我也很开心。”

“太好了。”金转身的时候，沙发吱吱作响，他捶了几下枕头，问道，“对了，你还没真正告诉我你在赤川做什么。”

“就像我此前说的，去处理家里的事务。”我还是不想谈论姐姐。等他最终发现的时候，他可能会责怪我，可此时此刻，我不在乎。“我过几个月应该就会回东京。”我补充了一句。

金又嘟嘟囔囔说了几句，可我没有听清。我想他会提出更多的问题，可当我抬头看他的时候，他已经沉沉睡去。

当我醒来，金还在睡觉。我打开厚厚的窗帘，让阳光照射进来。骤然而至的光亮让他从沉睡中惊醒过来。

“早上好，睡美人。”我说。

他打着哈欠说：“现在几点了？”

我看了一眼钟，“十一点。我们很快就要退房。”

我们洗澡、洗漱后，去到金的房间。他敲了敲门，可无人应答。

“好奇怪。”他皱起眉头，嘟囔了一下。他一定在害怕最坏的事情，因为他把自己的物品都放在了里面。

我转动门把手，门没锁，可房间里没人。

“我猜她们已经走了，”金说。他检查了一下房间，在床头柜上捡到一张纸条，“是杏子写给你的。”

我把纸条从他手里接住，读了起来。

嗨，廉：

很抱歉，我们一早就离开了，我们早上还有课。昨天晚上很开心，我过得很快乐。再次与你相遇真是出乎意料，可我希望未来会继续让我始料不及。

亲亲抱抱，杏子

“她的字很漂亮，”金说，“可她没有给你留下电话号码，而且这是什么意思？‘再次与你相遇真是出乎意料。’你以前见过她吗？”

我也在疑惑同一件事情，可我不想让金问更多问题。“据我所知，没有。”我说。我把纸条揉起来，扔进垃圾桶。她真的是我以前见过的人吗？或者只是她编造的玩笑话，因为我说她看起来很面熟？

我们办理了退房手续，一起坐地铁回到金的家。那天晚些时候，我就要离开东京了。

我们站在门口，金看着我，脸上挂着自鸣得意的笑容，“那么，就这样了。”

“是的，就这样。”我说。

“有什么离别语吗？”

“保重，做个好丈夫和好父亲，”我说，“你知道是什么意思吗？就是好好生活。婚礼上见。”

“你也是，廉，好好生活。”

他和我紧紧握手，和我拥抱，然后我就走了。

回想起来，我没想到这会是我最后一次见他，金并没有邀请我参加他的婚礼。

当我离开他家时，我相信他定会一帆风顺的。虽然金为人轻浮，不务正业，可他是个十分理智的人。所以多年之后，当我听到我们共同的熟人告诉我，他正陷入一场棘手的离婚案中时，我惊讶不已。

“多蠢的人啊！”这位朋友告诉我，“他是那么一帆风顺，漂亮的妻子，还有两个孩子，他甚至接管了岳父的公司，可是他却和孩子的戏剧老师有了婚外情。真是个大丑闻，那个女人丢了工作。我听说他们去了布鲁日[1]约会，但是他们运气不好，他姐夫全家也在那里度假。”

我想要告诉金当他说他要停下来的时候，他本应该就停止，可是我们再也没有碰到过对方。

---

① 布鲁日：位于比利时西北部，是比利时的一座文化古城，旅游胜地。

21

热腾腾的煎饼及雨日

最后一节课结束后，我回到办公室，整理好文件，等候本田。不一会儿，他就来了。

“对不起，今天晚上我不能载你回家了。”他说，“我的一个学生明天有测验，可他还没有掌握公式。如果我不给他辅导的话，他考试会不及格。实话说，我不知道我们什么时候能完。”

“别担心，专心做辅导吧，”我说，“我们明天见，尽量别弄得太晚。”

我穿上大衣，拿起包，沿着楼梯走到一楼。前台区的灯已经关闭，取暖器也关了。

当我走出大楼，迎面吹来一阵寒风。湿漉漉的柏油路反射着街边的灯光，道路边上是一个个雨滴凝聚而成的水洼。我本可以走回楼里，拿把雨伞，可只是下着蒙蒙细雨，所以我不想费事。我将双手插进口袋，离开补习学校大楼。

大街对面，七星身穿红色的外套站在雨中。当我们视线相接，她的嘴角微微上扬，好像她正在等我。

我走过去，想着她要说点什么，可是她却一言不发，视线在水洼和我之间来回移动，她头发上的水珠熠熠生辉。

“我没有伞。”我说。

“我没有说我需要伞。”她说。

“你在这里做什么？”

她没有回答。

“如果你一直站在这里，你会生病的，”我说，“要不要和我一起走到火车站？”

她没有回答，而是拨弄着自己的手指。她的手指涂着闪闪发光的米色指甲油，这是违法校规的。

“你能说点什么吗？”我说。

“我饿了，”她说，“我想吃点暖和的东西。”

“那我们走去便利店，看看那里还有什么。”

她摇摇头，“我不想吃便利店的食物。”

我变得有点不耐烦，“好的，那么你想吃什么呢？”

“我想吃新鲜的红豆煎饼。”

“太棒了，我们哪里能找着？”我看了一下手表，“现在已经是十点三十分了。”

“我知道该去哪里。”

七星在前面带路，我在后面走着。她不时回头看看我，我不知道她自己是否意识到，可是她正在对我微笑。

“别担心，”我说，“我不会丢的。”

她停了下来，“你为什么不能让我们俩都舒服一些？走在我边上。”

为什么一开始我会跟着她呢？我无从得知。我走上来，两人并排走着。

“我喜欢在雨里走，”七星说，“你不认为很好玩吗？”

这一次轮到我一言不发。

她踩入我们面前的水洼里，水溅到我的裤腿上。我瞪着她，她大笑起来。不久之后，我们来到一个我并不熟悉的公园。

“在那边。”她指着靠近入口处的一个小吃摊，“在这里等着我。”

我还没来得及回答，她就跑了过去，留下我独自一人。几分钟之后，她拿着两个棕色纸袋回来，把其中一个递给我。

“谢谢。”我说。

七星一边带着我走进公园深处，一边说：“不管天气如何，那个煎饼大叔总在这里，二十四小时，风雨无阻，他就在那个位置。自打我记事起，他就在这里了。”

“你经常到这里来吗？”

她点点头，“因为我曾经很小。”

“你在说什么？”我拍了拍她的头，“你还很小。”

她把我的手拨开，“停下来，我不是小孩。”

我们走到公园中心一块空旷的游乐场，里面有两个秋千，一个滑梯，还有一个爬行区。她坐到一个秋千上，而我坐到另一个。

我打开纸袋，一股热烘烘的水蒸气冒了出来，煎饼还是热腾腾的，我等它完全冷下来才咬了一口。皮很松软，红豆馅又甜又黏。

“在妈妈开始工作以前，我常常和她一起来这里。”七星说，“我只玩秋千，她总想哄我去尝试其他设施，可我不听。每次我们来的时候，我总会坐这个秋千，她推着我，不知怎么的，我从来没有对此感到厌倦。”

“你想让我推你吗？”我笑着问。

她噘着嘴，“我很久以前就已经长大，早过那个阶段了。”

她用脚荡着秋千，金属连接处发出一些刺耳的噪音。

“每次我来到这里，都会缅怀过去，”她继续说，“这么多年之后，这里一点都没有变。”

“这不是很好吗？”

她点点头，“你呢，石田先生？你小的时候有没有去过游乐场？或者东京的孩子太严肃，所以不会去游乐场？”

“严肃？我记得可不是这样，”我说，“在我家附近就有一个游乐场，比这个稍微大一些，可我很少去那里。”

“那么你会去哪里？”

“在学校附近有一块草坪，我常常和朋友到那里踢足球。我们不得不小心翼翼，因为草地旁边就是运河。如果我们把球踢得太使劲，它就会滚到水里，不可能捞回来，可好几次这种情况还是发生了。”

她的眼睛亮了，“我记得你告诉过我，你的梦想是成为职业足球队员。你踢得挺好，可还不够好。”

“别老取笑我。”

我想轻轻推她一下，可是她躲开了。

“别沮丧，”她说，“至少你踢得还不错。”

“那么我把这句话当成恭维啰。”

“的确是恭维，”她说，“那么，那块草地还在吗？”

“不，那个地方被开发了。”

告别金之后，我还要消磨好几个小时才能坐上回赤川的火车。我一时兴起，就去看了一下那块草坪。和金待在一起让我觉得伤感，我有些怀念这段孩童时光，那时候我们每天都在一起踢球，姐姐还在东京。

自从姐姐离开家乡之后，许多事情都发生了变化，包括这块草坪。这个区域已经铺上道路，变成了停车场，唯一保持原样的是通往草坪的水泥台阶。然而，站在台阶顶上，看着那一排排停着的汽车，我知道自己已经失去与这个地方的联系。曾经那么熟悉的区域现如今让人感觉非常遥远，让我觉得那些我在此度过的时光仿佛是我自己臆造出来的。

“石田先生，煎饼怎么样？味道还好吗？”七星问道，她还在荡着秋千。

“在雨日里，热腾腾的食物总是味道很好。”我回答，看了一下水洼，水面静止不动，雨已经停了，我转向她说道，“你还没有告诉我为什么把我带到这里来。”

“我说了，我饿了。”

“如果你想跟我谈些什么，现在是个一吐为快的好时机。”

她一脸疑惑地看着我。

我继续说：“这是你把我带到这里来的原因，让我们讨论一些事情，不是吗？谈什么？”

“什么都没有，我只是想吃煎饼了。”

好吧，她一路把我拖到这里来，只是为了和我一起荡秋千，吃煎饼。

我们周遭的树叶沙沙作响。

“虽然我已经吃完了，可我还是觉得冷。”她说，换了个话题。

“你想怎么样呢？现在可是九月。”

她摩擦着双手，“石田先生，你已经放弃锻炼了吗？我没有看到你晨跑了。”

“几周前我搬了家。”

“怪不得。”她喃喃细语，往手上哈着热气。

我站了起来，“我们往回走吧，否则就会错过最后一班火车。”

七星也站了起来，我们肩并肩地走着。风刮得越来越猛烈，她的头发被吹到脸上，她不得不把头发压到耳后。她没有戴手套，两手必然冻僵了，我很想握起这双手给它们温暖。

你在想什么？我告诉自己。她还是个孩子。

“石田先生，”七星一边踢着小石子，一边说，“你的初恋是什么样子？”

我看着她，“你为什么这么问？”

“没有什么特殊的原因，我只是好奇。”

“大家通常不问诸如此类的问题。”

她歪着脑袋，“为什么你就不能回答我呢？”

“如果你坚持……”我叹息了一下，努力回想我首个爱上的姑娘的特征，可她没有任何可以让我记住的特质，“她是个安安静静的女孩，没有什么特别。”

“你的同学？”

“不是，可我们同校。她总是坐在通往我曾经告诉你的那块草坪的台阶上，观看我和朋友们踢球。”

“她在那里干什么？把滚出来的球扔回球场吗？”

“有时候。”我擦了擦鼻子，“有点老套，对不对？”

“这么说，是你约的她？让我猜一猜，她拒绝了你。”

我叹息，她的脑筋啊，“我从来没有约过她。可是你说得没错，如果我约她的话，她会拒绝我的。”

“为什么你这么说？”

“比起队长来说，她更喜欢守门员。”

“等等，等等，队长……”七星装出一副大为意外的样子，“不可能是你，对吧？”

“你……”

我的话渐渐没了声，我们都笑了起来。我很惊讶，她竟然能让我谈论起我的私人生活。

实际上，和那个女孩出去约会的是金，那是他的第一次约会，而且是那个女孩约的他，他并不像那个女孩在意他那般在意她。我并没有怨恨金，我从来没有约过她，甚至他们分手之后也没有——也许我并不是真的很喜欢她。

在我们年级里，金是第一个有女朋友的人，其他男孩对他极为仰慕，不时会在休息时来征询处理恋爱关系的建议。很显然，金对情事十分精通，他帮助好几位同学找到了女朋友。

那个时候，我对足球的兴趣超过异性。我的确喜欢那个女孩，可是我从来没有想过要去与她约会，我尚未处于想要恋爱的阶段。

可是，有一次我问金：“你爱你女朋友吗？”

他点点头，“我想是的。”

“你知道爱到底是什么吗？”

我不明白为什么自己会那么高高在上，或许我无法相信我们这个年龄会存在真爱。那些宣称自己恋爱的同学只是误会了，错把对爱情的兴奋感和朦胧感当作爱情本身。

“只要你了解基本的东西，那就简单了。”金说，他打开笔记本，画了一个维恩图，上面是两个重叠的圆圈，然后在三个分割区里写下L、L、L，他指着自己的画解释说，“这个是‘喜欢’，就是你想要与那个人在一起；另一边是‘欲火’，就是你想要和那个人做爱，或者‘我想抚摸她的胸部’，这就是欲火。”最后，他指着重叠区域里的L说，“中间的这个区域就是我们所称的爱情，是‘喜欢’与‘欲火’的交叠，现在你明白了吗？”

“我想是的。”

我们就此打住，可很久之后，他的话还挂在我心里。我发现我对女孩们的胸部十分好奇，触摸它们会是什么感觉？

所以当有个女孩约我出去的时候，我就答应了。她碰巧乳房发育得很好，可不幸的是，当我摸过她的胸部之后，起初的热情便荡然无存了。

“石田先生，你忽然间不说话，我会觉得毛骨悚然。”七星说道。

“那么，你让我说什么呢？”我说，“你还有什么其他问题吗？”

“你不想问问我的初恋吗？”

“如果你有什么想让我知道的话，你会告诉我的。”

“的确如此。”

可七星没有再说一个字。在我们走到火车站的整个过程中，她一直沉默不语，甚至我在站台上跟她道别，她也一语不发。

我和她乘坐不同的火车，我的那班火车先到。我登上车厢，她继续看着我。当车门关闭的时候，她的嘴动了。她正在对我说着什么，可我却辨别不出来。然后火车缓缓离站，她混入人海之中。

我抵达车站时，最后一班通往公寓的公交车已经离开。我知道现在很晚了，可却没有意识到我们在外面待了那么久。我竖起大衣的衣领，不让寒风灌入脖子，然后离开火车站，空气中的雨气还十分浓重。

我几乎花了一个小时才走回公寓，我半跑着爬上五层，当我抵达房间，发现有个信封放在门前。

22

寻找小林女性诊所

我捡起那个厚厚的棕色文件信封，上面用黑色马克笔写着我的名字与地址，可却没有发信人的名字，也没有邮票，发信人一定是请人亲自把信送过来的。

可我并没有把新地址告诉过几个人，知道这个地址的有本田和板野太太。不会是本田，因为我早些时候才见到他，所以这封信应该是来自板野太太或者泉，可能还有一些租赁文件需要我签字。

我打开房门，走进屋里，坐在地板上，撕开信封，取出一沓信纸大小的纸张。它们是小林女性诊所医疗记录的复印件，我从来没有听说过这个地方，然后我看到病人的名字，顿时呆住了。

石田惠子。

我仔细研究那些图表，我越费劲去解读它们，它们就变得愈加混乱。很快，这些单子变成了文字，文字失去了其本质含义。我读着它们，却无法理解它们的意思。我的意识消失了，我的灵魂从身体溢了出去。

很快，我发现我站在另一个自己的面前，那个拥有躯体却失去了精魂的自己。他坐在地板上，手里拿着复印材料，两眼空洞。医疗文件的内容让我的躯壳焦虑不安，他一遍又一遍地读着这些复印材料，脸上没有丝毫表情。

我摇了摇他，“你需要把这些材料交给警察。”

他盯着我。

“给警察打电话，告诉他们你找到线索了！”我大声喊道。

他把目光移开，一言不发，两腿蜷曲，脸埋进两腿之间。他这样蜷缩着，看起来变小了。不，他不仅仅是看起来变小了，实际上，他缩成了八岁大的男孩。男孩抬起头，他的眼睛告诉我他快要哭了。我坐在他身边，拍着他的肩膀，试着给他安慰。

“我理解你惊呆了，可明天会感觉好一些，”我说，“相信我，你会好起来。”

有一瞬间，我大吃一惊，意识到这本是姐姐会说的话。

小男孩开始抽泣，我继续拍着他的肩膀。他无声哭泣，直到筋疲力尽，沉沉睡去，然后我也打起瞌睡来。

当我睡醒的时候，我发现自己躺在地板上，多诡异的梦境。

我一直以非常糟糕的姿势蜷缩着，现在浑身僵硬。我伸了伸腰，打着哈欠，看了一眼手表：凌晨三点。我把手表摘下来，把上班时穿的衣服换下来，穿上运动衫和背带裤。我回到客厅，想把灯关上，可是在摁开关的时候，突然停住了。

那是什么？一个厚厚的棕色信封从矮桌下面露了出来。我弯下腰，把它捡起来，信封已经撕开，我无须把里面的东西拿出来，就知道里面装着什么。

那么，这根本不是梦境，姐姐在五年前的确怀过孕。

第二天，我请了紧急事假，去寻找小林女性诊所。

我知道自己本可以把这些文件交给警察，他们做的调查工作肯定比我更好，可姐姐或许不想让任何人知道所发生的事情，所以我觉得必须尊重她的决定。

依照纸张信头的地址，这家诊所位于室町郊区，从赤川过去需要坐一个小时火车，然后再转汽车。

当我抵达室町中央火车站，这里似乎有些浑浑噩噩的样子，加上我，只有七个上下乘客，人们的步伐从容，监票人动作怠缓，站在我身边的人呼吸沉重。

我来到信息中心，把我正在寻找的地址递给柜台后的男人，他指引我去火车站外的公交车站。

“我该乘坐哪辆公交车？”我问道。

“哪辆都可以，”他回答说，“只有一趟车。”

我等了二十分钟车才到来，车上几乎空空如也，只有一对老年夫妇和一个手拿食品的家庭主妇。我把诊所的地址拿给公交车司机看，他点点头，我就在第二排坐了下来。

这一路乘车沿着蜿蜒的道路前行，颇为费劲。车站间的距离很远，而且由于站台上没有人在等车，所以公交车也不经常停车。我觉得晕车，只能不断咀嚼口香糖，让自己不要觉得那么恶心。

半个小时之后，公交车司机喊了句：“年轻人，你到站了。”

“谢谢。”我赶紧下了车。

忽然，我觉得一阵头晕目眩。此时正值晌午，太阳高照，我该戴顶帽子，可我没有想到九月时节还会如此烈日炎炎。我不知道应该往哪儿走，马路对面有一排商铺，于是我便跨过马路。

杂货店门前有位老先生正在兜售听装饮料，饮料放在装满冰块的泡沫盒子里，所以很冰。我买了一罐宝矿力水特，并乘机询问了方向。

“你下错站了，”他说，“你要不就走着去，要不就等下一班公交车，可是车不会那么快来。”

我决定走着去。真是个大错误，结果证明下一站的距离超过一英里。等我走到的时候，T恤全都被汗浸湿了。此刻，我来到一片居民区，我四处张望，找到一块路牌，至少我找到了正确的街道，诊所应该就在附近。我把饮料喝完，又开始寻找。

地址所在地是一栋封闭建筑，为了确认，我周围仔细查看了一番，没有弄错，诊所就应该在这里。我透过半掩的大门往里窥探，可里面没有人。

我在附近走了走，想找个能说上话的人，最后，看到一位正在清扫门廊的老年妇女。我观察了她一阵，才走近房子，长麻扫帚扫过瓷砖的声音让我想起了家。

“早上好，”我向她问候，“我正在找小林女性诊所，您知道在哪里吗？”

她眯起眼睛看着我。

“我正在找小林女性诊所。”我又说了一遍，这一次说得比较慢，声音比较大。

“那个诊所……”她点点头，“不在了……不在了……没了。”她指着那栋建筑的方向说道，“不在了。”

“他们搬到别的地方了吗？”

她低下头，继续打扫，好像我已经不在那里似的。不一会儿，一个身穿中学校服的女孩从房子里出来。她的手腕上戴着一堆五颜六色的塑料手镯，手里还拿着根棒棒糖。

“我奶奶的听力不好，”女孩说，“可是就像她所说的，那家诊所已经搬走了。”

“什么时候搬走的？”

“可能是两三年前吧？开发商计划要建一个购物中心，可是经费上遇到了些麻烦，所以项目暂停下来。”

“你知道诊所搬到哪里去了吗？”

“不知道。”她舔了舔棒棒糖。

我感谢她为我提供信息然后离开。年轻女孩回到房子里，老年妇女还在打扫。

在街区拐角处，我看到一家便利店。我走了进去，买了一瓶水，并乘机问起诊所的情况，可店员告诉我，他几天前才刚刚搬到镇上来。

“我听说那个地方已经荒废一段时间了。”他说。

我在这个区域四处走了一下，又问了一些人：一位从超市回家的家庭主妇，一群正在玩捉迷藏的孩子，一个推着瘪胎自行车的邮递员，可他们都不知道诊所的情况，就好像有一天这个机构忽然消失在稀薄的空气中似的。

我筋疲力尽，坐着公交车回到火车站。在开往赤川的火车上，我想睡一会儿，可却无法入眠。包里的那个棕色信封让我忐忑不安，太多的问题没有得到答案。

23

秋月与弦月

那天晚上，我亟需好好睡一觉，可是思绪却难以平静。午夜之后，我发现自己还在床上滚来滚去，眼睛瞪得大大的。这是个漫长而诡异的夜晚，黑暗似乎让人喘不过气。

月光从厚重的锦缎窗帘缝隙间钻进来，铺洒在白色的天花板上，那一小块墙漆剥落的墙面在月光的映射下闪闪发亮。需要多长时间这块墙漆才会剥落下来？一个月，一年，十年？

像这样的夜里，时间被拉长了，我的感觉变得更加敏锐。远处偶尔经过的车声变得尤为清晰，如果我集中精力，甚至能听到闹钟秒针走动的滴答声。虽然我离开了室町，可一切还在慢慢滚动。希望明天，时间会恢复正常。

我起床，走到厨房去拿啤酒。真倒霉，当我真的需要喝一杯的时候，啤酒却没有了。

如果我从公园抄小道过去，最近的24小时便利店在两公里之外。那天晚上没有风，可十分寒冷。为了保暖，我加快了步伐。

商店橱窗里的明亮灯光以及五彩斑斓的广告牌与路灯昏暗的公园形成鲜明对比。我推开门，铃铛叮当作响。尽管我来的时间很不寻常，可店里还有另一位客人。正是我那神神秘秘的邻居，那个穿草鞋的人，我本应想到有一天会猛然碰到他。

他的黑色兜帽盖着乱蓬蓬的头发，我看到帽衫下露出一小节灰色的毛衣。当然，脚上还是穿着他那双标志性的草鞋，他的脚指头一定冻僵了。

我拿起一包朝日超爽啤酒来到柜台。草鞋人就站在我前面，正把筐里的物品一件件拿到柜台上：各种味道的方便面，一包听装的健怡可乐。他付款之后，径直走了出去，压根没有往我这边瞥一眼。他是不是太专注于自己的思想了？或者根本就没有认出我来？我买了啤酒，离开便利店。

很自然，我们走的是同一方向。他的步伐比我缓慢，可能是因为他穿着草鞋的缘故。他每走一步，凉鞋踏在沥青上，发出响亮的摩擦声。

很快，我就跟上了他，他停下来，转向我。

“我是你的邻居，”我说，想着最好还是亮明自己的身份，以免他把我错当成什么可疑之人，“我们住在同一层。”

“对不起，我没听到你的声音，”他回答道，说话的口音很陌生，

“如果不介意，请再说一遍？”

“我是你的邻居。”

他点点头，“我以前见过你。”

“我搬进来的时候应该向你做自我介绍。”

“没关系。”

他转过身，我们肩并肩走回去。

“我注意到你只在晚上出门。”我说。

很长一段时间，草鞋人沉默不语，似乎他没有听到我的话。我觉得很尴尬，就假装自己什么都没说，草鞋的摩擦声响彻寂静的午夜。

忽然间，他转向我说：“如果你说什么，我没有反应，并不是因为我不理睬你。实际上，我已经聋了。可是别担心，我能读懂唇语，虽然现在有点困难，因为天很黑。”

“我说我看到你只在晚上出门。”我慢慢地重复道。

“是的，我尽量不在白天出门，太多人同时在讲话，很混乱。”

我点了点头，并没有接话。我们一边走着，他要读我的唇语还是有点困难。走出公园，我们爬上五层，然后来到公用走廊。

“晚安。”他说。

我鞠了个躬，“晚安。”

进入房里，我来到厨房，撕开啤酒包装，留下一罐，其余的都放入冰箱。我把其中一罐放入冷冻室，然后走进浴室。等我回来的时候，啤酒已经冰凉。我拉开啤酒环，猛灌了一大口，还不像我喜欢的那么冰凉，可还能喝。我拿着啤酒走出走廊，享受午夜的静谧。

我并非唯一一个有这种想法的人，草鞋人已经站在走廊上，倚靠着栏杆。他凝望着公园，似乎陷入了沉思。那件厚厚的衣服脱掉了，此刻在他骨瘦如柴的身躯上挂着件宽松的白色 T 恤，看着他就让我觉得冷。

我走过去，轻轻地拍了拍他的肩膀，“你想喝口啤酒吗？我买了一包。”

一开始他看起来有些意外，然后他向我露出礼貌的微笑，“我不喝酒，我受不了酒精，谢谢你。”

我站在他身旁，“睡不着？”

“我晚上一般不睡觉。”

我又喝了一口啤酒，悠然看着风景。公园一片漆黑，应该有更多的灯。而且，我再次注意到，这个点几乎没有人到公园来，我只能数出两个慢跑锻炼的人，还有一个人在遛狗。

“秋月很美，对吧？”草鞋人说。

“是的，”我转过脸，面对着他，“让人觉得很宁静祥和。”

他赞同地点了点头，过了一会儿，他说：“我一直很好奇，你是做什么工作的？我看到你总是很晚才回来。”

“我是补习学校的老师，要到九点半之后才能离开学校。”

“我明白了，”他喃喃低语，“你教什么？”

“英文。”

“有意思吗？”

“我没什么可抱怨的。这份工作为我支付房租，”我说，“你呢？我听说你是个作曲家。”

他笑了，“我这种情况，是什么让你认为我会是个作曲家？”

我顿时觉得尴尬难堪，两颊滚烫，“很抱歉，这太不体贴了，我并没有多想，只是另一位住户告诉过我。”

“实际上，很接近，”他说，“我写诗。”

“你是个诗人？”

他点点头，“可没有名气。”

“你的诗都写什么？”

“任何能引起我兴趣的东西，甚至这间公寓。”他咧嘴一笑，“或许这就是我没有名气的原因。”

“你的意思是——尚没有名气。”

他又笑了，“这个词好。”

“所以你在家里工作。”我说。

“是的，对我来说更容易，不是吗？”他歪着头，“我对自己的状态并无怨言，我耳聋很长时间了，所以已经习惯。感觉很自然，就像每个人天生听不到似的，有些人长大了会不需要听力，而其他人却不会。你明白我想要说什么吗？”

我不明白，可是我却不能这么说。“你天生听不到吗？”我问。

“不，不是的，”他说，“这是个很长的故事，我想你不会愿意听。”

“我有时间，如果你愿意，可以告诉我。”

他用手指在栏杆上叩击了一段时间，然后才开始叙述：“我上小学的时候，老师意识到我听力不好，就建议父母带我去做个彻底检查。我们去看耳鼻喉医生，医生诊断我为失聪，最终我将彻底失去听力，虽然医生无法确定真正的原因。我们可以选择做治疗，可治疗很痛苦，而且只能延缓失聪的进程，无法阻止我最终失去听力。”

“你做治疗了吗？”

“我做了，做了一段时间。然后我告诉爸爸妈妈没必要受这份罪，反正最后我都会耳聋，而且治疗费用非常昂贵。他们很难过，可是他们明白其中的道理，于是我们就停止了治疗。正如所料，我的情况迅速恶化。有一天，我早上起来，意识到自己听不到任何东西了，就这样，我的听力没有了。”他停下来，舒口气，看起来他不习惯说那么多话。

我等了一会，才发问：“失去听力有什么感觉？”

“并不像我曾经想象得那么可怕，”他说，“在我们身边，大部分的声音都是可有可无的，我的耳朵把这些声音阻挡在外，然而这个过程中，同时它们也把其他一切声音排除在外。主要的问题是与人交往更困难了，我学会了读唇语，可是当大家说得太快，或者几个人同时在讲话的时候，要读懂他们的话并不容易。如果让大家重复他们的话语，我觉得很尴尬；如果他们刻意减缓说话的速度，我又会为他们额外的费心感到过意不去。除此之外，我觉得自己做得还好。”

我把剩下的啤酒一饮而尽。

“你不是本地人，对不对？”草鞋人问，“你因为工作而搬到这里吗？”

“我到这里是为了处理些私人事务，可是我知道自己要在这里待一段时间，所以就找了份工作来承担开支。”

“你喜欢教书吗？”

“我猜是喜欢的。”我把空啤酒罐压平，“正如我所说，我没什么可抱怨的。”

“这是你的首份工作吗？”

“是的，总的来说，第一份全职工作。”

“这也是我的首份工作。”

我不由自主地打了个哈欠，虽然一小时前我全无睡意，可现在我已是昏昏欲睡。

“很抱歉，我的话一定让你觉得很无聊，”草鞋人说，“你应该去睡会儿。”

“不是因为你，寒冷的天气和啤酒让我昏昏欲睡。然而你说得对，我的确需要赶快去睡觉，因为明天我还要工作。”

“我也需要去完成一些工作，谢谢你陪我。”

“不客气，我们再找其他时间一起。”

他点点头，回到自己的房间。我本要问他为什么总穿着草鞋，可是我不想去窥探别人的生活。

他离开之后，我又在外面待了一会儿。广阔的苍穹一片漆黑，既没有闪烁的星星，也没有皎洁的月亮，我觉得天穹何等寂寥。

梦里，我和马尾辫坐在一张长凳上，面前是湖面，漆黑的湖水在月光的映照下熠熠生辉。树叶在风中摇曳，发出沙沙的声音。

我看着那弯弦月说：“很美，对不对？”

她一言不发。

“你能看到月亮吗？”我问。

小女孩点了两下头，“有人把月亮切成了两半，拿走了其中之一，看到了吗？”她说。

我笑了，不想去纠正她。

“我终于可以跟你说话了，”她说，“以前总有那么多的杂音，可现在，有一些声音被阻挡在外，所以你能清楚地听到我的声音。事情变得更容易了，对吗？”

“是的，你终于能告诉我你是谁了吗？”

马尾辫摇了摇头，“我不能，你必须自己找到答案。”

“为什么？”

她微笑起来，“一旦你知道我是谁，所有的事情就一目了然了。”

“所以我的使命就是要找出你的身份？”

“正确。”

“为什么是我？这与我有什么关系？”

她再次摇摇头，“对不起，我不能告诉你。”

“我能猜一下吗？”我并没有等待她的回答，“你是加藤美雪？或者——”

“事实是你向我询问，就意味着你尚未找到答案。当你找到答案时，你就会明白了。”

“当我看到答案的时候，怎么能够认出这就是答案呢？”

“思考，认真地思考，观察周围，更仔细地观察。”当马尾辫说话时，她听起来比看起来要成熟，“一旦你找到关键所在，一切都会一目了然。”

又是这句话。我叹息。

“实际上很简单，你已经非常接近了。”她说。

“之后会发生什么？”

她注视着月亮，过了一会儿，她回答道：“我会消失。”

24

慵懒的周日上午

我很早就醒了，可赖在床上不愿意起来，因为今天是周日，我不想出去慢跑。最后我大约在十点钟才起床，当我拉开窗帘，阳光铺洒进来，让我一下子有点目眩，看不到东西。我眯起眼睛，直到两眼适应光线的亮度。起码是明媚的一天，看起来不会再下雨。

我迅速洗了个澡，刷牙，刮胡子，把钱包、钥匙装在口袋里，离开了公寓。一开始的时候，是姐姐让我养成每天出门的习惯，我从未打破这个习惯。

“如果你留在家里，什么都不干，那简直就是白白浪费了生命中的一天。”她会在早晨说，“想象一下，如果今天是你在这个世界的最后一天，你会不会后悔什么都没有做？”

我会把毯子拉得更高，“别烦我。”

“不要固执。”她会说，努力把毯子拽走。

结果我们就打了起来，可不知怎么的，总是姐姐胜出。以前我常觉得她有时候很烦人，可如今我多希望能回到那些日子。

我在杂志摊停了下来，买了一份当地报纸。等候公交车时，我翻开报纸浏览了一下标题。小镇上修了一条新自行车道，一位我从未听闻过的女演员出席了新购物中心的大型开幕式，还有一些当地的商业机构在广告专栏里做了广告，没有什么有意义的新闻。

我合上报纸，看了看手表，十一点了。因为我没有吃早饭，所以现在觉得饥肠辘辘。当我正在犹豫是先去便利店买点零食还是继续在公交车站等车时，公交车来了，这样我的犹豫就变得没有意义了。我上了车，坐在最后一排。公交车穿过公园、开阔的田野和一个居民区，然后在火车站停下来。

当我坐在开往城镇中心的火车上时，我在脑海里过了一遍清单，我需要买什么呢？洗发水、沐浴液、牙膏，还是卫生纸？需不需要啤酒和咖啡呢？不，这些我都有存货。我可以去吃个便饭，然后到书店买一些书。

走出火车站，我向街对面的麦当劳走去，点了一个照烧汉堡和一杯咖啡，然后在餐厅角落的一张桌子坐下，这必定是受到了七星的影响。

七星。为什么我会想到她？

我打开咖啡杯盖，让饮料冷下来。快餐店里卖的咖啡总是那么滚烫，为什么就不能是温度正好呢？

“我能加入进来吗？”

我吓了一跳，抬头望去，看到七星端着盘子站在我面前。我还没有来得及回答，她就径直在我对面的位置上坐了下来，她要的是炸肉饼汉堡和可乐。

“你在这里干什么？”我问。

“做和其他人一样的事情，”她说，“当然是吃午餐啰。怎么了？你不想我坐在这里，石田先生？”

“我没这么说，你一个人吗？”

“我怎么会是一个人？你和我在一起啊，不是吗？”

我什么都没说，只是吃汉堡。照烧酱渗了出来，滴到我的手上。七星拿起餐巾纸，把酱擦掉。

“你是笨吗，石田先生？还是你真的那么饿？”

“真是饥火烧肠。”我尴尬地从她手里拿过餐巾纸，“我没有吃早餐。”

“几乎是午餐时间了。你可以省掉一顿饭，节省下些钱。”

“我想是的。”我说，“这是我第二次看到你吃汉堡了，你那么喜欢汉堡包吗？”

“大部分松软温暖的食物，我都很喜欢。”她打开自己的汉堡，然后用开过的番茄酱包在炸肉饼上画了个笑脸。

“看起来你似乎乐在其中。”我说。

“我的的确确乐在其中。”她说，“你呢，石田先生？你喜欢什么食物？”

“咖喱饭。”我不假思索地说。

“可是咖喱饭哪都有卖的。”

“或许吧，这是个很长的故事，然而并非只是关于食物。”

“让我猜一下，你女朋友过去常常为你做这道食物？”

“不是我女朋友，”我说，“是我姐姐。”

我以为她会像往常一样问更多问题，可这一次，她什么都没说，我猜想提起一个死去的人破坏了气氛。

“我父母很少在家，”我说，努力想缓解紧张氛围，“在我小的时候，姐姐和我每天都要吃便利店的午餐盒。一段时间之后，我吃厌了，所以她就开始为我做饭，她做的第一道食物就是咖喱饭。”

“我不是有意提起她，让你难过的，”七星说，“现在我觉得我的问题糟糕极了。”

“我并没有难过，所以没必要感到糟糕。姐姐是我生命里很重要的一部分，她曾经是我非常亲近的人，现在仍然是。”我咬了咬嘴唇，意识到自己的话语过于伤感，为什么我会告诉她这些呢?

七星安静时，会显得十分平静，几乎是甜美可爱。如果她不说话，大部分人都猜不到她的性格如此争强好胜。

“你在想我闭嘴的时候看起来好多了。”她一边揣测着我的想法，一边说。

我笑了，“我可没这么说。”

“我总听到这种话，”她摇晃着杯子，弄得杯子里的冰块撞来撞去，“小姐，你该改改自己的态度了。”

“嘿，我可不会这样说，这是你的一个迷人之处。”

她不言不语，可当我瞥眼看她时，发现她的脸上泛起淡淡的笑容。我们静静地吃着食物，餐厅里没有什么人，周日不会有太多人这么早来麦当劳吃午餐。

“石田先生，你真的有姐姐情结，对不对？”

她的直言不讳让我大吃一惊。

“你都懒得否定一下，”她继续说，“真没劲。”

我抿了一口咖啡。虽然我觉得咖啡已经用了很长时间冷却，可它还是热得烫舌头。我看着七星，而她的目光却停留在别处。

“或许你说得对，”我说，“我可能真的有姐姐情结，她曾经是我唯一拥有的人。”

她的眼睛还是看向别处，她问：“那你姐姐呢？她也有弟弟情结吗？”

我耸耸肩，“可能吧，她总是对我保护过度。”

“可你还是交往了八个女朋友。”

“我的大部分女朋友她并不知晓，但凡她认识的，她都不喜欢。可公平的是，她们也不喜欢她。”我说，“她们都没见过彼此，奇怪吧。”

“的确。”她打了一下舌头，似乎在说她丝毫不觉意外。

“我现在的女朋友除外，”我补充了一句，“姐姐对她很热情。”

“你的女朋友做了什么才赢得了她的欢心？”

我犹豫了一下，“她让我不再服用安眠药。以前我常常失眠，我想是以前安眠药吃过量了。”

七星看起来十分意外，可她没说什么，“她怎么做的？”

“她只是告诉我不要再伤害自己。说实话，我自己都感到十分意外，我会听她的话。嗯，我猜是因为她很真诚吧，我能感觉到她非常在意我。”

这话一说出口，我便后悔了。为什么面对她时，我就不能少说几句呢？真不像个当老师的，我不该把私生活的点点滴滴都告诉学生。

“石田先生，我们一起来吃点安眠药吧。”七星说。

我皱起眉头，“你疯了吗？为什么？”

“因为这样你的女朋友就会很难过，可能你们就会分手。”

“那你得到什么好处呢？”

“我们俩都成了单身人士。”

“日本的单身人士多如牛毛，根本不需要把我扯进去。”

她大笑起来，“你知道吗，你是那么难懂。可没关系，我猜这就是你的一个……你刚才用的那个词是什么来着？迷人之处？是的，就是它，你的一个迷人之处。”

这个女孩真是令人挫败。

“那么你呢，石田先生？你喜欢你姐姐的男朋友吗？”

“她从未有过男朋友。”我说。

七星脸上露出嘲讽的笑容，“你根本不了解女人，对吧？我肯定她有男朋友，她只是不想让你知道而已。”

“也许吧，可为什么她要把他藏起来呢？她可不是孩子了，我也不大可能反对她约会。”

她耸耸肩，“不知道，或许她认为你不会赞同她的恋情。”

“我可不这么看，我是个通情达理之人。对于她该和什么样的人在一起，我没什么想法，只要他们彼此相爱就行。”

“没准儿他是那种你怎么着都不想让他做你姐夫的人，不管你多好相处，”七星说道，“譬如一个有孩子的已婚人士，或者一个患有传染性致命疾病的人，或者……我不知道，也许她喜欢女人，不想让你知道。”

我摇摇头，“小姐，你的想象力太丰富了。”

“我知道，有人告诉过我。可最起码，我让你笑了，我多大方啊，不是吗？先是陪你吃午餐，最重要的是，还让你欢心。”

“是的，是的，谢谢你。”

她笑了，“吃完午餐你要去哪里？”

“可能去书店。”

“我可以陪你吗？”

“去书店？”

她转动着眼睛，“还有其他地方吗？”

“我不介意，可你不会觉得无聊吗？”

“不会，”她说，然后又加了一句，“我很爱书，你知道的。”

我知道这是她事后补充的。

她假装生气，“嘿，这种眼神什么意思？你为什么就不相信我呢？”

“我真的相信你，”我逗她，“你很爱书。”

“我吃完了。”她说着，从抽纸盒里抽出一张餐巾纸。

当她用餐巾纸轻轻擦拭柔软的粉唇时，我目不转睛地看着她的手指。

她睁大眼睛，“你在看什么？”

“什么都没看，”我说，“别自恋了。”

我喝完咖啡，把两个餐盘还回去，然后我们一起离开餐厅，走向火车站旁边的书店。七星倒着走在我前面。

“石田先生，你要买什么？”她问。

“不知道，任何能引起我兴趣的书。”我抓住她的肩膀，把她转过身，“不要这样走路，你会撞到柱子的。”

她扭转头看着我，“你喜欢什么样的书？”

“好书。”我叹了一口气，“你走路的时候能不能好好看路？”

七星对我的话不加理睬，继续扭着头走，“你甚至都没有说哪种类型的书，你需要具体一些。”

“我看到的时候就知道了，现在能不能请你好好走路？”

她咯咯笑起来，让我跟上她，并排走进书店，一位围着橄榄绿围裙的男生迎候我们。我向他点点头，然后环顾四周，七星跟着我。当我看到小说书架，就径直走到新图书处，浏览书的封皮。

“石田君，是你吗？”一个熟悉的声音跟我打招呼。

我抬头看去，是公寓楼经理泉。她带着橄榄绿围裙，头发扎成高高的马尾辫。我第一次看到她的时候，她穿着便服，与那次相比，她现在看起来更为干练。

我们居然能碰到对方，多奇怪，我自认为这是今天的第二次偶遇，或许这个小镇真的很小吧。我太习惯东京了，在东京，平日里能碰到熟人的可能性微乎其微。

“所以说，你在这里工作，”我说，“工作服很适合你。”

泉笑了，脸颊泛起红晕，这是我第一次看到她脸红。

“别逗了，”她说，“你第一次到这里来吗？”

“我来过几次。”

“是在周末吧。一般我周六周日不上班，可今天我为一位生病的同事替班，你在找什么书吗？”

“没什么特别的，你有推荐吗？”

“我能推荐的书会让你破产，我已经在这里工作将近四年了。”泉看到站在我身旁的七星，“嘿，石田君，你带着的这位女孩很可爱，为什么不为我们做介绍呢？”

“不是你想的那样，”我说，“她是我的学生，我们碰巧遇上对方而已。”

“哎，我还以为你给自己找了个当地女朋友呢。”

“石田先生，”七星说，“我要走了，看来我妨碍你和你的朋友了。”

“我没这么说。”我说，可她已经离开。“周一见。”我冲着她喊。

不知道她是否听到了我的话，因为她头都不回就走了，现在十几岁的孩子都是那么无礼。

“你就让她这么走了？”泉低声说。

我看着她。

“看不出来吗？你的那个学生喜欢你，”她说，“你打算怎么做？

你会去追她吗？她是个相当漂亮的女孩，你不这样认为吗？”

“你在说什么？”我斥责她，“那个女孩只有十七岁，实际上就是个孩子，而且还是我的学生。”

她耸耸肩，“如果你坚持这么说的话。”

“哪怕你说的是真的，那最好还是不要去追她，我不能给她错误的希望。”

“的确，”她喃喃地说，“可如果她已经爱上你了呢，会不会已经太晚了？或者你是那种从不把花季少女的爱情当回事的人？”

我一言不发。

“这么说，你是个老师？”她说。

我点点头，“我在补习学校教英文。”

“难怪，我一直都很好奇你做什么工作。你大约中午离开公寓，很晚才回来。我还以为你跟我一样，是零售业职员呢。”

“那也合情合理。”

“嘿，泉，”那个早先欢迎我们的男生走过来，“很抱歉打断你们，可你的轮值已经结束了。”

“已经结束了？”她看了一眼手表，她的手腕很细，看着只有骨头，没有肉，“你说得对，谢谢你提醒我。”

“不客气。”年轻人说完后就离开了。

泉扯下马尾辫，用手指梳理了一下头发，“石田君，你今天下午要做什么？”

“还不确定，没什么计划。”

“那样的话，你能否帮我办点差事？”

“你要干什么？”

“很快会让你知道，等一下，我马上回来。”她扭头说着，走开了。

现在剩我一个人了，只好抓起几本小说，翻开看一下简介。没有一本能勾起我的兴趣，可我觉得既然大老远来了，应该买几本书。

“我好了，”泉说。她脱掉了围裙，背着个帆布水桶包，“找到什么喜欢的书了吗？”

“还没有。”

“今天也不必非要买点什么。”她拉着我走出书店，“我们走，还有很多事情要做。”

“等一下，你还没告诉我发生什么事情。”

“别着急，你很快就会知道的，我们先离开这里。”

当然，她的话点燃了我的好奇之心。

25

奇怪的水果

离开书店后，我们走上主路，沿着人行道往前走，泉嘴里哼着歌。看到她如此高兴，我心软了，决定不管她有何打算，我都会配合。

很快她把我领进一家花店。这家花店与我以往去过的花店有所不同，整座建筑都是花店自己的，里面有各式各样可供选择的鲜花品种，可却无人看管。我觉得自己仿佛陷入五颜六色的花海之中，有玫瑰、百合、郁金香，还有许许多多我不认识的花类品种。然后，我在其中一个花桶里看到一束满天星。

“你喜欢那种花吗？”泉问，“有点素，对不对？”

“它的花语很美。”我说。

“真的吗？”

“它象征永不消逝的爱恋。”

“多浪漫，那么就定它吧。”她大声喊道，“请问有人吗？”

花店后面出现了一位女士，“不好意思，我没有注意到你们进来，能为您做些什么吗？”

“是的。”泉指着满天星说，“能把这些包起来吗？会不会色调太白了？”

“如果觉得色调太白，混一些蓝色的绣球花怎么样？”女士走到花店的另一边，拿回来一束鲜花，她把花束和满天星放在一起，“您觉得怎么样？”

“看着很不错。”泉回答道。

她付了钱，我们离开花店。花店外，她把花束递给我。

“这是给谁准备的？”我问。

她对我顽皮一笑，“你很快就会知道了。”

我们登上一辆公交车，选择中间的位置坐下来。我从来没有坐过这条公交线，所以根本不知道我们去往何处。对于自己是唯一知道此行目的地的泉来说，她看起来颇为扬扬得意。

当公交车开动时，她转向我问道：“你确定这样没问题吗？我们紧挨着坐在一起，你手里还拿着花。任何人看到我们，都会认为我们在约会。”

“你害怕被男朋友抓到，以为我们偷情吗？”

她摇摇头，“我没有男朋友，你呢？”

我开玩笑说："我也没有男朋友。"

"严肃点。"

"我很严肃，"我说，"我没有男朋友。"

泉叹了一口气，"好吧，你女朋友呢？"

"我们不会碰到她，她在东京。"

我有一阵子没有想过青木了，也没有想过我们的争吵。她会不会奇怪为什么我一直没有打电话给她？可能她认为我们已经分手了。我不想让我们的关系就这样结束，可为什么我不能鼓起勇气，下定决心去跟她谈谈呢？我要回避她多久呢？我们之间的问题不会自动解决。

"石田君，"泉低声说道，"既然你女朋友身在东京那么远，你能不能当我两小时的男朋友？"

我侧过身子，"你打的什么主意？"

"我想欠你一个人情，让你帮我个大忙。"她摁下座位一旁柱子上的按钮，"准备好，我们下一站下车。"

我们在公园前下了车，正是下雨那天我和七星一起来过的那个公园。

"从这里还要再走二十分钟，"泉说，"没问题吧？"

"这个没问题，可如果你能把你的计划告诉我，我会感激不尽。"

她假装没有听到我的话，我们从小路穿过公园，走过一座桥，进入一个安静的居民区。这附近的房子大小看起来和世嘉区的房子差不多，可外观却显得破旧很多，许多花园长满了杂乱生长的灌木丛。

泉很清楚我们要去哪里，她以原有的速度稳步走在我前面，就好像她已经千万次走过这条道路。最后，我们来到一栋老人公寓前。

"我们要来拜访谁？"我问。

"我奶奶，"她说，"她已经在这儿住了六年，我休息的时候，总会来看她。"

我们走进房子，来到大堂。接待员向泉点点头，泉也向她点头示意。泉带着我沿着长廊走下去，来到 108 房间，然后敲了敲房门。

“谁啊？”一个柔和的声音在房里喊。

“是我呀，奶奶。”泉说着打开了房门。

她示意我跟她进去。我进了房间，看到床上坐着一个非常虚弱的妇人，满头白发苍苍。

“这位英俊的年轻人是谁啊？”泉的奶奶问。

“我告诉过您我会带男朋友来的，对吧？这是石田君，他是个老师。”泉拉来一张椅子，坐到她身旁，“看，他给您带来一束可爱的花，希望能博得您的好感。”

妇人笑了起来。

“下午好，我是石田廉，”我说，看到床头柜上有个空花瓶，我便问道，“我能否把花放进这里？”

“好的，请放进去吧。”她说，“石田啊，你不要麻烦给我带礼物，我知道自己孙女选择的人一定是她的心仪之人，她是我见过的最挑剔的孩子。”

“别这么说嘛，您让我好尴尬。”泉抗议道。

我一边插着花，一边保持安静。

“您觉得怎么样，奶奶？医生这周来了吗？”

老妇人点点头，“他说一切都很好。”

“您有没有吃药？”

“吃了，别唠唠叨叨的。”

泉转向我，看到花瓶旁边放着个果篮，“叔叔来了？”

“一个小时前来的。”

泉站起身，检查果篮里的水果，“看，奶奶，这是您最爱吃的哈密瓜。”

她打开抽屉，拿出一把水果刀。我站在房间一角，看着她削哈密瓜。她削开哈密瓜淡青色的表皮，里面露出橙色的果肉，果汁滴到她的手指上，很明显她的手指甲上涂着闪烁光泽的甲油，阳光从薄薄的白色窗帘透射进来，照在指甲上，熠熠生辉。

泉切了一小块哈密瓜，咬了一口。“好美味。”她说着，然后又切了两大块，递给奶奶和我。

我咬了一口，果肉虽然有点硬，可爽口多汁，香甜四溢。

“就知道叔叔挑的水果一定美味可口。”她说。

我们三人在108房里吃着哈密瓜。清风拂来，窗帘轻轻舞动。这时，白色窗帘让我想起了加藤太太，我想知道她现在是不是过得好，希望她已经好了起来。

泉继续和奶奶攀谈着，每当她微笑时，左脸颊上就会露出一个小酒窝。

过了一会儿，她们的声音开始渐渐减弱，她们正在有说有笑，而我却觉得自己在一点点抽离，从远处看着她们。这种感觉就好像我坐在电视机前，电视机屏幕里是一对幸福快乐的孙女和奶奶，另一种不同的现实。

我双臂交叉，把头靠在墙上，不久我就坠落到过往当中。

我和姐姐正坐在客厅的沙发上，看着电视机里的一个身穿黑色燕尾服的男人，他端坐在大型雅马哈钢琴前，对着一大群观众演奏爵士乐。

“他正在即兴演奏《陌生的水果》。”姐姐一边读字幕，一边说。

“他很棒吗？”我问。

“我认为是的，否则他们不会在电视上播放他的演奏。”

我目不转睛地盯着他。他的钢琴弹得很好，手下流淌出优美的音符，可真正引起我兴趣的是他的手指。那些手指又细又长，宽阔的指甲泛着健康的粉红色，宛如一组整齐划一的翩翩舞者优雅地在黑白琴键上舞动。

钢琴家把观众送到极致欢悦之境，而观众起立为他致以热烈掌声。在雷鸣般的鼓掌声中，他满脸自信地微笑着，向观众深深鞠躬，并举起美丽的手指向观众挥手致意。

“石田君，你能听到我说的话吗？”泉让我猛然惊醒。

我们正走回公交车站。

“对不起，”我说，“你能再说一遍吗？”

“我刚才说，我很感激你帮我忙，这对于我来说，意义重大。”她笑着说，“奶奶是我生命中最重要的人，我小时候一直和她住在一起，直到十七岁。”

“你父母呢？为什么你不和他们住在一起？”

“他们在我两岁的时候就去世了，”泉说，“出了车祸。父亲超速驾驶。我没有兄弟姐妹，所以就孤身一人。”

“你一定常常想念父母吧。”

她摇摇头，“你怎么会想念一个你几乎都不记得的人呢？我通过照片知道他们的样貌，可对于他们，我自已毫无记忆。对于我来说，他们只是写在家庭登记册上的两个名字而已。”

我一言不发。

“你认为我是个冷漠的人吗，石田君？”

我没有回答。在我听来，她的这句话更像是个声明，而不像是个问题。

“虽然奶奶身体一直不好，但她是唯一提出愿意接纳我的人。”她继续说，“可奶奶一天天变老，身体也一天不如一天，一连得了好几次轻微的心肌梗塞，我又不能总看着她，因为我还要上学。家里决定她最好还是住在一个优质的老年公寓里，在这里她随时随地都会得到专业的帮助。”

我们沉默了一会儿，然后我说：“你一定很难过吧。”

“不，我还好，”泉说，“幸亏我有个富有的叔叔，他能在经济上照顾奶奶。他还一直支付我的生活费用，直到我高中毕业。我正在慢慢地还他钱，我在书店挣得不多，可明年我应该就能还清了，我还在为读大学存钱。”

我嘟囔了一句，表示赞同，难怪她如此执拗于把房租压得很低。

“对了，我去卫生间的时候，奶奶告诉你什么了？”泉问，“她有没有让你向我求婚什么的？”

我咧嘴笑了，“没有什么具体的事情，她只是告诉我要好好照顾你。”

“那么你怎么说？”

“还有什么？每个处于这种情景下的人都只能说好的。我总不能告诉她：‘不，女士，我只是个临时男友，我的合约两个小时到期。’尤其她是个那么好的老婆婆。”

“真的？”她的眼睛瞪大了，“从现在开始你会好好照顾我，石田君？”

“我只是在扮演一个完美男朋友的角色，可别指望我对此负责任。”

“我开玩笑的，别那么认真。”她把手放在我的胳膊上，“有个男朋友会很好。”

“那么你为什么没有呢？”

“男朋友吗？”

我点点头。

“不是现在，我还不想跟任何人牵扯在一起。”

我沉默不语。她的手握得越来越紧，她的手掌很温暖，一股热量注入我的身体。

我们肩并肩漫步在公园的河边，泉还没有放开我的手臂。一群孩子从我们身边走过，他们嬉笑玩乐，相互追逐。在他们身后，两个年轻的妈妈推着婴儿车，还有六个中年男人在河边锻炼。

“你知道赤川这个名字的由来吗？”泉问。

“不，”我说，“你为什么不告诉我呢？”

“我知道两个版本，”她说，“第一个是我听奶奶说的。她说这个地方以前是个村庄，一群农夫金秋时节来到这里，就在这条河流边建起居住群落。那个时候，河流两岸长满了数不胜数的枫树。红色的枫叶落入水中，把整条河流都染成红彤彤一片，所以农民就把这个小镇称为赤川了。‘赤’是红色的意思，‘川’是河流的意思。”

“那么第二个版本呢？”

“两群农夫因土地而发生争斗，一怒之下，他们用农具攻击对方，其中一群农夫被彻底消灭。另一群农夫把他们的尸体扔进河流，血把整条河流都染红了。”

多么血淋淋的故事，“那么，你相信哪个呢？”

她耸了耸肩，说道：“我感觉两个故事都是真实的。”

一些慢跑锻炼的人从我们身边经过，他们脖子上都挂着毛巾。过了一会儿，我们已经绕了一个大圈，可我假装没有注意到。

“我们今天已经走得够多的了，”泉说，“现在我们可以回去了吗？”

我点点头，“我的手，你还打算抓多长时间？”

她看了看手表，“再过十二分钟，直到你的合约结束。”

“我们必须谨守这个约定吗？”

泉笑起来，拍拍我的手臂说：“鉴于你表现良好，我就让你早点解脱吧。”

她拿开手，走在我面前。阳光照耀在她的头发上，让头发泛出一种我此前没有注意到的红色调。在午后的骄阳下，她显得容光焕发。

每当我看到女孩长长的头发在阳光下闪烁的时候，总会不由自主地想到姐姐。与石田家族其他人有所不同，她天生一头深褐色头发，我一直都很喜欢她头发的颜色。

有一次，我甚至把头发染成栗色，可头发长出来的时候，我讨厌那黑色的发根，也懒得去碰它们。几个月之后，我又把头发染回黑色。那是我第一次，也是最后一次改变头发的颜色。

“走快一点，可以吗？”走在我前面几步的泉大声喊道。

我加紧脚步跟上她，我们换乘两趟公交车才回到公寓楼。我把她送到她的房间门口，在进门前，泉从水桶包里拿出一个塑料袋递给我。

“这是什么？”我问。

“做我男朋友两个小时的报酬。”她说，然后在我还没有来得及感谢她时，就关闭了房门。

我走上五层，进入公寓，打开袋子，袋子里是一本詹姆斯·乔伊斯[①]的英文版《尤利西斯》，看来这回的选择还真是对的。我调整到舒服的坐姿，开始阅读这本书。过了一会儿，我合上书，把它放到一边。

每到像这样的时刻，我都会怀念与加藤太太一起的日子，在她那间位于房子角落的通风房间里。此时此刻她应该在箱根了。她是否还沉溺在罪恶感里呢？或者她是否已经原谅了自己？我希望她现在觉得好多了。无论如何，箱根山区的清新空气对她有好处。

打开抽屉，我把书放进去，一旁就是小林妇科诊所的医疗文件。为了某种原因，我忽然感到一股要把它们再次拿出来的冲动。

自打从室町回来后，我就再也没有碰过这些文件，要去阅读它们真

---

① 詹姆斯·乔伊斯（1882—1941）：爱尔兰作家、诗人，二十世纪最伟大的作家之一。其代表作《尤利西斯》首次出版于 1922 年，表现了社会中人的孤独与悲观。

是太难了。一想到姐姐独自一人经历这一切，在我们的通话过程中还要假装若无其事，我便痛彻心扉。读着文件中的每个字、每个词、每个栏目，我不禁自问：你怎么会一点都没有感觉到情况很不对劲呢？

突然我发现了一件很奇怪的事情，姐姐所列的血型是A型。

一定是搞错了。难道我们家不是所有人都是O型血吗？我又翻到其他页面，可是，一次又一次，她所列的血型都是A。诊所真的会登记错血型吗？不，他们不会犯这种错误。那只意味着一件事情，惠子和我在生物学上毫无联系。所以，这就是为什么她长着一头深褐色的头发，而我却没有。

“妈妈老是针对我，待我不公。”姐姐曾经告诉过我，可我根本没把这当回事，认为她太敏感了。然后就是当姐姐离家时，妈妈的冷漠，现在一切都合情合理了。

考虑到妈妈的年龄，她收养姐姐的时候，可能已经放弃拥有自己孩子的希望。可九年之后，我来到她的生命里，她不再需要那个收养的孩子。

命运是多么诡谲。父母收养了姐姐，而回过头来，姐姐最终收养了我，竭尽全力来履行他们的职责。然而，在内心深处，我们深知缺失了一些东西，让我们倍感空虚，我们都很孤单。

我躺在地板上，四周散落着医疗文件。当我抬头看窗户，外面的天已经黑了，月亮高高地挂在空中。晚餐时间已过，可我一点也不觉得饿。我目不转睛地注视着皎洁的月亮，看着它，我觉得好像整个世界都旋转得太快了，或者是云游得太迅速了？这一刻我还能看到月亮，而下一刻，我却只能抓住一丝朦胧的月光。

凝望着天空，我陷入了梦境。

姐姐给我盖上毯子，却不料把我弄醒。月光洒满房间，她那又长又蓬松的深褐色头发在月光的照耀下光彩夺目。

“这是梦吗？”我问她。

她笑着把头发拨到耳后，溜进毯子里，在我身边躺下，“如果这是梦的话，你现在为什么醒了？”

我们靠得那么近，我能闻到她身上的香水气息。她喷的香水带着一股清新的味道，让我想起刚刚熨烫过的亚麻布。

我深深看进她的眼睛，不假思索地说：“惠子，我真的很想念你。”

她不言不语，这是我首次对她直呼其名，这一点必然让她大为触动。然后她的嘴角向上卷起，露出了微笑。

“我也很想念你，小廉。”

我闭上眼睛，熟悉的温暖笼罩着我，我不确定那究竟是什么。在悲伤之外的一些东西，或者甚至是再次看到她而感到的慰藉……

我睁开眼睛，低声说：“我想我爱上你了。”

她大为惊讶地看着我，然后又恢复沉着镇定的姿态，“没关系，小廉，都过去了，现在不要去想它。”

我点点头，我们俩都沉沉睡去了。

26

过往的蛛丝马迹

我到警局取回姐姐的物品，一天前，织田探长往四叶打了电话找我。

“我们得到许可，能退回大部分石田小姐的私人物品。东西不多，可我认为你可能会拿回去。明天我们就准备好，随时方便你来取。”

“明天没问题，”我说，“我会在中午之前过来。”

可当我来到警局的时候，探长却不见踪影，一位下巴尖尖、身材消瘦的女警官负责前台接待。她查看过我的身份证之后，递给我一张领取表格，让我填写。

“织田探长还要去查另一个案子。”她代探长致歉说。

我很惊讶，我本以为他会亲自来处理这件事情，并向我提供凶杀案调查的最新进展。这给我一种感觉，他不再关心这个案子，是不是因为媒体的关注已经冷却下来了呢?

我填好表格，女警官把物品拿出来，大声地按照清单进行比对。一个信封袋就能装下所有物品，我把信封放进自己的包里，然后出发上班。我觉得把信封带到办公室不大合适，可如果我先回趟家，上课就会迟到。由于时间紧迫，我登上了开往四叶的公交车。

“石田君，你看起来心不在焉，”一位我不记得名字的老同事跟我说，“你还好吗？”

“还好，只是有点疲惫。”我说。

他点点头，然后就走了，留下我独自一人。我闭上眼睛，深深地吸了一口气。不要想这件事情，我告诉自己，我还需要工作。

我睁开眼睛，检查出勤表，今天首节课上有七星的名字。自打她从书店风风火火离开之后，我一直没有想起她来。可现在，我想起泉告诉我的话：廉，你看不出来吗？你的那个学生喜欢你。

傻乎乎的泉，现在我无法把这个念头从脑海里抹掉。

我收拾好教学材料，走进教室。一半的学生已经到教室，包括七星。当看到我时，七星就移开目光。

上课铃响了，我开始点名。点完名，我开始对一些语法点进行解释，回答一些问题，然后发下作业单。七星一直与我保持距离，当我们目光相接，她就会刻意看向别处，整节课她都没有露出一丝笑容。一下课，她收拾好书包，匆匆走出教室。我去追她，周围都是学生，可我未经大脑就采取了行动。

我抓住她的手，“你为什么生气？”

“谁说我生气了？”她盯着我问。

“看，你有什么要对我说的话吗？”我逼迫自己径直看进她的眼睛，“我想听听你心里的想法。”

她把手拿开，“我没有什么可说的，石田先生，况且我为什么要跟你谈？”

我深知自己不能听她的话。当女孩说没有什么可说的时候，就意味着我已经错过了许多。我不想任凭事情就这样算了，可我能感觉到学生们都在盯着我们看。

我不想引起更多的关注，于是便回到了教室。或许这一切也不算糟糕，我已经太靠近她了，我们最好还是保持安全距离。她还是我的学生，任何进一步的接触都是危险的。

晚上十一点左右我回到公寓，从包里拿出信封袋，把袋里的东西一股脑儿倒在客厅的桌子上，有护照，相册，还有笔记本。我检查了护照，里面没有任何出行信息，可护照已经做了记号，所以不能再使用。石田惠子，为什么你会有一本护照？她从来没有到过国外。或者她已经计划好，终有一天离开？

我不知道应该如何处理这些物件，可我很清楚，老拿着这些令人伤感的东西不放手，没有什么好处。于是我把它们装回信封，拿起打火机，走了出去。

那天一直在下雨，空气里弥漫着清新香气，树叶表面薄雾轻笼，有些树叶被雨水打落，散落在黑色的沥青路面上。

我在公寓楼后面发现了一个废弃的金属桶。我蹲下来，背对着风，拿出信封袋的物件，点燃，投进桶里。烟雾冉冉升起，还发出一股浓烈的刺鼻味道。

我从护照开始，把姐姐的物品一件一件烧掉。

我翻开她的笔记本，是教学记录，她的字迹一如既往的整齐，难怪她以往总说我的字迹潦草。每当我看完一本笔记本，就把它投进火堆里。纸张卷曲起来，然后化为灰烬。

最后一本笔记本带有日式织物封面，封面上有个几何图案。空白的页面已经泛黄，我翻看笔记本，发现里面夹有五张一万元的钞票，我思索了一下，是不是该把钱留下，可最终决定还是把钱放在里面。

当把最后一本笔记本投入火里，我觉得姐姐的身影开始渐渐殆尽，她离世的事实终于慢慢沁入我的心灵。

接着是相册，相册里放满了四叶老师们外出活动的照片。我在一些照片上看到了前田，她在工作中总是一本正经，可休息的时候，她知道怎么把头发放下来。当她微笑时，眼睛眯成了两条细线。

在许多照片里都有本田的身影，他看起来一如往常般兴高采烈，有张照片上他睡着了，嘴还咧着。我很想留下这张照片，以此来嘲笑他一番，可姐姐也在照片上，正在做胜利的手势。不，我不能留着它。

还有其他一些熟悉的面孔，校长、博子、爱比，以及许许多多同事，他们不穿工装时看起来不大一样。我习惯于把他们按专长进行分类：日本语老师、数学老师、社会课老师。可是出了教室，他们的个性恣意盎然。社会课老师穿着阪神老虎棒球队的球衣，日本语老师穿着五颜六色的连衣裤，姐姐就在他们中间，身穿白色上衣和海军铅笔裙，笑容可掬，生机勃勃。

我看着手里的照片，那是她的瞬间缩影。她正站在地藏菩萨的雕塑前，看起来亭亭玉立，手臂上挎着米色的手提包，就是她被杀时的那个手提包，这个手提包让我回想起第一次到警局的情形。

织田探长让我看那些照片，上面是这个血迹斑斑的手提包以及手提包里的物品：钱包、红头巾、钥匙、避孕药、计划本，以及笔。

钥匙上有个金属链子，上面带着一件叮叮当当响的小兔子饰物。等一下，我见过这个饰物。它挂在后视镜上，因为车急转弯，它反射阳光，让我一下子看不到东西。

他的名字闪过我的脑海。

本田。

27

我有话要说

当我们再次在老师休息厅里以方便面当晚餐时，我问本田晚上是否能到我的公寓来一趟。

“有什么麻烦吗？”他说。

我摇摇头：“就想和你待一会儿。”

“你寂寞了，”他开玩笑说，“嗯，你很幸运，因为我也正感到寂寞。我们一起来开个派对吧，就我们俩。”

“太棒了。”我把方便面吃完，“一会儿见。”

我将泡沫塑料杯扔掉，回到自己的座位。我不想多谈，让他有所怀疑，可他必定已经感觉到了，通常我们会一直聊到下一节课开始。

本田一边启动汽车，一边问我："你晚餐想吃什么？"

"你还饿吗？"我问。

"并不是真的饿，可我从不浪费用晚餐的机会。"

"我们点些外卖寿司怎么样？这顿我来请，可我不知道有什么好的店。"

"让我来请吧。"

汽车离开地下车库，开上主路，几分钟之后在一家寿司连锁店门前停下。这家店就在街拐角，可我从来没有注意到它。我进了店，本田去停车。

寿司店很安静，只有两个看似醉醺醺的服务员，可能已经接近关店时间了。

柜台后面有个看起来很严肃的厨师，"欢迎光临，你想点些什么？"

我瞥了一眼菜单，上面有多种样式不同的寿司盘，于是我指着其中一个说："要这盘，打包。"

厨师点点头，开始准备我点的餐品。他制作寿司的手法完美无缺，然后小心翼翼地把寿司放到黑色的塑料盘上，再加上姜丝、芥末和白萝卜丝。他的动作娴熟，速度很快。我付了钱，回到车上。

本田看了一眼塑料袋里的东西，"你不认为这些对于两个人来说太多了吗？"

"总比不够好。"我说。

他笑了，往我的公寓开去。

随着目的地越来越近，我也变得越来越紧张，我不知道从何说起。

我试着想用各种各样的方法来提起此事，可似乎没有一种方式是正确的。我开始想我当时应该选择去警局。

在我公寓的小客厅里，我一边吃寿司，一边听本田讲述各种故事。我的话不多，当他告诉我工作中发生的趣事时，我只是在适当的时候点头示意。

“两天前，我给班上同学进行了一次实践测试，”他说，“都是多项选择题，每个问题有四个答案选项。哪怕你根本就没有学习，也能答对几个。所以，实际上，除非你交白卷，否则不可能得零分。”

我赞同地嘟囔了一句。

“可我不得不给其中一个学生零分，”他继续说，“因为很显然，他作弊了。第二题的答案应该是第一题的答案，第三题的答案是第二题的正确答案，以此类推。”

“他连作弊都做得很不漂亮。”

“没错，”本田看着我说，“总之，我说够了。你在想什么，石田君？你有事情要跟我谈，对吗？”

我点点头，可我觉得自己还没准备好。我示意他多吃点东西，“在我们的谈话还没有变糟糕前，先把寿司吃完。”

我们把食物扫荡完之后，我擦干净桌子，问他想要喝点什么。

“我正要给自己冲咖啡。”我说。

“那么我也来杯咖啡吧。”他说。

我进了厨房，拿着两杯热咖啡回来，还带上一把茶匙和一袋糖，我把其中一杯咖啡、茶匙和糖放到他面前。

“你不要糖吗？”他问。

我摇摇头，“我不喜欢甜食。”

他点了点头，撕开纸包装，将白色粉末倒入杯中。随着他搅动咖啡，香味四溢。烘焙咖啡豆的浓郁香气弥漫了整个房间，可我们谁都没有碰咖啡。似乎过了很长一段时间，本田终于开口说话了。

“你还要沉默多久，石田君？我们这样解决不了任何问题。”

“嗯。”我喝了第一口咖啡，然后把它放回桌上，“你曾经向我提过的前女友——是不是我姐姐？”

本田十分惊讶地看着我，然后移开目光。

既然话已经说开了，我觉得没有必要再保留自己的想法，“是真的，对不对？”

他一言不发，继续盯着墙壁。

“是你把她杀了吗？”我安静地问他。

本田深深地吸了一口气，“所以，基本上，你提了两个问题。第一个，我有没有与你姐姐约会？答案是有。惠子和我曾经有一小段时间在一起。不幸的是，我们并没有终成眷属。”

轮到我说不出话了，正如我怀疑的，本田和姐姐是一对，他们一起买下那对兔子饰物。

“至于第二个问题，是不是我杀了她？不，不是我。对于我们之间发生的一切，我很难过。说实话，我心里觉得颇有怨愤，可是我试着接受了她的决定。”

我点点头，仍旧犹豫不决，该不该相信他的话。

“我们刚认识的时候，我三十四岁。她简直就是老师的标准典范，受过良好教育，举止端庄，行为得当，真心真意关心学生。对她，我是全心全意地尊敬。”他拿起咖啡，“虽然她的确也会给人一种印象。”

“什么样的印象？”

他微微露出笑容，“恐怕不是什么好印象。你现在可能实在看不出来，然而我以前可是个很安静的人。我不喜欢自己看起来很突出，而且我的名字也不容易被大家记住。”

“本田？”

“这是你姐姐给我起的绰号，我的真名叫佐川志乃，大部分人都记不住。有一天，惠子看到我用蒸馏水洗车，就对此大肆宣扬——很奇怪的女孩子，对不对？这正常吗？”

我想说不是，或者，至少我从来没有听说过这种做法，可我保留了自己的意见。

“如果用水龙头水来洗车，会有残留。我的车是黑色的，如果留下白色的水纹就很不好看了。”

“嗯。”

“对此，惠子大张旗鼓地逢人必说，弄得我听起来就像是个强迫症患者一样。打那之后，大家都叫我本田。”

“就因为这件事情，你爱上她了？”

他很不好意思地笑了，“你以为这么简单啊？没有，那个时候，我简直就是一肚子气。可我承认，我慢慢喜欢上了这个绰号。实际上我们变得更加亲密是因为有一段时间她病了，与平时相比简直变了个人。我有种强烈的冲动，想要去照顾她，然后我开始明白，这就意味着她对于我来说，不仅仅只是同事而已。”

“而她的确不仅仅只是同事而已。”

“但这段关系没保持多久。”他叹了口气，“我并非杀死她的人，石田君。我很生气，很失望，可我爱她。我本该早点告诉你，可我不知道从何说起。”

“没关系，发生了很多事情。”

他点点头，“实话实说，我并没有不在场证据。她被谋杀的那个晚上，我独自一人开车在街上闲游，我无法证明自己是无辜的。”

“别担心，我相信你，我也不是要把你牵扯其中。”

不知道怎么的，我相信本田说的是实话，他是个不知道如何撒谎的人。

“我还有最后一个问题，可我不确定该不该问你。”

“你就问吧。”他喝了一口咖啡，“我们都已经说到这个份儿上了。”

我清了清喉咙，“问这个问题可能会很失礼，可我必须知道，你是那个让姐姐怀孕的人吗？”

他一言不发，但两手却更紧地攥着咖啡杯，既不喝，也不放下来。

“如果我冒犯你了，非常抱歉。”我说。

“没有，我没有被冒犯，我只是……”他喃喃地说，“的的确确不是我。实际上，她是因为另一个男人而把我甩了。”

我无法相信在她的生活中有两个我根本不知道的男人，而不是一个。

“哪怕在我跟她约会前，我就知道有那么一个人，”他继续说，“可她告诉我那段关系结束了，她已经走出来了。我信任她，但我想我犯了个错误。惠子从来没有从他那里走出来，那个人就像她自己的一部分。”

“这个男人是谁？”

“我不知道，石田君，否则我已经告诉警察了。惠子对他讳莫如深，我也不想逼她，因为她说他属于过去，我不想成为一个吃醋妒忌的男友。可如果她曾经怀孕，那么我很确定，一定是和那个男人。”他喝下咖啡，“绝对不可能是我的孩子，我们从来没有，嗯，你知道的……做过那事。”

我完全说不出话来。

“她对做爱总是感觉很不舒服，我不想逼迫她。”他说，“我很清楚，肯定有什么不对的地方。可她离开我的时候，伤害了我的自尊，所以我假装漠不关心。我们分手之后，我一直和她保持距离。”

听完所发生的这一切，我无法责备他。

“如今我很后悔，我应该更加诚实。如果那样的话，或许她还活着，我因此很痛恨自己。如果我没有那么容易就放弃，我本可以帮助她的。在某种程度上，我的确觉得自己应该对她的死负责。”

“你不该自责，”我说，“你和我一样都很清楚，她不会听我们的话。如果要去责备你的话，那么我和你一样有罪。我对她漠不关心，太专注于自己的问题。我知道有些事情不对，但却视而不见，你也可以说是我杀死了她。”

我们陷入了沉默。我看着咖啡，水蒸气已经没有了，黑色的液体一动不动，杯子的边缘凝结了一些小水泡。

最后，本田问：“如果我坚持不放弃的话，你认为她会不会选择我？”

我耸耸肩，“可你不会这样做，对吗？”

“你了解我的，石田君，我不要她出于愧疚或者怜悯而选择我，否则的话，就毫无意义。你可以说我幼稚无知，可这就是我的感觉。”

“如果我在你的位置上，也会做同样的事情。”

他点点头，“你对此是不是大为惊讶？”

“你和我姐姐？”

“是的。”

“并没有，我意思是说——”我说到一半就停了下来，似乎我不该告诉他我一直都知道姐姐对老师一往情深。

“惠子从来没说过她爱我，一次都没有，”本田说，“她只是告诉我她喜欢我。傻姑娘，她从来都不想去掩饰。我倒希望她能对我撒谎，我会相信她的。”

我拿起咖啡，轻轻地晃动。

“当惠子与我约会时，她就住在一间和这间公寓十分类似的公寓里。”本田一边审视房间，一边说，“那是多年前了，那个地方现在已经被重新开发。我知道她一定会搬出去，可我从来没有想到会是加藤的房子。”

我挤出了一个笑容，“这是个不同寻常的安排。”

“我们在一起时，她常常谈到你。”

“她说了什么？”

“她说你是个英俊的孩子，可是变换女朋友比变换头型还频繁。”他笑了，似乎又回到安然自在的状态，“据她所言，你约会的女孩子不止有五十个。”

“她在开玩笑，”我说，“言过其实。”

“真正的数字是多少？”

“我不知道，或者二三十？肯定不会是五十。”

“那也很多。”

“你对我的印象一定很糟糕。”

“不是的，”他说，“她说在你漫不经心的态度下有颗敏感的心，而且一旦你找到对的女人，你会永远珍视她。”

我挤出一个笑容。

本田拍了拍我的肩膀：“你还很年轻，不要对自己过于严厉。许多恋情都是不了了之的，不管你多努力。”

我知道他是现身说教，可我们的情况不一样。“在我的关系里，错都在我。”我忏悔道。

“什么意思？”

姐姐带着温柔的笑容闪过我的脑海。

“我迷上了一个人，”我说，“或者更确切地说，我迷上了一个幻象，我创造了一个理想化的形象，然后把每个约会的女孩与它进行比较。因此，任何关系都不可能善终。”

我想到了青木，以及在我离开东京前我们有过的无数次争吵。不仅仅是她，还有其他我约会的女孩们。

“我花了太多的时间才意识到自己的错误，我已经伤害了许多关心我的人，”我继续说，“也许这就是为什么姐姐离开了我。”

“这不是真的，”本田说，“惠子来赤川和你没有任何关系。她很喜欢你，石田君，这一点你很清楚，对吗？”

“我知道，”我缓缓点头说道，“可她总是把我当作八岁大的小弟弟，需要大姐姐无时无刻地照顾。”

“这正是她关心你的原因，”本田说，“虽然我是她的男朋友，可有时候她对你赞不绝口，连我都妒忌了。可是见到你之后，我同意她的看法，我真的认为你是个好人。”

为了免除尴尬，我把目光转向其他地方。

“她的保护情结一定传染到我身上了，我不知道怎么开始的，可我觉得自己必须代她照顾你，扮演大哥哥的角色。”

所以这就是为什么他总是那么鼎力相助，对任何事情都施以援手。

“实际上，惠子担心她一直烦扰你。”

“真的？”我不知道她有这种感觉。

“我知道她每周都给你打电话。”本田说。

我低下头，“我有点怀念那些电话。”

“这很正常，人们总是在失去后才意识到什么是重要的。”

“啊哈，”我嘟囔了一句，然后伸了伸腿，“你想来杯啤酒吗？这是抹去伤感的好办法。”

“这次不行，因为我还要开车回去。”他看了一下手表，然后站起来，“快到午夜了，我必须得走。谢谢你对我坦言相待，能最终开诚布公地把事情说出来，真是感觉好多了。”

我点点头，还在竭力消化他告诉我的所有信息。

“明天见，石田君。”他说。

我送他出了门。他走了之后，我来到厨房，检查冰箱里的啤酒，还剩下五听朝日超爽啤酒。我把它们都拿到客厅，发生了这么多事，我得喝一口稳定一下。

我还没来得及打开第一罐啤酒便传来敲门声，是本田落了什么东西吗？我放下啤酒，去查看这位午夜访客到底是何人。

28

生日女孩

七星孤零零地站在走道里，身上还穿着校服，右手拿着个白色塑料袋。我们看着对方，她问：“我可以进来吗？”

我尚未从见到她一霎的震惊中恢复过来，她就越过我，溜进了房间，放下背包，在矮桌前坐了下来。

我勉为其难地关上门，“你到这里做什么？”

“就是来看看，”她漫不经心地答道，同时扫了一眼桌子，“你喝了很多酒，对吗？”

我没理会她的问题，“我们在冷战吗？”

她盯着我。

“你怎么会知道我住在哪里？”我问。

“我坐出租车跟着你们。我知道本田先生老是开车送你回家，我想等他放下你后，就可以过来。可今天他跟你进了房间，所以我只能等着。你们俩花了好长时间，我在外面都快要冻僵了。”她瞥了一眼啤酒，“我以为你们正在讨论工作一类的事儿，谁料想是在一起喝酒？”

“这与你无关。”我走到她身边，“你不是告诉过我你有严重的晕车症吗？”

“我还告诉过你如果我愿意，我能控制晕车。妈妈以前常常开车带我到处去玩，只是近来我几乎不再坐车了，爸爸不会开车。”

我转身面向她，“既然你大老远到这里来，我可以当你不再生气了吗？”

七星点点头。

“这么说，现在我们和好如初了？”

她笑着再次点头，并且做了个和平的手势，“是的，和好如初。”

“好的。”我站起来，“既然我们已经和好，你现在必须走了。时间已经很晚，这是单身男士的房间，你不该来这里。”

她冷冷地注视着我，一动不动。

“你父亲知道你在哪里吗？现在已经过了子时。”我想起她父母在警方有个高职位的朋友，“据我所知，他可能已经提交了失踪人员报告。”

“相信我，他没有。这并非我首次这么晚回家，也不会是最后一次。我常常这样晚归，所以放宽心，好吗？坐下来吧。”七星把啤酒瓶挪开，把桌子腾出空间，打开塑料袋，拿出一个白色的蛋糕盒，里面装着圆形的乳酪蛋糕，“看，石田先生，我来贿赂一下你。”

“我对此十分感激，可你现在真的要走了。”

她没理我的话，继续说：“这是世界上最美味的舒芙蕾乳酪蛋糕，你该尝一块，又轻盈又蓬松，哪怕讨厌乳酪蛋糕的人都会爱上它。”

我挠了挠头，这看起来的确太糟糕了。

“再加上今天是我的生日，”她说，“你不会在我生日的时候把我赶出去吧，对吗？”

我深深地吸了一口气。“只是今天，”我说，“只是因为今天是你生日。”

她看起来满心欢喜，“一言为定。”

我坐到桌子的另一边。

七星拿出一些色彩斑斓的蜡烛，把它们插到蛋糕上。插上最后一根蜡烛后，她看着我问道：“我能借个打火机吗？”

“你自己不是抽烟吗？”我说。

她摇摇头，“我已经戒了。”

我想她在开玩笑，可她的表情却十分严肃认真。

“什么时候开始的？”

“今天。”

“什么特殊重大日子吗？”

“今天是我生日，”她说，“难道这个日子还不够重大到让我戒烟吗？”

“当然够了，真为你高兴。”

我进了厨房找打火机，那个我用来烧掉姐姐物品的打火机。打火机的燃液还剩下四分之三，嗯，毕竟我极少使用它。我回到客厅，在七星充满期待的目光下，把蜡烛一根根点燃。

“你要唱生日快乐歌吗？”我问。

她笑容满面，引吭高歌，当她唱到一半时，我也加了进来。唱完歌后，七星双掌合十，默默地过了会儿，然后才把蜡烛吹灭。

“生日快乐。”我说。

她咧嘴一笑：“你不问我许了什么愿吗？”

我摇摇头：“这应该是个秘密。”

“如果你问，我就告诉你。”

我笑了，“我不需要知道。”

“如果你这么说的话，就算了。”她耸耸肩说。

我帮着她把蛋糕上的蜡烛都拿下来，回到厨房去取碟子和勺子，她从蛋糕盒里拿出一把塑料切刀。

当我回来时，她的头发已经扎起来。她正弯着腰，把蛋糕切成块，我能清楚地看到她那修长脖子的背后。我的心跳加速，我移开目光，希望她并没有注意到我盯着她看。

“石田先生，”她喊着，把第一个碟子递给我，“尝一口。”

我接过碟子，她的指尖擦过我的指尖，我感到浑身紧张。七星开始吃自己那块蛋糕，我看着她用勺子挖了一块蛋糕，然后把勺子伸向玫瑰般的嘴唇，之后把碟子放了下来。

“太完美了。”她一边兴高采烈地吃着蛋糕，一边说，“石田先生，你不要盯着我看，你应该吃你的蛋糕。”

我惊慌失措地放下碟子，用勺子挖了一块乳酪蛋糕。我怎么了？我吃下第一口。蛋糕美味极了，柔滑轻盈，甜味与乳酪之间达到完美平衡。“真的很棒。”我说。

她赞同地点点头，又吃了一口，然后歪着脑袋问：“石田先生，你认为我漂亮吗？”

“漂亮。”我不假思索地说道。

她的双唇上扬，微微笑了起来，“如果我说我喜欢你，你相信吗？”

这个女孩在和我捣蛋，“我不知道。”

七星把手放到我的手上，盯着我的眼睛，“我喜欢你，石田先生。”

我把手拿开，“不要拿这种事情开玩笑，这并不好玩。”

“我是认真的，”她说，她的声音柔和，几乎带点恳求的意味，“我千真万确喜欢你。”

我不知道该说什么，于是一言不发，我本不该让她进屋子里来。

“你最起码可以回答我。”她说。

我放下碟子，表情变得十分严肃。我必须在事情走得太远前阻止她，“你想要什么？”

“我想要你不再把我当作孩子，不再拒绝我的感情。我已经说过，而且还会再说。我喜欢你，我对你是认真的，你为什么不能把我看作是女人呢？”

对此我毫无准备，“你希望我把你当作女人？”

她盯着我，“我是一个女人。”

没有经过认真思考，我决定要把她吓退。我抓住她的手腕，把她摁倒。勺子从她手里掉下来，落到地板上。

“你知道当一个成年男人和一个女人单独在一起的时候，他会对她做什么吗？”

她挣脱手腕，却没有尝试要逃开。

她用双臂环过我的脖子，低声说道：“如果你想要的话，可以。”

“你不害怕吗？”我问她，我的身体还覆盖在她身上，“你以前做过吗？”

她摇摇头，“没有，可我并不害怕，因为是你。”

听到这句话，我觉得喉咙被堵住了。不，我不能这样做。我放开她，坐了起来，“你现在该走了。”

她沉默了一会儿，然后坐起来，面对着我。

“你怎么了？”她大喊，“我还不够漂亮吗？”

我叹了一口气，“当然不是。你心知肚明，自己很迷人，但是你太小了。”

“你不是曾经说过年龄只是个数字吗？”

“你是我的学生，我觉得自己在占你的便宜。”

她眯起眼睛，“石田先生，不能只因为你比我年纪大，我就得听你的，任由你来判定什么是对，什么是错。”

她的语气十分严厉，略带些许敌意，我必须想办法让她平静下来。

我深呼吸了下，“你只是弄混了。你对我的感觉只是因为我碰巧在你身边，仓促行事会毁掉你的生活。相信我，这并非真实的感觉，你会忘掉它的。”

“你为什么不能教我什么是真实的感觉呢？”

“够了，太离谱了，”我严肃地告诉她，我必须在我们进一步伤害到彼此之前就赶紧打住，“不要再说了，讨论结束。”

七星咬着下嘴唇，两眼盯着墙，我怀疑她是不是要哭了。我并不想如此尖刻，可宽容会让事情开始发展下去，而这是我承担不起的。现在，我所需要做的事情是请她离开。我可以为她叫辆出租车，只需要确认她安然无恙地回到家。

等我刚反应过来，她已经转过身，我们的嘴唇碰到了一起。她这个行为让我吓了一跳，我顿时僵在那里，可很快我的欲望控制了一切，我让她的舌头滑入口中，伸手抚摸她的头发，她发出性感的呢哝。

她不是告诉过我她从来没有过男朋友吗？可她接吻的技术那么棒，我觉得自己被拖进了欲望的狂风暴雨中，毫无逃脱的机会。我让欲望的潮水淹没自己，越来越深地没入欢愉的海洋。

七星解开上衣，脱掉背心，扔到地板上，然后爬到我身上，我觉得自己开始有了反应，真不敢相信正在发生的这一切。

我把自己与她分开，希望她并没有注意到这一点，“停下来，这是——”

“放松。”她在我耳边低语。

她吻上我的嘴唇，让我说不出话来，双手解开我的裤子。我知道我们将要做的事情是要遭天谴的，可我却无法停下来。她的几缕头发滑到脸上，我把它们塞回她的耳后，她对我微笑，脸上泛起潮红。看着她，我无法再控制自己。我知道自己想要她，我把她推到地板上，然后滚到她身上。

“你确定要这样吗？”我问，“现在后悔还为时不晚。”

她点点头，“从来都没有如此确定过。”

听到这句话，我便完全屈服于自己的欲火之下。我的手伸向她的领带，把它松开，领带沿着领子滑下来，然后我解开她的衣服扣子。她的眼睛看向别处，我觉得自己的心跳得更快了，我的动作尽可能温柔。

忽然间，我听到“嘭”的一声巨响，我抬头看去，只见有一扇窗没有关好。我转向七星，她的三颗衣服扣子已经解开，露出一小截白色内衣，她用纯洁无辜的眼神望着我。

我的胸中升起一股沉重的感觉，让我难以承受，我怎么了？她刚刚十八岁——当津田先生让姐姐心碎欲绝的时候，她大概也是这个年纪。

我从七星身上移开，“对不起，我们不该做这件事情。”

她抱着我，一点都不关心自己的衬衫已经完全张开，“你在说什么，石田先生？”

“我们必须停下来，”我说，我无法看进她的眼睛，“这是不对的。”

“你害怕承认自己的感情？”

“我们对彼此的感情都不是真实的，只是欲望，一种最普通的生理需要而已。”我嘴里说出这些话，可心里却很清楚它们不是真的，有一天或许我会后悔，可我不得不把她赶走，我叹了一口气，“出去，我没有心情跟你玩。”

“我不是在玩，告诉我，我要怎么做，你才相信我是认真的。”

我把目光从她身上移开，想要说些什么，可我的脑海里一片混沌。

她挪到我面前，“看着我，石田先生。我的哪个部位还不够成熟？你只是在惧怕失去别人——承认吧，可我永远都不会离开你。我会永远和你在一起，不像你的姐姐。”

她提及姐姐让我愤怒了，我冷冷地看着她，“你想要我做什么？做你男朋友吗？我已经有女朋友了。还是你希望做我的情人？每当我有冲动的时候，都可以轻轻松松就上的人？”

七星盯着我，两眼冒着怒火，她举起手要打我，可我迅速抓住她的手。

“不要这样。”我厉声地说。

她想要用力拉回手，可我紧紧地拽着。

“放开我，”她说，“你弄疼我了。”

我松开手，她把手抽回去。我怕自己太用劲了，可我真的要在事情再次失控前，让她离开。

“你自己走吧。”我说，然后就走进卧室。

我一锁上房门，就跌倒在地板上。我无法相信所发生的一切，我以前从来都没有像这样失控过，我既生气又羞愧。我深知姐姐因为津田先生所犯的错误而受到多大的伤害，我怎么能几乎重蹈他的覆辙呢？

我闭上眼睛，等待开门的声音响起，可我听不到任何声响。她想要在这里待多久？但是她还没有离开，我就不能离开房间。如果我现在出去，我就无法再从她身边走开。

很长一段寂静之后，我听到一个压抑的声音，刚开始还比较轻柔，可慢慢地声音大了起来。我紧张地站起来，睁开眼睛。这把我带回到那个晚上，我发现姐姐窝在地板上的那个夜晚。

我记得自己看着她，一动都不能动。哪怕现在，我还是不知道该如何面对一个哭泣的女孩。我是不是该出去安慰她呢？用双臂环抱着她，告诉她一切都会好起来？这有可能就是津田先生当时的想法。

如果不是因为那个夜晚，我本会对七星做出同样的行为。是的，这毫无疑问。我会从房间走出去，把她拥进怀里，我会亲吻她，把她带上床。但是我不能，我必须制止自己，不让自己毁掉一个光彩夺目的年轻女孩，我不能把发生在姐姐身上的一切再施加在她身上。

我一直能听到七星压抑的抽泣声，她在那里坐了很久，不停地哭，直到再也哭不出来。

一阵寂静过后，我听到有人开了门，然后前门关了，我终于松了一口气。我的手掌全是汗，我把双手插进兜里，擦去汗水。

我离开卧室，锁上前门，当我走过她刚才所在的位置时，似乎她的身影还在那里流连。她把盒子里剩下来的蛋糕留在了那里，盒子完好地放在桌上。

我坐下来，打开啤酒，喝了几口。这一切真是乱七八糟，可至少已经过去了。我盯着桌子，数了一下啤酒罐。有一罐不见了，哦，好吧，让她拿走吧。这是个漫长的夜晚，还是她的生日，我又喝了一口啤酒。我想象着七星在寒冷中踽踽独行，冻得僵硬的手里抱着一听啤酒。她的步履沉重，偶尔碾在散落地面的枯叶上。

正当我认为事件的洪流已经退却，门外又响起一阵敲门声。我猛地一惊，坐了起来。我没有想到她会回来，或者是其他人？可这个点谁会过来呢？

来人又敲起门来，这一次的声音更大了。

我僵在原地，内心挣扎。我不知道谁站在门外，除非我把门打开。可如果真是她的话，那么应门则是个巨大的错误。如果我看到她哭泣，我又会开始冲动行事。

“石田君，我知道你在里面，”一个熟悉的声音说道，“请开开门。”

“你在这里干什么？”我问本田，“我以为你几个小时前走了。”

“我怎么能走？”他进入公寓，“正当我要开车离开的时候，就看到那个女孩来到你的门前，我简直无法相信你让她进了门。”

我无法反驳，本田是对的。

“她是个引起你兴趣的学生，对吗？”他叹息道，“你简直让我进退维谷。如果我雷厉风行地和她一起闯入你的公寓，那就太尴尬了，可我也没法就这样离开。”

“你杞人忧天了，没有发生任何事情，相信我。”

他似乎没有相信我的话，“她为什么会在这里？”

“她碰巧路过，看到你离开公寓，就顺便拜访一下。”我指着蛋糕盒，“她带来了乳酪蛋糕。”

“是这样吗？”他又叹了一口气，看起来仍旧忐忑不安。

我等着他说些什么，可他一言不发。他或许意识到哪怕真发生了什么，我们都是成年人，这是私事。

“可你是对的，我不该让她进门。”我坐下来，把一罐不冷不热的啤酒递给他，“为什么不和我一起喝点呢？”

他坐到我身边，“好吧，我来一罐。”

我把啤酒交给他，他拉开听环，慢慢喝起来，而眼睛却一直盯着墙，我借此机会把自己的那罐啤酒喝完。

“那个女孩很漂亮，”本田说，“可她身上有股气息，让人无法靠近。”

“我没有注意到这一点。”

“她叫什么名字？中岛？”

“是的。”

“她只是个孩子，不是吗？”

我点点头，“你认识她？”

“并不认识，可我喜欢车，她妈妈驾驶一辆红色的马自达马尔塔跑车，是我最心仪的座驾之一，后轮驱动的豪车。有一次，我停在交叉路口时，她的车就停在我旁边。”

“她妈妈长什么样？”

“说实话，我并没有看清楚，只是几秒钟的时间，我仅仅看到了她的侧脸，乍一看是个美女。”

那么说，这是真的，七星长得像妈妈，“那是什么时候？”

“有 段时间了，就在年初。”

“你记忆力真好。”

“她有些古怪，这就是为什么我会记住的原因，”他说，“她戴着一对到肘弯的白色手套。我不知道那是什么，可很确定不是驾驶手套。”

“她戴手套保护双手，她是个手模。”

“什么？”

“专业手模，”我重复了一遍，“你知道有些广告里会显示手里拿着商品？需要有人去承担这项工作。”

“嗯。”他看着我的眼睛，“嘿，石田君，你提到自己迷上一个女人，你不是在指中岛吧，对不对？”

我逼迫自己笑出声来，“当然不是。那怎么可能？我们几个月前刚刚见面。她只是个女孩子。”我移开目光，“我跟你说的那个人属于我的过去。”

“如果是这样的话，就别再让它继续困扰着你了。”

我点点头，“我会铭记在心。”

我们不再说话，只是沉默不语地喝着啤酒。我聆听着偶尔传来我们喝啤酒的声音，本田心里想着许多事，我也一样。这样的夜晚，我真的需要好好酣醉一番。

“你介意我躺下来吗？”本田问道。

“躺吧。”我说。

他放下身体，躺在地板上，两臂交叉放在脑袋下方，闭起眼睛，一动不动。我打开另一罐啤酒，不久之后，就听到他的呼噜声。他的眼帘并没有完全闭紧，露出部分眼白，看起来就像他在装睡似的。可从他呼噜的频率，我可以分辨出他已经陷入沉睡状态。

寂静从窗户缝隙和门缝底下钻进来，渐渐变得越来越浓重，笼罩着整个客厅。空气凝固起来，形成了一层厚厚的半透明薄雾。

我在呼吸寂静。

它进入了我的体内，把我也变成了寂静。

我成了寂静。

我发现自己被白色迷雾所环绕。

“哈啰！”我大喊，“有人吗？”

我只能听到自己的声音在回响。

我知道自己必须移动，可我该往哪个方向去呢？我的目光所及之处全笼罩在浓重的雾霭之中，我觉得自己好像此前来过这里。

我伸出双臂，往前走，盼望着能走出迷雾。可不管我走多远，雾霭似乎都是无穷无尽的。我走得越来越快，最后还跑了起来，跑得精疲力竭，即将倒下，可还是身陷这无垠的雾霭之中。我停下来，喘口气。以这样的速度，我永远都走不出去，这个想法让我不寒而栗。我会不会永远受困于此？漫无目的地走，看不到尽头？

当我开始感到绝望的时候，我听到有脚步声走过来。我盯着脚步声来的方向，可却看不到任何东西，雾霭蒙蔽了我的视野。

声音停止了，一切又恢复静谧，可我能感觉到有人就站在几步之外。

我大喊："惠子？是你吗？"

没有回答。

"马尾辫？"

还是寂静无声，这种寂静快要让我喘不过气来。

"廉，到这儿来。"有个声音在相反的方向响起。

那是青木的声音。

当我醒来，本田已经走了。

我觉得头疼欲裂。我起来，走进浴室去洗把脸，结果却在马桶上吐了出来。我蹲下来，把一切都呕吐出来，然后冲了两次马桶，我必须把胃里的所有东西都吐干净。再见，舒芙蕾乳酪蛋糕。我还是昏昏沉沉的，刷了牙，花了很长时间漱口，然后往嘴里塞了块口香糖。

我的公寓一团糟，可我不打算清扫，留到明天吧。此时此刻，我想要的就是睡觉。

29

机会、决定与电话

“石田君，”当我抵达学校时，前田叫我，“校长正在找你，你能到他办公室去一下吗？”

我的手掌变得黏糊糊，是和七星的到访有关吗？也许其他人看到她了，或者她的父亲知道她去了哪里，到学校来告状了。冷静，我告诉自己，没有发生任何事情。

当我进入校长办公室，他正拿着水壶给他桌上那盆奇奇怪怪的盆栽浇水。

“石田君，请坐，”他说，“到目前为止，你认为我们学校怎么样？你有没有适应这份工作？”

“是的，我挺享受教书的。”我说。

“很好，很好。”他慢慢点点头，“你还想着回东京吗？”

我不大确定谈话的最终目的是什么。

“看起来你还没有下定决心。”他继续说。

“是的。”我选择了一种容易的方式回答。

“好吧，让我直奔主题。我把你叫过来，是因为你和我们的合同很快就要到期了，我想为你提供一个终身教职。我很确定，你已经听博子提过，可你更倾向于哪种选择呢？”

那么，这就是目的所在。我大松了一口气，“十分抱歉，可我需要更多一点时间来考虑。”

他点点头，“当然，我并不期待你即刻回答我。我知道你需要考虑许多因素，尤其是因为你的家在东京。那好好考虑一下，在你的合同终止前，告诉我你的决定。”

“我会的，”我说，“谢谢您为我提供的机会。”

“我不能再留你了，你的第一节课快要开始了。”

我鞠了个躬，离开办公室。回到桌前，我还要收拾教学资料，这时前田走了过来。

“你会加入我们吗，石田君？”她问。

我转身面对她说：“你怎么知道的？”

“前几天我无意中听到博子与校长的讨论。”她满怀期待地看着我，“那么，你有没有接受这个机会？你在这里做得很好，不是吗？几周前，有个家长还打电话来表扬你呢。”

“是谁？”

前田捂上嘴巴，“你不知道？可能他不想透露身份。那么我不该告诉你，我真愚蠢。”

“我不会去告诉别人，这是我从你这里听到的。”

她降低声音：“是中岛柚木的父亲。”

“我明白了。”就只是因为我那次阻止她偷泡泡糖吗？

“石田君，你还没有回答我的问题。”前田说。

她是那么锲而不舍。“说实话，我不确定，”我说，“我喜欢教课，可我原先的计划是返回东京。我有责任照顾父母，尤其现在我是家里唯一的孩子。”

“的确如此，你总会选择在东京教书。我很肯定那里有更多补习学校，或者你能尝试成为公立学校的老师。我听说考试不简单，可公立部门的待遇好多了。”

听起来是个很不错的主意。

“你该考虑一下，石田君。”前田说道。

我笑了，“我会认真考虑的。”

她看起来很高兴，回到了自己的座位。几分钟之后，我们都分别赶往各自的任课教室。

我走下楼梯，想着前田的建议。听起来当老师比在公司工作好得多。发生昨晚的事情之后，我很紧张，可我知道我不会再犯同样的错误。

我进入教室那一刻，上课铃响了。我放下教案，环顾一张张向我问好的年轻面孔。他们是那么生机勃勃，充满活力，天真无邪。与他们接触，那股青春的能量也会注入我的身体里。

我一边打开点名册，一边想：总之，这是个不错的主意。

我和本田一起去吃晚餐，看到前台有张不熟悉的面孔。

“爱比哪儿去了？”本田问这位女士。

“她请了三天假，去大阪参加亲戚的葬礼。”这位女士说，“我是岩谷，在爱比回来以前，我接替她的工作。”

“见到你很高兴，我是本田，这位是石田君。”

她转向我，“石田先生？”

“是的。”我说。

“刚刚有位女士打电话来找您，可我告诉她您还在上课。”

我皱起眉头——是与姐姐有关的事情吗？“她叫什么名字？”

“我还没来得及问，她就挂了电话，可她告诉我她在下课之后还会打过来。”

我感谢岩谷为我传递信息，然后和本田一起离开学校。

“你在等电话吗？”他问。

“并没有。”我回答。

“要不要我们吃方便面算了？这样你就能在这里等这个人的电话了。”

“那也好。但我想哪怕我们吃个便饭，也没有多少损失。”

“既然这样，我们就去拉面摊吧，因为它就在边上。”

可当我们半个小时后回来，岩谷告诉我又错过了，电话是几分钟前打过来的。

“你拿到那个人的名字了吗？”我问。

“恐怕没有。当我问她的名字时，她忽然间就挂了电话。”岩谷降低了声音，“实际上，她是刻意这样做的。”

那就奇怪了，警察会清楚地表明自己的身份。那么，谁会给我打电话呢？

本田慢慢靠近我，低声说道：“会不会跟你那个学生有关？”

“不可能，就像我说的，没有发生任何事情。”我转向岩谷，“等她再打电话过来的时候请告诉我。”

“她提到在您最后一节课后她会再打过来。”

我点点头，和本田一起上了楼。

很快下一节课开始了，可在整个课堂的过程中，我都在想这个电话。我不相信电话与七星有关，她太骄傲了，我把她推走的这个事实应当足以让她不再靠近我。会不会是我妈妈呢？不，她没有我的电话号码。我想起那个装着姐姐医疗文件复印件的信封，会不会是同一个人所为？这可能是我第十次瞥看墙上的钟，我希望学生们没有注意到这一点。如果他们注意到了，谁都没有说什么。

下课铃终于响了。我让学生下课后，冲回办公室拿上包，下到前台。

“有人打电话来了吗？”我问岩谷。

她礼貌地微笑着说：“还没有呢，石田先生。”

“我能在这里等吗？”

“当然。”

我拉开椅子，坐在她面前。

学生和教员开始离开大楼。本田来了，问我要不要坐他的车，可我说我要等电话。他提出来要留下来陪我，我不想再让他等，就让他先走。他看起来很勉强，但那天晚上他计划要看一部心爱电视剧的新剧集，于是就勉勉强强地接受了我的建议。

几分钟之后，岩谷告诉我她也要离开了。我点点头，继续等待。看起来似乎大家都回家了，暖气也关掉了，这个地方变得很安静。

我觉得无聊，就从各个角度检查电话机。这部电话机是黑色的，款式似乎比加藤先生家的那个电话机要新颖。我把它转过来，让锃亮的表面向着灯光。听筒上的漆有点褪色，一些数字已经完全看不清。

我觉得有人拍了一下我的肩膀，我抬头看去，是看门人。

“对不起，我要锁门了。”老人说道。

我看了一下手表，我等这个匿名电话已经将近两个小时了。“对不起，让您久等了。”我一边拿起包，一边说。

“没关系，”他说，“晚安。”

我帮他关上前门，然后走向车站。最终，我没有等到任何东西。如果早点和本田一起走，我现在本该躺在床上了，然而事已至此。

我期待的电话第二天来了，我正在接待区，等候本田一起离开。

“石田先生，您的电话。”岩谷用手摀着听筒说。

“谢谢。”我从她手中接过电话，清了清嗓子，“我是石田廉，请问您是谁？”

“是我呀。”一个我并不认识的沙哑声音说道。

“对不起，您是？”

“杏子。”

“杏子？”

她停顿了一下，“你已经忘记我了？”

“当然不是，”我说，很幸运，我正好想起她是谁了，“在六本木你和香织在一起。”

“是的，我很高兴你这次记住了。”

“只是因为……”我的声音渐渐降低。她刚才说“这次”，难道我在那一晚之前见过她？

“我没有认出你的声音，仅此而已，”我缓了一下，“你的声音在电话里听起来不一样。”

“好几个星期过去了，也许你已经忘记我的声音是什么样了。”

我没有意识到已经过去这么长时间，“昨天是你打电话来的吗？”

“是的，可你还在上课，当我再打的时候你出去吃饭了，抓住你可不容易啊。”她停了一下，然后叹了口气，“所以说，你是个老师。”

过了一会儿，我才意识到终于有人识破了金的谎言。该死，她抓住了我们的把柄，真是太糟糕了。我磕磕巴巴想找出正确的措辞，虽然这一切是金开的头，可我也同样有罪过，因为那一晚我也参与了角色扮演。

岩谷在我身边，轻声告诉我她要走了。

她走了之后，我说：“很抱歉，我们编造了谎言。”

“不，你并没有因为编造谎言而感到抱歉，你是因为被识破谎言而感到抱歉，”杏子说，“还有你那个能说会道的朋友呢？他是你同事吗？”

“他是个学生，不过不在法学院。”我模模糊糊记得金应该读的是商科，可我不是很确定。

“还有什么？”

“我们来自东京。”此刻，我意识到最好还是亮出底牌，“金在早稻田读书，我此前在庆应大学读书，现在赤川一家补习学校教课，这个你已经知道了。”

“很有意思。”她冷冷地说。

我们陷入长时间的沉默当中，令人尴尬。

我知道她有所期待，可能是一个解释，可我没法为我们的欺骗想出真实的理由。于是我清了清喉咙说：“我们太可恶了，对不对？”

杏子大笑起来，“你知道就好。”

知道她能满怀幽默地对待此事，我如释重负地叹了口气。

“我承诺在你下课后再打第三次电话，可结果有个紧急的角色，把我给叫去了。你没有干等吧，对不对？”

“没有，别担心，”我撒了个谎，“可你怎么会有这个电话号码？”

她笑了，“这是秘密，总之，这并非重点。我打电话是因为我听到一些可能会让你感兴趣的东西，是关于你告诉过我的那个手模。”

七星的妈妈，“她怎么了？”

“我认识她，”杏子说，“我们的关系并不十分近，可我们多次一起工作。她在工作中使用的是未嫁前的闺名，所以，你之前告诉我名字时，我没有认出来，我认识她叫佐伯玛丽亚。

“我明白了。”这种做法不常见，可我的确听说有些女性在职业生涯中一直使用自己的闺名。

“情况是她几个月前失踪了。”

“发生了什么事情？”

“无人知晓，她再也没有在拍摄活动中出现，她的经纪人也一无所知。没有电话，没有信件，什么都没有。噗，就这样消失了。可众所周知，佐伯做事很可靠，她不会无缘无故不来工作。”

“对的。”

“她突然消失引起了很多问题，她的经纪人需要找人替代她，可手模并不常见，更不用说像佐伯那么经验丰富的手模了。他甚至亲自到赤川去找她，可她丈夫说她不再住这里。”

我想起柚木说过的话，她妈妈抛弃了她和中岛先生，“他当然知道她身在何处。”

“据他所言，她回到父母家里，在北海道，可有些事情不大对劲。你不可能不跟办公室的人说一声就直接离开，对吗？更别提，她还有多个已经预约好的工作安排。如果知道自己很快就要离开，谁都不会答应工作预约的。”

“可能不会。”我同意。

“她经纪人说佐伯甚至都没有来领报酬，我觉得发生了不好的事情，虽然我不知道是什么。”

“你知道她什么时候消失的吗？”我问。

她停顿了一下，仔细想了想，“如果我没有记错的话，应该是今年六月左右。”

我的心悸动了一下。不会是……然而这个时间点不可能仅仅是巧合吧。佐伯玛丽亚的失踪会不会与姐姐有关？

“廉，你还在吗？”杏子问。

我握紧电话，“是的，请继续。”

“没有其他的了，这就是我要告诉你的一切。”

“明白了，”我一边聚拢自己的想法，一边喃喃地说着。我需要更多时间来消化这个信息，即刻我问杏子，“你有没有给我邮寄什么东西？”

“没有，我没有，为什么你会这样想？”

“最近我收到一些东西，可是寄件人没有留下姓名。”

她咯咯笑起来，“情书？”

“不是，但是是一些很重要的东西，所以我想谢谢这个人。”

“那有可能是任何人，真的，”她说，“你知道，廉，我真的没有想到一个庆应大学的学生会搬到像赤川那样的小城镇做老师。”

我没有回答。

“让我猜一下，”她继续说，“你退了学，和女朋友分了手，无事可做，所以就到了那里，换换环境。”

“嘿，我没有和女朋友分手。”

她沉默了一会儿，然后说：“那么说，你真的有个女朋友。”

我清了清嗓子，“是的。”

“同时你还到六本木到处留情。”

“那天我醉了。”

“这并非借口。”

“那么你呢？”我问，转换了话题，“你现在有男朋友了吗？”

过了几秒钟，她回答道：“没关系了。”

她没再说一个字，就挂断了电话。考虑到我自己都不愿费劲去更正的那些谎言，我决定不怪她。

“好了吗，石田君？”本田问，他正站在门边上。

我放下电话，想知道他站在那里多久了，“是的，不好意思，让你久等。”

“是谁的电话？”

“一个熟人。”

他点点头，明白了我暗示的意思，我不想多谈。出了大楼，我们走向他的车，然后马上就开车出去。

夜里的大街一如既往的安静。赤川与东京不同，整座城镇很早就进入梦乡。本田以最高挡位驾驶着黑色轿车，只在靠近红绿灯时才需要减速。

当车停在红绿灯路口，我觉得自己忘记了一些重要的事情。然而是什么呢？一些与交通灯有关的东西。可什么时候？在哪里呢？在东京还是在赤川呢？

信号灯变绿，本田放下手刹，并迅速换挡，车的速度飙升起来，然后我记起来一些我很早很早就应该想起来的事情。

这件事情发生在我生日的那一天，我把所有兼职挣到的钱都存起来，要带女朋友去一个高档餐厅，可几天前我们分手了，因为她得知我和另一个女孩发生了关系。因此，浪漫约会没有成行，我发现自己身穿粗糙的送比萨工装，坐在一辆很拉风的黄色丰田赛利卡跑车里，身边是个奇怪的女孩。

我伸出手，握住她放在手刹上的手，她不言不语，小手冰冷。当信号灯变绿时，我放开了她的手。引擎轰鸣，车蹿了出去。街灯变得模糊起来，连成了一条连续不断的光线。

在我们分开的时候，她告诉我：“你是个好人，廉。如果我们再次相遇，我会让你知道我的名字。”

我让本田到公用电话亭把我放下来，这个电话亭靠近公园边上的公交车站。

“必须给家里打个电话。”我说。

他点点头，在电话亭前停了车。我下车，走进电话亭。我一边搓着双手，让手暖和起来，一边看着本田开车离开。然后我往投币口投下几个硬币，拨打那个熟悉的号码，等待有人接起电话。

“哈啰！”

我清了清喉咙，“妈妈，是我。”

“哦。”她的声音里毫无意外惊喜。

“您和爸爸怎么样？”

“我们还好。”

“那太好了，”我说，“再过几周我就回家了。”

接下来是一阵尴尬的沉默。

然后我继续说：“我回家时见。”

我将要挂断电话，这时她说：“等一下，小廉。”

“怎么了？”

“关于惠子……警察有没有成功……”

我的心拧了起来，妈妈的声音那么低，这是多年来她第一次说出姐姐的名字。

“很不幸，还没有任何进展，”我说，“我想调查也没有什么发现。”

“明白了。”她含含糊糊地答道。

我深深地吸了一口气，“实际上，我想问您一些事情。”

“是什么？”

“惠子是领养的吗？”

妈妈沉默了一会儿，然后问：“你怎么会知道？”

我想到诊所的记录，想到姐姐的怀孕，“这不重要。”

“说实话，我从来不想让你知道这件事情。可既然你已经知道了，那或许最好还是告诉你全部实情，”她说，“你父亲和一个来自赤川的女人有了婚外情。”

我十分震惊，她会如此直截了当地承认。这么说，她是我的姐姐，同父异母的姐姐。

“我从来没想到他会背叛我，更不用说请求我首肯，收养他心爱的孩子。那个时候，我们已经结婚四年了，可我一直没有怀孕。我无法拒绝他的请求，尤其是在公公婆婆面前，这是一个令我后悔至今的决定。”

我的嗓子干干的。

“那个孩子，我一直恨她。虽然这不是她的错，可我无法抑制自己向她发泄心中的愤恨。”

她的声音颤抖起来，于是她停下话语。即使我不在妈妈身边，我也能想象出她用手腕内侧擦拭泪水的样子。

“最后我终于有了你，我是多么感激上苍，小廉，你是我一直翘首期盼的孩子。尽管我不该这样说，可我很高兴你是个男孩，你无须经历我所经历的这些事情。”

听到这句话，我为母亲感到难过。

“当你出生时，我请求你父亲把惠子送走。可不管我怎么说，他都不同意。”

所以，这就是为什么他们总在争吵。我是根源所在，而在某种程度上，姐姐同样也是根源所在。

妈妈继续说：“我告诉他在别的地方，由一个能爱她的女人抚养，惠子会过得更好。那天是我选择把她赶走的，我知道你们俩很亲厚，你一定很生我的气。”

我叹了一口气：“我是很生气，可我理解你承受了多少痛苦。”

她没有回答。

“请保重，”我说，“并向父亲转达我的问候。”

直到我挂断电话，她都没有再说一个字。

我一边走回公寓，一边揣摩妈妈说的话。在我的孩童时期发生了这么多事情，而我却一无所知。如果留在东京，我将永远无法知晓这一切。可我已下定决心，要追寻事实真相。当知道真相后，我心里是能更好受一些，还是更难受呢?

我闭上眼睛，感受寒风吹拂脸颊，明天将会是艰难的一天。

30

冰冷的咖啡

第二天，我申请了紧急事假，我要趁着七星在四叶上课时去拜访中岛先生。如果她碰巧在家，不管什么原因，我将会即刻离开。幸亏如我所盼，来应门的是中岛先生。

“石田先生，”他面带笑容地跟我打招呼，“很高兴您能再次到访，可柚木不在家。”

“我知道，”我说，“我到这里来是要和您谈一谈。”

他摇摇头，“她并没有给您造成更多麻烦，

对吗？”

我不想让别人看到我们站在门外，所以没有费劲去回答他的问题。

“请进。”他说。

我跟着他进了屋，一起坐到沙发上。自我上次来访后，客厅一直没有发生变化，中岛太太的照片还挂在墙上。

“我能为您准备点喝的吗？”中岛先生问，“咖啡，可以吗？”

“别费心了，我不会待很长时间。”我停顿了一下，竭力保持冷静，“有些事情我必须询问您，您认识石田惠子吗？”

有那么一瞬间，他看起来惊愕失色，可很快又恢复了沉着镇静，“是的，我当然认识她，她是柚木的老师。”

尽管他极力掩饰，可我还是能感觉到他的忐忑不安。他隐藏情感的方式与七星相当类似，只是她更谙此道而已。

“更确切地说，您是不是与她相恋？”我问。

中岛先生利用调整眼镜的位置来掩饰惊慌失措的神情，然而他笨拙的动作证实了我的怀疑。“我不确定自己是否理解您正想说什么。”他说。

“我们都很清楚我正想说什么，”我进一步强调，“您和我姐姐有婚外情。”

他的脸色变得苍白。

“而且五年前，您还让她怀孕。”

“什么——”

我继续迫他：“可您逼迫她终止受孕。”

“等一下——”

“能不能帮我们俩的忙，不要再假装下去。”我平静地说，逼迫自己看进他的眼睛。我已经想过自己会发脾气，可我必须控制住情绪，才能得到答案。

中岛先生移开目光，“请让我为你准备些喝的东西，好吗？之后，我会告诉你发生的一切。”

我深深地吸了一口气，“如果你坚持的话，咖啡就好。”

他点点头，再次调整了一下眼镜，然后走进厨房。如果我果真置身于冷血杀手的家里，我或许不该让他独自为我准备咖啡，可我需要他的合作，才能揭开事实真相。

我一个人留在客厅里，目不转睛地盯着中岛太太纤手的图片。它们真的是精美绝伦的尤物：光滑、纤细、姿态优雅。可现在看着它们，让我觉得恶心。

中岛先生拿着两杯咖啡回来，我们谁都没有碰杯子。他拧着手指，眼睛没有看我，而是盯着墙上的照片，他问：“柚木知道吗？”

“她不知道，我也不想把她牵扯进来。”我说。

他转向我，“你怎么发现的？”

“这并不重要。”

中岛先生点点头，又把视线转回墙上。他转了一下桌子上的咖啡杯，然后说：“你说得对，我和惠子相恋。”

我拽紧拳头，我期待他供认不讳，可亲耳听到他的坦白又让我愤恨不已，“所以你就是杀害她的人。”

他转向我，瞪大眼睛：“不，你弄错了，我是说……”他低下头，并且摇了摇头，“为什么我会——”他的声音颤抖，“我没有理由这样做。”

“我可以想出成百上千个你杀害她的理由。”

“让我们把话说明白，我没有杀害你的姐姐，我那天晚上在京都。”

我犹豫了，如果这是个谎言，那可是最容易暴露的谎言。可如果他讲的是实情，那么下一个最有可能的人就是……

“是不是你妻子？”

他没有回答。

“这就是为什么她消失得无影无踪？”

他双手交叉放在膝盖上，“既然我们已经说到这里，最好还是让我把所发生的一切原原本本告诉你。”

我无法相信他会对此沉重冷静。“请继续。”我说。

“首先，我从来没有要求惠子终止受孕。从一开始，我就让她清楚地知道：不管她做什么样的决定，我都会支持她，她选择要留着这个孩子。然而，很不幸的是，因为妊娠中期的并发症，她失去了孩子。”

流产？我想知道姐姐怎么能承受这一切，而一字不说。

“我知道自己并非完全无可指责，”他继续说，“掩饰受孕，与我妻子无数次的对抗，这些压力都可能是导致流产的因素。”

“她和你妻子打斗了？”

他点点头，“我们正在讨论我们的选择。”

我把指甲插入掌心。他刚才说的是“选择”？“一个已婚男人能给自己怀孕的情人什么样的选择？”

“我要娶惠子，”他继续说，“我曾经多次向妻子提出友好分手，可她就是不同意。”

我盯着他，“这就是你妻子杀害我姐姐的原因，对吗？”

“是什么让你认为是我妻子呢？可能是任何人。”

“像谁呢？”我斥责道，“你女儿吗？”

这是个荒唐的指控，我们都知道七星永远都不可能做出如此邪恶的事情，可他那毫无波澜的语气让我怒火中烧。

中岛先生把手放在膝盖上，“到底是谁杀害了惠子，为了什么原因，老实说，我无法确定，可我和你的结论是一样的。惠子被杀的那一天，我妻子就失踪了。”

“我不认为这仅仅是巧合。”

“我也这样想，”他说，“我甚至想过承担罪责，这样我妻子就可以和柚木重回正常生活。毕竟，这一混乱局面的开端是我。可那天我出席朋友的婚礼，许多人看到我在那里。”

我怀疑他说的话我能相信多少，他刚才说了那么多的谎言。他可以简单地把妻子杀掉，来掩盖自己的罪行，然后假装她失踪了。

“你姐姐是个很棒的女人，我喜欢看她做饭。她告诉我她过去常常给弟弟做饭，谁曾想有一天我会与你见面？”

听到他如此来描述姐姐，我心里一阵剧痛。

“惠子的遭遇是一场噩梦，我从来没有想到会发生这样的事情。她不应该遭受这一切，这全是我的错。发起追求的人是我，而结果受苦最多的人却是她。我给你以及你的家庭所带来的伤害……我永远也无法弥补，我将终生背负这个负罪的包袱。”

由于他已经放弃，不再企图做任何隐瞒，我反倒不知道接下来该说什么了。最后，我问他：“你爱我姐姐吗？”

他直愣愣地看着我说：“是的，我爱她，我当然爱她。”

“这就是为什么这些照片里没有你妻子的面孔？”

“不是的，这与惠子毫无关系。我妻子从来不喜欢拍照，她年轻的时候曾经发生过一次事故，脸上留了一道疤，只是左眼上方一道很小的疤痕，可她却非常在意。”他低下头，“很抱歉，跟你絮叨这些私密，这可能不是你想听的。”

“听你这么说，似乎你很爱你的妻子。”我说。

他点点头，“我的确爱我的妻子。”

“你是不是想告诉我你同时爱着两个女人？”

中岛停顿了一会儿，小心翼翼地挑选自己的措辞，“如果你很久之前问我这个问题，早在我碰到惠子之前，我会说这不可能。哪怕现在，我还是认为我对惠子的感情与我对妻子的感情是不一样的。如果把与你姐姐发生的一切归为判断的一时失误，而不是去承认我的婚姻是错误的，那么这件事情就容易解决得多。可我不能这么说，我的确爱着惠子，我现在仍然爱着她，可能会一直爱着她。你能理解吗，石田先生？”

“我的意见并不重要。”我说。

他叹了一口气，“一开始，我以为自己能驾驭得了，不会伤害任何人。如今仔细想来，尽管惠子什么都没说，可她也许被深深地伤害了。”

他看着我，似乎希望我有所反应，可我保持沉默，眼睛死死盯着他。

“最后，我妻子发现了，”他继续说，“这对她是个巨大的打击，她的情感一向非常脆弱。请理解，她也是受害者，我才是该被谴责的人。我妻子的所作所为，或者说，至少是我认为她的所作所为，是无法原宥的。可她并非怪物，她——”

“拜托，不要诸多借口。”我打断他，不想再听他任何诸如此类的废话，“我姐姐死了，你妻子是个杀人犯，这就是事实真相。”

我的话让他彻底无语。他继续低着头，手指在桌子的边缘敲打着。我想起七星以及她那些离经叛道的行为：逃课、偷东西、半夜不回家。他有没有注意到母亲的失踪深深地影响了她？他知不知道他已经伤害了自己的女儿？

“除了你告诉我的这些事情，还有什么是我需要知道的？”我问。

“石田先生，如果你打算将这个情况向警察汇报，恐怕无人知晓她的下落。我告诉一些人，我妻子回了父母家，可实际上，她是个孤儿。”

“这并非我的意图，”我说，“哪怕警察最终找到你的妻子，把她投入牢中，也无法把姐姐带回来。”为了保守秘密，她承受了那么多的痛苦，如果将这段婚外情以及她的受孕公之于众，那么对她真是太不敬了。

中岛先生继续低着头。

“你还有什么要说的吗？”我一边站起来，一边问。

他抬头看着我，“一直以来，我都想把这一切告诉你，从你第一次踏进这个屋子……不，甚至比这还早。我第一次见到你，是在惠子的葬礼上，我远远地看着你，我想走上前去，告诉你真相。可你坐在她的棺椁旁，两眼空洞，我知道她对你来说有多重要，我就无法——”

“够了！”我大喊，“你怎么敢谈论我和姐姐的关系。”我深深地吸了一口气来使自己冷静下来，“你对我们的事情一无所知。”

他又把脑袋耷拉下去。

我们停顿了很长时间，最后我说：“我要走了。”

“等一下。”他也站了起来，“我可以代表妻子向你致以歉意吗？”

“不，你只能代表你自己道歉。”

他跪了下去，鞠着躬说：“我很抱歉。对于我的所作所为，对于惠子的遭遇，对于给你的家庭带来如此深切的悲痛，我万分抱歉。”

我咬紧牙关，我不会原谅此人。即使他的歉疚是真的，事到如今又有什么用呢？死者永不能复生。如果他有所歉疚的话，那么也只是对他自己而已，他希望向别人袒露真相，得以解脱，但他不会从我这里获得解脱。

“你找错人了，”我说，“你应该向你伤害过的女人致歉，而不是向我。可是，如果你所言据实，她们俩都已经走了。”

中岛先生没有回答，他呆在原地，一动不动。我离开了房子，一点都没碰那杯咖啡。

说实话，我恨这个人。我想把他揍得满地找牙，可那只会玷污姐姐的记忆，让他得以赎罪。我不想让他认为自己因犯错而受到了应有的惩罚，相反，我要让他永远沉浸于愧疚当中。

我很想让他妻子被警察抓住，可我不能向警察报告。我本能地想去保护七星，她毫无过错，现在还失去了母亲。将她父母的所作所为公之于众，会彻底毁掉她的生活，而中岛先生因涉嫌其中将无法继续承担父亲的职责，那可是她唯一的家人。我深知独自长大成人是何等艰辛，在一张四人桌上孤单吃饭，没有父母参加学校的各种纪念活动，无人共享新年的御节料理……我最不想做的一件事情就是把七星置于同样的孤寂境地。

而且，内心深处，我知道我会不惜一切去保护姐姐的名誉，尽管我深知会永远因此而痛恨自己。

我站在姐姐被谋杀的地点，不知道自己如何来到此处，就好像我只是简简单单地闭了一下眼睛，再睁眼时已置身于这条马路边上。

我浑浑噩噩，一片茫然，直到听闻身后孩童的谈话声。我转过身，看到大街的对面有两个孩子正在玩耍。一个是背着黑色皮背包的瘦弱小男孩，另一个是身穿深蓝色连衣裙、扎着马尾辫的小女孩。

小女孩向我的方向看过来，我们目光相接。她微笑了一下，然后沿着马路跑下去。男孩在身后喊小女孩，我分辨不出他喊的什么，可我肯定那就是小女孩的名字。小男孩将要跟随小女孩跑开，可他犹豫了一下，转向我。我们彼此对望，无须言语。几分钟之后，他就跑去追小女孩了，我望着他们在拐弯处消失无踪。

我深深地吸了一口气，再一次看向这个地点。

石田惠子，你还记得我上小学时，你给我买的黑色皮背包吗？

“入学礼物？”当姐姐把我叫进她的房间，向我展示背包时，我问道。

“是的。”她的眼睛亮晶晶的，“你需要一个新书包。”

“你没有必要将零花钱花在我身上。这个包太贵了，不值得，川野太太说我可以用她儿子的旧书包。”

“你说什么呢？你不能背着旧书包开学，我不允许。”姐姐帮我背上书包，然后把我带到镜子前，“好书包才能凑成完整的一套行头，你不这样想吗？”

我咧嘴笑了，嘟嘟囔囔说了一句谢谢。

她把我的头发揉得乱蓬蓬的，我们都笑了起来。

31

身陷飓风，难以自拔

当我告诉校长，我想回东京时，他似乎一点都不意外。他拍了拍我的肩膀说：“如果这是你的决定，那么我祝你一切顺利。在过去的几个月里，你给予我们极大的帮助，我们会想念你。”

“谢谢您，”我说，“如果在找人替我方面有什么我能帮得上忙的话，请务必让我知道。”

校长又调整了一下盆栽，“说实话，你拒绝我们让我觉得稍稍松了一口气。你最好还是离开这个地方，说我迷信也好，可是赤川的老人相信这个城镇只接纳在这里出生的人。”

我不知道是什么让他说出这番话，所以我只是点点头，然后就离开了。

学期结束前一周，校长宣布我即将离开四叶。有几位同事来跟我握手，其他几位给我留下联系电话，许诺会保持联系，大部分的同事则无动于衷。

“这种情况经常发生，”本田说，“对于合同制员工来说，流动性很高。大家来了又走，除了那些即将承担更多工作的人，没人在乎。”

“我希望那个人不是你。”我说。

他笑了，“对于这一点，我并不担心，毕竟我不教英文。”

我并没有告诉任何人，我计划在东京教书，可不知怎么的，大家都知道我要申请成为公立学校老师。

“你什么时候走？”本田问。

我心算了一下，“两周之后。”

“需要帮忙吗？”

我摇摇头，然后我想起一件事，“顺便问一句，你和姐姐有没有去过山上的一家意大利餐厅？”

“是的，我们去过。那是一家迷人的小店，从这里出发大约开两个小时。你计划要去吗？风景美极了，就是风太大，没有太多人到那里去。”

强风……这一点，可以为我所用。“你能给我指示吗？”我问，“如果风足够大的话，我想把姐姐的骨灰撒在那里。”

本田点点头，“应该没问题。如果你计划周日去的话，我可以开车载你。”

“别麻烦你了，我能自己去的。”我不想让他老背负过去的包袱。

“哦，一点都不麻烦，这可能是我为惠子做的最后一件事情。”他说，“那么，本周日？我十点来接你怎么样？”

“当然没问题。”我回答，心里暗自欢喜有人能陪我一起去撒骨灰，我无法想象自己独自一人和姐姐告别。

下班后，我顺便去了一下泉的房间。她刚刚洗完澡，出来时头上裹着毛巾，皮肤潮湿，还戴着那副老式眼镜。

“是不是时间不合适？”我问。

她咧嘴一笑，“视情况而定。你要干什么？如果你要抱怨热水器，那么时间不合适。”

“不是诸如此类的事情，”我笑着说，“我来是跟你告别的，我本月末要搬出去了。”

她扬起眉毛，“那就是下周，对不对？你要回东京了？”

我点点头。

“我会通知业主，或者应该是他的秘书。”

“非常感谢，泉。”

“不客气，”她说，“竟然你也搬走了，五层就没有租户了。”

“另一个人呢？”

“那个作曲家吗？”她歪了歪脑袋，“你不知道他已经走了？我猜他是在你上班时间搬走的。”

“明白了。”这一点我没有料到，“我只和他说过一次话。”

“相信我，这可比大部分的住户多了，”她说，“嘿，要不要进来喝一杯？我有些啤酒。”

“这次不行了，我有那么多东西需要打包。”

泉耸耸肩，关上了门，我回到自己的房间。

仔细想一下，这是我首次拒绝女孩子喝一杯的邀请，或许泉还是让我想起我高中的班代表吧。

实际上，我还和这个班代表睡过一次，而且这段小插曲还引起了一些纷争，我仍能记得金在午餐时间大步向我走来。

“真的吗？”他问，“你和班代表发生关系了？”

他的话让我一惊。这件事情我没有告诉过任何人，那么消息一定是从她那里散播出去的。说句公道话，我并没有要求她保守秘密，可我没有想到她会四处去说这件事情。

“我以为她不喜欢我们呢。”金说。

我打开课本，不理睬他。我知道金不喜欢这个女孩，几个月前，她抓到我们抽烟，就到老师那里打我们的小报告。或者她报告称金是那个抽烟者，而我是旁观者。可老师没有信她的话，所以我也受到了处罚。

“你怎么会跟她发生关系呢，廉？你是打赌输了还是什么的？”

“我不知道，”我说，“我只是好奇。”

金的手臂搭上我的肩膀，“听起来可不像你呀，朋友。”

我把他推开，“喂，你可以自行决定相信我或者不相信我。”

“你的脑袋出了问题。”

我一声不吭，金就把我独自留了下来。可这就是实情，我好奇，我想看看她不戴眼镜的时候是什么样。

我和班代表住在同一个社区，她家离我家只有几个街区。我正在社区书店浏览漫画时，她走了过来。

“我爸妈去了伊豆参加家族活动，”她说，“他们明天才会回来。你想到我家里来吗，石田？”

好一会儿，我没有说话。一开始，我觉得这是个玩笑，可她的表情很严肃。我不知道是什么促使她忽然间这样来问我，可能与花季少女强烈的荷尔蒙有关。

我挠了挠头：“园田……”

“胜美达，”她纠正我说，“我的名字是胜美达美和子。”

“嗯，胜美达……”我倾身过去，“你知道如果我去你家，我们不会花很多时间学习，对吗？”

班代表点点头，脸上毫无笑容。说完这话，如果我退却的话，就会很奇怪，所以我跟着她来到她家。我还记得当我们爬木楼梯时那紧张的样子，我每走一步，楼梯都会吱吱作响。

她打开卧室门，“请进。”

“打搅了。”我有点过于礼貌地说，听起来很别扭。

她的房间井井有条，正如我想象的样子。她走进来，坐在床上，我也照做。我们谁都没有说话，她紧紧抓住枕头，而我死死盯着自己的膝盖。她的被单上有玫瑰刺绣图案。

长时间的沉默让人难以忍受。这天以前，我们没有真正彼此交谈过。正当我想试着说点什么的时候，我们的指尖碰到了一起。我条件反射似的转向她，她也看着我，我能听到她的呼吸正在加深。

我伸手摸着她的头发，亲吻她，她没有做出反应。当我解开她上衣扣子的时候，她一动不动。不一会儿，我已经进入她的身体，可她的沉默让我很担心。

“你还好吗？”我问。

她点点头，却不言不语，或许她就是安静的人。我不知道该做什么其他的事情，于是就继续在她身体里抽动。我本喜欢反应更为热烈的人，可这还是挺不错的，我并不吹毛求疵。

幸亏，虽然她挺一本正经的，可这并非她的第一次。否则的话，我可能会感觉不好。

我们做完之后，她沉沉睡去，我慢慢地把她的眼镜拿开。没有了眼镜，她看起来很不一样，实际上她还挺漂亮的。我在她前额留下一吻，然后穿上衣服，回到家中。

那个时候，我们浑身充满强烈的荷尔蒙，性爱是那么的新奇，和女孩子做爱被认为是一项成就。男孩们都过来，在我后背拍一下。

“你好棒啊，石田，你怎么得到她的？”他们开玩笑地问。

不管怎么着，最后我得到了更多朋友。

我失去的是我的女朋友，她听闻这个传言，便来与我对质。当我告诉她这一切都是真的，她就当着同学的面扇了我一个耳光，然后抽泣着跑开了。

金从我肩膀上看过去，“坏事了吧，廉。背着女朋友偷情是一回事，可你真的愚蠢到承认它吗？更糟糕的是和那个眼镜妞。”他假笑了一下，“你的眼睛出什么问题了，我的朋友？要有些标准吧。”

我注视着他。

“喂，别生气，”他说，“可说正经的，你应该更好地利用自己的脸。如果你愿意，我可以给你介绍我女朋友的最亲闺密，她的胸部很大，是你那些小女孩没有的。”

我从来没有告诉过任何人，其实我很高兴事情演变成这个样子。那个时候，我已经很厌烦我的女朋友了，可却找不到理由甩她，我没有勇气与一个毫无过失的人分手。再加上我的生日即将到来，我已经从送比萨的工作中存下足够的钱，要请她吃一次高档大餐。这个时间点并不好，因为我本想着等我们那次约会双方留下些更加美好的记忆之后，再与她分手，然而班代表还是帮了我的忙。

至于胜美达，若非必要，我再也没有和她说过话。哪怕她要求，我也不会再和她发生什么，尽管我很好奇，到底是什么促使她首先靠近我。

我在草鞋人此前的公寓门外站了一会儿，一切犹如往常，公寓的门窗紧闭，看不出有人曾经在此居住。即使他就在身边，也没有人注意到他——他似乎更像个幽灵，而不像是个人。好吧，不管他到哪里，我打赌他还是穿着他那双草鞋。

我回到自己的公寓，迅速洗了个澡。我有一些长期堆积的家务活要干，清单上的第一项就是洗衣服，我好几周都没有洗衣服了，脏衣服堆积如山。

当我把脏衣服放进洗衣机以后，我突然想起来在这些脏衣服里，有条裤子的一个口袋中还装着那个脖子上有颗痣的女孩的电话号码，我本可以把裤子捞出来，救下这张纸条，可我没有这样做，相反的，我摁下启动按钮，然后看着水涨满洗衣机舱。洗衣机发出响亮的汩汩声，转动着里面的衣物，我能看到灰色和白色的衣服影子在旋绕，然后生出泡泡。

那张纸条应该已经被浸泡过了，墨水流出来，旋转的力量会把它撕成碎片。等到我把裤子拿出来时，它会变成一团纸糊。

我闭上眼睛，想象自己身处洗衣机里，沉浸在它的旋转运动中，跟那堆脏衣服一起被洗涤，在水中旋转、翻滚、飞溅、浸泡，悬浮在泡泡中。当噪音停止时，我从洗衣机里出来，湿湿的，可干净了。

如果人的灵魂也能被这样洗涤，那该多好啊。

我几乎要睡着了，这时有人敲门。我揉了揉眼睛，看了一眼钟，此时已经过了午夜。我学会了一件事情，如此晚的到访者可能是我不想见到的人。我对敲门声不理不睬，继续坐在那里，看着洗衣机。

可客人非常执着，开始大力敲门。我哼了一声，照这样下去，楼下的邻居要抱怨了。我别无选择，只好站起来去应门。

来人是七星，这一次，她还是穿着校服。

“不要，”在我还没有来得及关门的时候，她用手握住门，“我只是想聊聊，我保证我不会造成任何问题。”

她再一次在没有得到我许可的情况下走进了我的公寓，我关上门，却还站在原地，没有动。

“好吧，”我说，“你想聊什么？”

她转过身，看着我，“我听说你要走了。”

“我本来就打算只是教到寒假。”

“他们为你提供了终身职务，可你拒绝了。”

“你知道得很详尽，年轻小姐。”

她对我用的谦辞并没有做出反应，“你要回东京了吗？”

“是的，”我说，“我已经完成我在这里要做的事情了。”

“找到杀害你姐姐的凶手了？”

我顿时呆住了，这个女孩真懂得如何让我猝不及防。

“当我爸爸说他不知道妈妈的行踪时，他并没有撒谎，她完完全全从我们的生活中消失了。”她毫不畏惧地看着我的眼睛，“你现在打算怎么做？你要去追寻她的踪迹吗？”

我耸耸肩，“为了什么呢？”

“报仇雪恨。”

“这不能弥补任何东西。”

“我没有告诉你真相，你不生气吗？”

我摇摇头，“反正我也不会相信你的话，我需要自己找到答案。”

七星把两臂交叉，“石田小姐和我爸爸……我知道他们在一起已经很多年了，我赌你对此一无所知。甚至在妈妈还没有发现的时候，我就已经知道了。”

“这就是为什么你开始偷泡泡糖？”

她耸了耸肩，嘟囔着说：“可能吧。”

“你从那件事情里学的？”

“并不是，两者相去甚远。我偷的只是泡泡糖，而不是某人的丈夫，”

她说，“石田先生，你对你姐姐的看法是否有所改变？如今你知道她是什么样的人，你有没有后悔为她大费周章，受了这么多麻烦？”

“我从来不认为这是麻烦，”我说，“我姐姐只是个普普通通的女孩，当她处于你现在的年龄时，也和你一样天真幼稚。”

七星眯起眼睛，表情变得严厉起来。我意识到我真是太不敏感了，当然她非常不喜欢与我姐姐相提并论。

“石田先生，你知道我妈妈有一次几乎杀了我？”

她的话语让我遭受沉重打击。

“爸爸为了石田小姐，想要离开我们，当然我妈妈无法淡然接受这件事情。她偷偷往我们的饮品里放下安眠药，然后开车载着爸爸和我来到城外一片荒凉之地，想用汽车尾气将我们三个人全部杀死。可出现了意外状况，因为我醒了过来。”

我定定地站着，说不出话来。

“爸爸向我们无数次许诺会结束这段婚外情，可却从来没有终止。我是个很恶劣的人，石田先生。我认为你姐姐的死罪有应得，她不应该一直想方设法进入我们的生活。她甚至把一些东西留在了我们家，希望被我们发现。”

我清了清嗓子，我只能想到唯一一件东西，“那是一把刀，对不对？”

她噘起嘴唇，“这么说，你知道？”

“那是我给她买的，”我说，“是份生日礼物。”

“你的品位很古怪，石田先生。”

“它很实用。”

七星在我的小客厅里来回踱步，双臂还是交叉着，“那把刀还放在我们厨房的柜子里，我会把它拿过来。”

我摇摇头，“就把它放在那里吧。如果你愿意，你可以使用它。”

“为什么我要使用不属于我的东西呢？”

“我姐姐已经死了，当一个人去世，他们的物品就不再属于他们。既然我送她那把刀，那么就让我们说现在它又再次变成我的了，所以我授予你使用它的权利，你可以自行决定是否接受它。如果你喜欢，你甚至还可以扔掉它。”

“好的，我会考虑。”她停下来，不走了，而是靠在墙上，“我听说你姐姐是个做饭能手。”

“是的。”

“总有一天，我会成为一个比她还棒的做饭能手。到那个时候，你会不会考虑跟我约会？”

“或许吧。”

她打了一下舌头，“你撒谎。”

“很高兴你明白这一点。”

七星咬着舌头，低下脑袋，她的头发落到脸上，“别自负。十年之后，我会进入二十多岁的美好年华，光彩夺目，倾国倾城，而你已经成为三十多岁的可悲大叔。我会把你忘得一干二净，可你还惦记着我。你会满心懊悔，曾经将我拒之门外。”

我笑了，“我明白。”

“不，你不明白，如果你明白，你不会拒绝我。”

她的语气很平缓，似乎正在说着些稀疏平常的事情。我不知道她心里怎么想的，这个女孩，我从来也读不懂她的心。

“你要回到东京那位女朋友的身边吗？”她问，“如果她不再要你了怎么办？”

我耸耸肩，“事到临头再操心吧。”

“也许她已经有了新男朋友，如今她可能已经结婚，还生了一个非常可爱的小女婴。”

“嘿，我只离开了六个月，”我笑着说，“这可不是消失经年。”

她抬起头，嗫嚅着说：“我知道。”

我走过去，站在她身边，“说实话，你既年轻，又漂亮，你看上我什么了？”

“实际上，我也自问同一个问题，我到底看上你什么了？”她叹了口气，“我常常思考这个问题，却没有答案。”

七星拉开书包拉链，从里面拿出一个白色塑料袋，然后把里面的东西倾倒出来，一堆瑞特玉米脆片牛奶巧克力掉到地板上。

“什么——”

“你曾经说过你最喜欢它们，不是吗？”她说，“但可别一次性把它们全吃掉，你会变胖的。”

不管是这句无礼之语，还是这份礼物，都让我震惊不已，“这不是你偷的吧，对吗？”

“嘿，这很不公平哦。我向你承诺过我不会再行窃，不是吗？你怎么还敢指控我偷窃，这每一块巧克力都是我付钱买的。”

“谢谢，可……”我挠挠头，“这太多了。”

她笑了，我也笑起来。笑声停歇之后，我们相互看了一会儿。忽然，她向前一点点，将柔软的双唇摁在我的嘴唇之上。这发生得那么迅速，我没有时间做出反应，我只是目瞪口呆地盯着她。

“再见。”她低声说，然后就走出了房门。

七星丝毫没有回头就走了，我认为这象征着她不期待任何答案。

她离开之后，我蹲下去，把所有的巧克力收拾起来，共有五十八块，真是好奢华呀。我打开其中一块，咬了一口，巧克力已经半融化了。

在内心深处，我知道她对我是认真的，而且我无法否认自己为她神魂颠倒，这种感觉与我对青木的感觉大相径庭。如果说我和青木的关系温情脉脉，令人振奋，那么我和七星的关系则完全相反，我们之间的感情俨然像一场狂风暴雨，紧张激烈，引人毁灭。

32

火车站与中国电影

上班的最后一天，我在去四叶的路上，顺便拜访了一下加藤先生的办公室。我想要最后拜访他一次，可我被告知他已经辞职了。

接待员向我展露一个专业的笑容，“加藤先生想要多花些时间与家人在一起。”

“您碰巧知道他现在住在哪里吗？”我问。

她摇摇头，“对不起，我一无所知。”

依照她的口吻，我可以看出哪怕她知道地址，她也不会给我任何信息。因为办公室靠近世嘉区，所以我去了他的老房子，希望新房主会知道一些信息。

我摁响门铃，等候着，一位娇小玲珑的中年夫人打开门。

我跟她打招呼："上午好，我在找加藤先生。"

"恐怕他已经不再住在这里，"夫人说，"几周前当我们买下这栋房子的时候，他就搬走了。"

"您碰巧知道他搬到哪里了吗？"

她摇摇头，"我们签完合同之后，他把办公室电话留给了我们。可几天前，当我打电话过去的时候，被告知他已经辞职，离开了赤川。"

"我明白了。"我向她鞠了个躬，"很抱歉占用了您的时间。"

她说了一句"没关系"，然后把门关上。

因为今天我原本期待会和加藤先生谈一会儿，所以早点离开了公寓，结果我抵达四叶的时间比第一节课的上课时间要早近两个小时。我要消磨一些时间，于是就用前台的电话给和服女士打了个电话。

"早上好，这里是桂木酒店，"一位女士的声音回答道，"有什么我可以帮助您？"

我清了清嗓子，"我想找桂木女士。"

"我就是，请问您是？"

"我是石田廉。"

她停顿了一下，然后回答："石田先生，有什么可以为您效劳？"

"我希望能联系上加藤先生，可却不知道他当前的行踪。他从职位上辞了职，离开了赤川，您碰巧知道他可能会在哪里吗？"

"恐怕我不知道。"

"他曾经提到妻子要与箱根的亲戚住在一起，所以他很可能也在那里，或许您知道那里的某个人？"

她叹了一口气，"我毫无头绪，石田先生。实话实说，哪怕我知道，我也无可奉告。他不让任何人知道他的行踪，这个事实意味着他希望独处。唤醒沉睡的老虎是个可怕的错误，你不这样认为吗？”

我沉默不语。

“请谨记我此前的劝告，远离他，否则对您毫无益处。”

“我会牢记于心。”

我放下电话，走上楼梯。和服女士告诫我的话十分有道理，他那么一个备受瞩目的人物从赤川那么一个小城镇消失得无影无踪，只能说明他不想被人打搅，我决定再也不去触碰这件事情。

校长把我叫到办公室，交给我最后一份薪水。

他把信封递给我，“谢谢你的努力工作。”

我鞠了个躬，接过信封，“谢谢您的关照。”

“嗯，石田君，今天晚上你有什么计划？我们有个传统，每当有员工离开的时候，我们就出去畅饮一番。我本该早点告诉你，可我忘了。”

“当然，我们去吧。”

他把我送出门，同时向其他员工宣布晚上一起上酒吧，所有人欢呼雀跃，大部分的人都期待着这个畅饮环节。

“时光如梭，不是吗？这已经是你在四叶的最后一天。”本田说，“我们要去火车站旁边的酒吧，名叫蓝色音符，你知道这个酒吧吗？”

我点点头，“我曾经多次经过。”

“我们总去同一个地方，它很近，而且不贵，老板是校长的高中老朋友，你能喝很多吗？”

“并不能。”

他倾身靠过来，“小心听着，我们说好了。如果你不醉倒，他们是不会放过你的。你必须假装醉醺醺，做些令人尴尬的事情，譬如引吭高歌，或者跳段搞笑的舞蹈。”

我笑了，“我宁愿醉倒，也不愿意做你刚才建议的事情。”

“要不你可以假装睡着，除非你更愿意真的被灌得烂醉。”

“这我可以做，”我说，“假装睡着。”

“好的。我会扮演英雄角色，把你送回公寓。”他拍拍我的肩膀，“有什么你需要拿回家的吗？”

“谢谢，可我这几天一直带些东西回去，只要能放到我包里的都带回去了。”

“好吧，享受你最后一天的教课生涯。”

七星来上课了，她表现得就像我们之间什么都不曾发生一样，完全是老师与学生之间的标准互动，除了交上来的家庭作业是一篇题目为《火车站》的奇怪作文，我能看出来她并没有用我给的提示来撰写这篇作文。

火车站

作者：中岛柚木

女人把自己的梦境告诉男伴。

“睡醒之后我仍将清晰地记得，”她说，“在我的梦里，我被困在一个静寂的火车站里。由于大雪纷飞，火车已经晚点。我坐在一张旧木板凳上，等待时间流逝，感觉自己又寒冷、又孤独。”

她转向他，希望他有所反应，可他似乎漠不关心。

“然后我看到你，”她继续说道，“你也是孤身一人坐在我身旁的凳子上，在等待火车。”

他还是不言不语。

“你看了我一眼，所以我鼓起勇气，跟你谈话。”她说，“你非常友善，我过得很开心，我希望火车永远都不会进站。”

他挤出一个微笑，虽然他不确定这是否就是她正在寻求的反应。

“不久之后，我听到火车声缓缓而来，就醒了，不知道到底是谁的火车先行到站。”

故事就截止到这里，可这个结尾读起来并不像个结尾。

“这就完了？”课后我问七星。

她点点头，“是。”

我把她的作文放到所有作业的最后一份，所以她成了最后离开教室的学生。

“这是个引人入胜的故事，可并非我想要的，”我说，“我布置的家庭作业是一篇议论文。”

“真的吗？”她赖皮地说，“你要让我重做吗？”

“你不需要重做，因为我要走了，今天是我在这儿的最后一天。”

她的笑容消失了，“我知道。”

“你知道很多事情，对吗？”我向后靠在椅子上，“我很好奇，谁的火车会先到呢？”

她耸耸肩，“这我不知道，女人还没有来得及搞清楚，就醒了。”

我已经想到她会这样回答，“那一定令人恼火。”

“你错了，石田先生，你并不了解女人的心。她很高兴自己永远也搞不清楚，她甚至都不想知道。不管谁的火车先到，都很令人难过，因为他们中必然有一个人要先行离开。对于先走的人或许还好，可对于那个被留下来的人来说，一定非常非常伤心。”

七星把我手里的纸扯走，揉成团，打开窗户，扔了出去。

“你在干什么？”我问。

“你想太多了，这只是我写的一个故事而已，没有什么大不了，别为此过于担忧。”她靠向我，用指尖轻轻触摸我的额头，“看，你这里有皱纹了。”

她拿起书包，走出教室，每走一步，那高高的马尾辫就随之摇摆。那是我最后一次见她，这个长着纤纤玉指的姑娘。在我的生命中，再也没有碰到这样一个早熟的女孩，她犹如汹涌的潮水般将我淹没。

晚上大约十点，我和其他同事一起离开办公室，走到酒吧只需几分钟，可十二月的夜晚寒冷刺骨，我们快速走过去。

当我们到了那里，只有其他四个客人，店里回荡着不知名的爵士乐，乐声微弱，可能是从藏在柜台背后某处的立体声音响里传出来的。

有个男人过来招待我们，并把我们引到房间中央最大的那张桌子，他看起来就是酒吧的主人。校长向他鞠了个躬，他们走到柜台聊起天来。我们其余的人脱下大衣，纷纷就座，很快校长就回来加入我们。酒保拿来几瓶武将调和威士忌，一些调酒饮料，两桶冰和一盘矮玻璃杯。

“是不是太多了？”其中一位老师问道。

“没关系，”校长说，“我们很久没有出来喝酒了。”

有位年轻的女同事拿来一套更大的玻璃杯，往里面加入冰块、酒和一瓶冰镇的绿茶。校长示意我们拿起酒杯，然后领着我们一起干杯。等我们放下酒杯，另一位同事马上又倒上酒，哄着大家再进一杯。校长似乎兴致很高，他放声大笑，和大家一起逗乐，觥筹交错。

几轮过后，桌子上大部分人的脸都变得通红，可谁都没有放缓喝酒的速度，恰恰相反，大家兴致更加盎然了，尤其是校长。

“他醉了吗？”我悄悄对坐在身边的本田说。

“没有，他的酒杯还拿得很稳，”他回答，“可他的任务是让每个人都醉倒，然后才放大家离开。”

“本田君、石田君，你们在嘀咕什么呢？”校长喊道，“你们别自顾自说话了，再喝！”

另一个同事给我们倒酒，直到酒满溢出，然后邀请我们干杯。我和本田别无选择，只能照做。

过了一会儿，我注意到倒酒最多的那位女同事没有把酒均匀混合。远处最右边那个杯子里倒进去最多威士忌，而一直在左边的这个杯子里几乎没有酒，于是我就一直喝左边的杯子，喝进去大量的冰绿茶，酒气却只有一点点。

我看了一下手表，已经过了午夜。大部分的同事已经醉了，可大多数人还在喝，不停地相互倒酒。一些同事开始小口地抿着加冰威士忌，这时候，酒吧老板又拿来了一瓶。

看着同事们在灯光昏暗的酒吧里相互闲聊，让我想起在小森电影院看过的一部中国电影。那是个老电影院，可离我家不远。不幸的是，它已经被拆掉，变成了麦当劳。

我和第一个女朋友首次约会，就去了这家电影院。当电影演到一幕男女主角站在一个类似这个酒吧的酒吧里时，我们俩接了吻。那是个很业余的吻，只是嘴唇的短暂触碰，可我还是十分紧张。幸亏电影院里黑漆漆的，否则的话，我女朋友会看到我的脸红了。

而那部电影讲的是什么呢？如果我没有记错的话，是讲述一段婚外恋情，我确定那个女主角带着几个小孩子。首次约会就选择去看这种电影，真是醉了。这部电影的名字是什么？我想不起来了。名字与音乐有关，最后有个“板”字，快板，慢板，小行板？

我放弃，实在想不起来。是不是我变老了，或者我只是醉了？

坐在桌子对面的老师盯着我看，他看起来醉醺醺的。我们从来没有交谈过，在他目不转睛的注视下，我觉得很不舒服。

“你在看我吗？”我低声说。

“是的，看你的眼睛，”他说，“你看着不像你姐姐，可你的眼睛和她的一模一样，你知道吗？”

他的声音很清晰，桌子上每个人都听得清清楚楚。

我放下酒杯，“是这样吗？”

气氛突然紧张起来，一直以来，同事们都竭力不在我面前提起姐姐。可如今，障碍被打破了。大家尴尬地沉默一会儿，校长说话了。

“她是个可爱的女孩，不是吗？”

我点点头。

我们继续喝了一会儿，可没有人说话，一股不安的气息萦绕不散。

最后校长说：“今天晚上我们已经喝够了。”

大家都嘟囔着，表示赞同。我看向本田，他满脸通红。

他看着我，喃喃地说着胡话。他还继续喝，然后放下杯子，倒到桌子上睡着了。

“需要有人照顾本田。”爱比说。

我将要自荐的时候，前田开口说道：“我把他送回去吧，我可以开车，我知道他住哪里。”

“我帮你把他扶上车。”我说。

“别担心，我来吧，”一位男同事说，“我的车就停在他的旁边。”

他站起来，扶着本田离开酒吧。前田拿着本田的皮包跟在后面，校长走到柜台去结账。

“前田真的喜欢本田吗？”其中一位老师问。

“当然是真的，”另一位老师回答，“她一直看着他，看了那么长时间。”

“那么不能恋爱条例呢？”第一个老师问。

一位女同事摆了摆手，“真有这条规定吗？肯定是有人编出来的。”

我记得这条规则是前田第一个告诉我的。她知道本田和我姐姐正在发展恋情吗？不管怎么样，这与我毫无关系。我拿起包，和其他同事一起离开酒吧。我们一走出酒吧，他们纷纷与我握手道别。

我们走上大街，夜晚更寒冷了。公交车都停了，所以有些人，包括我在内，不得不去拦出租车。一辆黄色轿车来了，因为这是我在这儿的最后一天，大家逼着我上了这辆出租车。我向他们致谢，许诺与他们保持联系，然后就上了车。

当出租车在交叉路口停下来时，我盯着红色的信号灯。我一定是醉了，因为这个灯似乎永远地持续着，就好像有人摁下开关，让时间凝固了。可当信号灯变绿，时间加快步伐，弥补缺口，让街灯变得模糊起来，连在一起。

我回到公寓，看到门外站着一个男人，我吓了一跳。这是我的幻觉吗？我眨了好几次眼睛，走近一看，才意识到这不是我的想象，真是说曹操，曹操到，是那个老虎。

"晚上好，"加藤先生向我问好，他手里拿着个甜品店纸袋，"很抱歉没有通知您就上门拜访。"

"没关系，"我打开门，暗自希望自己不是满身酒气，"请进，我希望您并没有在寒冷中等候太长时间。"

加藤先生跟着我进入公寓，他身穿厚厚的深灰长大衣，可在如此天寒地冻的夜里，这样的大衣也无法让他保暖。

"找到这个地方难吗？"我问。

"不难，"他说，"我以前来过。"

我等他解释，可他并没有。我本该进一步试探他，可他把目光转到了别处，从中我可以看出他不想谈论这件事情。

“请坐。”我说，“我能给您拿点什么喝的？咖啡？”

他点点头，“那很好。”

加藤先生脱下大衣，露出里面的洁白衬衫。他坐下来，擦着手掌，在我回来之前，他必定已经等了一段时间。

我走进厨房准备咖啡。在等待水沸腾时，我往脸上泼了一些冰冷的龙头水，让自己清醒一些，虽然对于难受想吐的肠胃我无能为力。当我回来的时候，加藤先生已经把纸袋放在矮桌上，我把咖啡搁在纸袋旁边。

“请自便。”我说。

他伸手去拿马克杯，咖啡肯定还太烫，可他还是喝了一口。他握了一会儿杯子，才放下来。

“你给自己找了一间很怡人的公寓，”他说，“非常符合我喜欢的一首诗《月色朦胧的寂静夜晚》中的形象，诗人名叫秋月，你听说过他吗？”

“没有。”我回答，心里怀疑他所说的这本书是不是他一直不停在阅读的那本，“我对很多诗人都不熟悉。”

“我也不熟悉。从前，我只知道那些著名的诗人，譬如芭蕉和一茶[①]，可几年前，我碰巧在我妻子收藏的诗集里看到秋月，我非常喜欢他的作品，它们能让我平静下来，让那些噪音静谧下来。我想要找到更多他的书，可他只有一本作品，这可能就是为什么大部分的人都没有听说过他的原因。”

“嗯。”

他深深地吸了一口气，把袋子推给我，“实际上，我来是为了给您送这个。”

我很想知道他可能会给我什么，“我可以打开吗？”

---

① 即松尾芭蕉和小林一茶，均为日本著名的俳句家。

“请打开。”

打开纸袋，我发现里面是个小瓷瓮。

“我们搬家的时候，在石田小姐的房间里找到这个，”加藤先生说，“很抱歉，我保留了相当长一段时间，可我无法决定该怎么处理它好。我听办公室说，您很快就要回东京了，所以我想，在您离开前，最好还是把它交到您手上。毕竟，您是您姐姐最亲的亲人。”

我把瓷瓮放在膝盖上，“还有没有别人知道此事？”

他摇摇头，“只有我和我妻子。”

“我在卧室来来回回检查了好几遍。”

“它放在一块木地板下，隐匿得很好。”加藤先生说，“当石田小姐照顾我妻子时，她曾向她祖露过流产的事情，室町的那家诊所帮她安排了秘密火葬仪式。”

“明白了。”我竭力保持镇静问道，“加藤太太怎么样了？”

“她又开始说话了，我们和她说话的时候有反应，新环境似乎在帮助她重拾力量。”

“那太好了。”

他点点头，“我妻子一直因女儿的去世而深深自责，尽管我也应该受到谴责。我太专注于工作，而忽略了自己的家庭。您也知道，对吗？美雪……”他的声音变得沙哑起来，“她从来没有生病。”

我艰难地吞咽了一下，“我有朦朦胧胧的想法。”

“我妻子病了。”加藤先生擦了擦眼睛，“您听说过代理型孟乔森综合征吗？”

“没有，那是什么？”

“这个病症是指孩子的监护人，通常是他们的母亲，在他们身上假意制造生病症状，来获取注意力。”

我的喉咙哽住了。我希望这是个错误的结论。

“我发现得太晚了，因此失去了我们的女儿。美雪走后，我妻子就不再说话了。我把她送去看过好几位心理医生，可只要她把自己完全封闭起来，他们也无能为力。我不知道该做什么，我猜想她需要变换环境，需要我承认所发生的一切，而不是用工作来掩盖它。”

“对于您所失去的，我感到很难过。”我说。我决定不告诉他我和加藤太太最后的一场对话。

他咕哝了一些感谢的话，然后站起来，“太晚了，我还是走吧。”

我也站起来，陪他走到门口。

加藤先生一边穿上大衣一边说：“我妻子要我向您转达她的问候。”

“也请向她转达我的问候。”我犹豫了一会儿，然后决定要说些什么，“谢谢您的医疗文件。”

他眼睛瞪大，可一声不吭，只是点了点头，然后走下楼梯，我把这当成一种承认。

寒风凛冽，我的胳膊冻起了疙瘩，我竖起衣领，回到客厅，在矮桌前坐下，双手合十祷告。

“马尾辫，愿你的灵魂得以安息。”

我拿起小瓷瓮，把它拿到房间，那里放着姐姐的骨灰瓮。我把两个瓷瓮并排放在地板上，把小瓮里的骨灰倒入大瓮里，小心翼翼地没有溢出一丝一毫。

“我希望你们俩都可以安息，现在妈妈和女儿终于团聚了。”

我把两个瓷瓮放入衣橱后，洗了个澡，上床睡觉。

那个晚上，我睡得很安稳，可能是又醉又累的原因吧。第二天早上，我从报纸上读到夜里发生了一次温和的地震，可我不记得听到或者感受到任何东西。我陷入了宁静、无底的梦里，哪怕地震也无法将我唤醒。

33

告别随想

我在九点五十五分离开公寓，手里拿着高岛屋百货的购物袋，这样总比拿着骨灰瓮在街上走要好一些，没有那么引人瞩目。可我的担忧完全是杞人忧天，因为我一个人都没有碰到，周日大家都起得晚。

我看到本田的黑色轿车就停在马路对面，我走过去，轻轻敲了敲后玻璃窗。他从报纸上移开目光看了一眼，然后把门打开。

“等很久了吗？”我一边坐进去，一边问。

“没有，”他说，“我刚到。”

他一定看到纸袋了，可他对此只字不提。

我系上安全带，“要开大约两个小时，对吗？”

“是的，如果你愿意，可以睡觉。”他一边开着车一边说。

本田打开收音机，里面播出的是爵士乐频道，我听出那是约翰·克特兰[①]《心仪之物》的旋律。

旅途开始了，音乐让我们笼罩在温暖的怀旧情绪之中。下一首是查理·帕克[②]的《数字歌》，然后是艾灵顿公爵[③]，一个熟悉的声音接着另一个。听着这些音乐，我突然想到或许从他跟我姐姐约会开始，就定在这个电台，从来没有变过，正如他从来没有丢掉那个兔子小饰物一样。

本田转动方向盘，很难注意到他换挡。我紧紧抓住纸袋，尤其是当我们加速向上行驶和拐弯的时候。这种情况之前发生过，就在六个月前，当我们从火葬场开到桂木酒店的途中。此后，发生了那么多事情。

我们穿过好几个农耕小镇，然后来到山边。当我们开始驶入陡峭、弯曲的道路时，本田换用更低的挡位。怪不得这个地方如此安静，这条路不容易驾驶。

又开了半个小时，车在一个长长的弯道里慢下来，本田把车停在一处停车带比较宽的地方。我打开车门，清冽的山间空气灌入我的胸腔，仅仅呼吸空气就已经让我心旷神怡。我们翻过路障，欣赏着风景。从我们站的地方，我能看到山脚的小镇。

“你认为风够不够大？”本田问。

“希望够。”我回答。

---

① 约翰·克特兰（1926—1967）：出生于美国北卡罗来纳州，萨克斯管演奏家。

② 查理·帕克（1920—1955）：出生于美国堪萨斯市，中音萨克斯演奏家。

③ 艾灵顿公爵（1899—1974）：即爱德华·肯尼迪·艾灵顿，出生于美国华盛顿，爵士乐主要创新人物。

我打开纸袋，拿出瓷瓮，慢慢将它倾斜，风把骨灰吹散开去。当瓮里只剩一小部分骨灰时，我把它倒到盖子上，让风将它带走。我合上空的瓷瓮，把它放回纸袋。

“我曾经一个人来过这里，”本田说，“当时惠子退还了订婚戒指，我心都碎了。我开了一路，来到这里，就是从这个位置把戒指扔掉。”

我一言不发，想不到任何恰当的话语。

“那个时候，我唯一想到的就是这座山，可能是因为这里有我和她一起来过的美好记忆吧。”

“姐姐很傻，对不对？”我说，“对于发生的一切，我感到很抱歉。”

“嗯，感情是不能勉强的，有就是有，没有就是没有，可来到这里的确让我回忆起过往。”他望着远方，“你听说中岛的消息了吗？”

我摇摇头，“她怎么了？”

“她几天前递交了退学表格，她进来的时候，我正在校长办公室，无意间听到他们的对话。她想去做模特，这让我有点惊讶。我是说，那个行业犹如一场赌博。”

“但很适合她，你不这样认为吗？”我笑着说。

他点点头，“年轻真好啊，觉得任何事情都有可能。当你长大后，你会忘记如何去怀抱梦想。在你意识到这一点前，有一天你醒来，看着镜子，心里很是疑惑面前的这个中年男人是谁。”

我笑了，“不可能这么糟糕。”

“可是，正如你所说，她可能会闯出一番名堂，”他加了一句，“她的确具有某种迷人的气质。”

“而且，她十分坚韧，一定会坚持不懈追寻自己的梦想。”

一群黑鸟飞过，大声尖叫，它们穿越云层，飞向远远的高空。

“你知道那是一种什么鸟吗？”我问。

“它们是一种布谷鸟，”本田说，“在澳大利亚，人们称之为过境之鸟。大家认为它们会在雨季前歌唱，这与它们的迁徙模式有关。”

这么说，这些是过境之鸟。

当另一群鸟飞过来的时候，本田继续说：“不管飞多远，它们总会回家。”

“那不是鲑鱼吗？”我问。

“真的吗？可能鲑鱼和过境之鸟都是这样。”他的前额布满汗珠，他用手擦去，“有点热了，我们现在走吧？”

“当然。”

我们翻越路障回去。

“那个意大利餐厅，”我问本田，“就在附近吗？”

“是的，就在回去的路上，我们可以到那里用午餐。”

“实际上，我计划独自前往，”我小心翼翼地选择自己的措辞，“在她离世前，曾和我计划一起来这家店。”

“我理解，我会把你在那里放下，”他面带微笑地说，“在餐厅附近有个公交车站，你应该很容易就能去到最近的火车站。”

我们上了车，往意大利餐厅驶去。

我想，如果姐姐选择本田，而不是中岛先生，那该多好啊，他一定会好好对待她。如果她最终和他在一起，她可能还活着。

可是，正如本田所说，感情是不能勉强的。如果姐姐能选择爱上谁的话，我很肯定她会选择本田，可他并非她的心上人。

车停在一栋看似小木屋的建筑物前。这个地方看起来不像餐厅，更像是家小旅馆，门口的木牌上写着“随想餐厅”。

“就是这家。”本田说，同时瞥了一眼我的纸袋。

“如果我把瓷瓮留给你，你会介意吗？”我问，“我不想留着它了，很难把它带来带去。”

“当然，”他说，“你明天就回东京了，是吗？”

“是的，明天的头班火车。”

我们沉默地坐了一会儿。

最后，本田说：“石田君，你不要再为惠子的死而自责，她不想你这样做。”

我艰难地吞咽了一下，“我知道。”

“那么好吧。”他咧嘴一笑，伸出手，“我们暂时再见。”

“我喜欢这个。”我紧紧地握了一下他的手，“暂时再见。”

“并且记住我说的关于你女朋友的话，别犯我犯过的同样错误，告诉她你的真心话。”

我想着青木，轻轻点点头，她应该得到一个答案。

我下了车，站在路边，一直等到无法再看到本田的汽车。忽然间，我想起来本田和津田先生都是数学老师。难道这并非偶然吗？我希望我是错的，可这不大可能是个随意的选择。姐姐或许想要重演过往，希望能有一个不同的结局，可结果却大失所望。当你对别人要求过多，当然别人会令你失望。

我推开门，走进餐厅，门铃响起，很快一位老妇人从厨房出来。

“欢迎光临，”她说，“您自己一个人用餐吗？”

“是的，我的同伴没法来。”我说。

“真可惜，我给您屋子里最好的一张桌子。”

她把我领进去，我意识到餐厅没人。她给我一张能尽览山谷风光的两人桌，同时递给我菜单。

“我能给您上杯水吗？”她问。

我点点头，“那太好了。”

妇人去了厨房，我盯着面前那张空椅子，相信着姐姐坐在那里，看着菜单，问着我她总是在问的问题。

“嘿，小廉，你要点些什么呢？”

我反过来问她：“你有什么建议呢？”

她浏览着菜单，咬着嘴唇，“真难啊，样样看着都很美味。”

“上次你和本田来的时候，你们点了什么？”

“意大利烤面包片，肉酱千层面，还有提拉米苏。”

“我也要这些。”

“不。”她摇摇头，“让我们尝点新鲜的。”

“为什么你不替我们俩选择呢？任意选择你想要的。”

她的眼睛瞪大了，“真的吗？”

我点点头，“如果之后，你还有什么想尝的，我们总可以改天再来。”

姐姐笑了，可却一语不发。

我看着她浏览菜单，这里嘟嘟，那里囔囔。有时候，她还看着我，询问我的意见。可是大部分的时间里，她沉浸在自己的世界当中。石田惠了，她总是怀着孩子般的兴奋感。

“您准备好点餐了吗？”老妇人的声音让我吓了一跳。

她把一杯水放在桌面。

“您有什么推荐吗？”我问。

她歪了歪头，“您有什么偏好吗？比萨、意大利面、烩饭？”

“可能意大利面。”

“我可以为您推荐阿尔弗雷多白脱奶油意面吗？用白脱奶油面配上帕马森干酪和黄油制成，”她说，“我们的常客老点这道菜。”

“那么我就要这个。”我说，尽管我看到餐厅里空空荡荡的，我怀疑谁有资格被称为“常客”。

“那么头盘呢？我们的面包很不错。”

“当然，我就选您推荐的。”

“您想要一杯葡萄酒呢，还是甜点？”

“一杯咖啡就好，不要加糖。”

老妇人在笔记本上飞快地记着，“一份意大利面包，一份阿尔弗雷多白脱奶油意面，一份咖啡，不加糖，对吗？”

“对的。”

她再次回到厨房，姐姐的身形又开始显现。

“你还应该点甜点，没有甜点，这顿餐就不完整了，”她抱怨说，“这就好比歌曲的休止符，或者旅程的总结一样。小廉，你正在错过最精彩的部分。”

我叹了一口气，“如果你那么想要的话，你可以加上甜点。”

“可是那对于一个人来说太多了。”

“没关系，我可以帮你吃完。”

可是我很了解她，她会把这个甜点一扫而光。

“对不起，小廉，我无法控制自己，”她会带着志得意满的微笑说，“太美味了！下次让我们点两份。”

我笑起来，“看着你吃我已经饱了。”

“嘿，你太无礼了。”

我知道姐姐很喜欢甜食：冰淇淋、糖果、冰沙，诸如此类。青木也很爱甜食，或许所有女孩都爱甜食。

老妇人拿着意大利面包过来，她似乎特别渴望与人交谈。“这是您第一次到这里来吗？”她问。

我点点头。

“您怎么会知道这个地方？”

“我姐姐向我推荐的。”

她的眼睛亮了起来：“那她真是太好了，请向她转达我的问候。”

“我会的。”我喃喃地说。

“好的，我不再打搅您了，”她说，可能感觉到我更希望独处，“请享用您的美食。”

我笑了笑，开始吃起来。

正如姐姐所描述的，餐品非常美味，面包烤得刚刚好，上面放着充足的香草山羊奶酪和清炒的小菠菜，这个配菜简直完美，我还能尝到一股浓烈扑鼻的柠檬味道。

正当我吃完最后一口面包，阿尔弗雷多白脱奶油意面就端上来了。就像头盘一样，主菜也绝不叫人失望，里面的奶油比我期望的要多，可还是让人齿颊生香，我将意面一扫而光，没有留下半点酱汁。当老妇人给我递上咖啡，拿走餐盘时，她看起来十分开心。

这里的食物很美味，可令我感动的并非这一点，而是我能从食物中感受到的温暖，我能感受到厨师将激情和奉献注入每道菜肴之中。

“最重要的是感觉，”姐姐常常说，“当你为自己在意的人做饭时，你会把心放到食物里，你的心意会通过食物传达出去。”

我把脸埋在掌心里，无法承受忽如而来的情感喷发。就在此时此刻，我意识到为什么每当我想起津田先生，我都会有同样不舒服的感觉。他不是那个能让她快乐的人，我一直都知道他会让她受苦。

而她的确受到了伤害，不是一次，而是两次。我本可以挽救她，或者至少，当它再次发生时，我可以拯救她。

“小廉。”

我感觉有人温柔地拍了一下我的肩膀，我抬起头，姐姐正在凝望着我。

“你还好吗？”她问。

“很抱歉，”我说，“我很抱歉我什么都没有为你做。”

“这不是真的。你为我做了很多事情，小廉。”她伸出手，握住我的双手，将它们紧紧握在她的掌心里，“听我说，我很好，我的生活过得很充实，它并非十全十美，可我没有遗憾。我做出了选择，并且接受事情最后的结果，我的遭遇与你毫无关系。”

我一动不动地坐着，不敢看她。

“你能答应我，停止自责吗？”她问。

很长一段时间之后，我点点头，“好的。”

“谢谢，小廉。”她低声说。她那深褐色的头发在阳光底下闪闪发亮。

我觉得胸中一阵疼痛，“妈妈告诉我为什么你要到赤川来。”

姐姐抬头看着我。

“你有没有找到你的亲生妈妈？”我问。

“没有，可我并没有费劲去找。”她停顿了一下，深深地吸了一口气，“过了一段时间我才意识到，我需要的家人是你。”

尽管姐姐在微笑，可我能从她的眼中看到哀伤，或者那是寂寞？

我想起她在加藤家的房间、在四叶的办公桌，干净整洁，井井有条，可却没有任何个人的痕迹，似乎她从未到过那里。从她来到赤川那一刻起，她就已经计划要消失。

“你要走了吗？”我问。

她凝视着我，“为什么你这样问？”

“我不知道。”我把目光移开，“就是有这种感觉。”

姐姐抓紧我的双手，“我向你保证，我们总有一天会再次见面，你知道我一直都信守诺言的，对吗？”

我一言不发，她放开我的双手，她的轮廓渐渐模糊，她面带微笑地消失了。

“年轻人，您还好吗？”老妇人问道。她拿着账单回来。

“是的，就是缺觉。”我在木盘上放下一些钞票，“您能告诉我怎么才能去到最近的公交车站吗？”

“大约需要走十分钟。”她说，“您出了餐厅之后，向右转，沿着主路一直走，您不会错过的。”

我向她致谢，然后离开。

按照她的指示，我沿着斜坡路往上走。不久之后，我在路旁看到一个公共的付费电话，我不记得在开车到餐厅的路上看到过这个电话。为什么这里会有个电话亭呢？这个地方如此寂静，谁会用到它呢？

我停下来，或许这就是命中注定。

电话亭门上的油漆已经脱落，我推开门上那块沾满灰尘的玻璃板。伸手探入口袋，拿出一些硬币，将它们投入投币孔。显示屏亮了起来，我摁下那个我十分熟悉的电话号码。

我深深地吸了一口气，等待青木接起电话。